Comme une évidence

Du même auteur
aux Éditions J'ai lu

LES SULLIVAN

1 – La passion dans tes yeux
N° 10422

2 – Une nuit et puis...
N° 10702

BELLA

ANDRE

LES SULLIVAN – 3

Comme une évidence

Traduit de l'anglais (États-Unis)
par Arnold Petit

J'AI LU

Titre original
CAN'T HELP FALLING IN LOVE

Remerciements

Merci à Rachel Herron et Mike « Pic » Picard, chef de bataillon équipe B du Département du Feu de San Ramon Valley, pour leur aide précieuse concernant les scènes d'incendie.

Note de l'auteur

Les pompiers sont des hommes forts, courageux et capables de prendre des risques inconsidérés. De ce fait, ils sont souvent mes héros de romance favoris !

Dans ce nouveau chapitre des Sullivan, Gabe ne peut se permettre de craquer à nouveau pour une victime du feu. Quant à Megan, elle se refuse à retomber amoureuse – et à perdre – un homme avec un métier à risque. Tout les sépare, mais leur attraction mutuelle est trop forte.

Tout comme Megan, j'ai moi-même craqué pour mon héros de pompier Sullivan. En particulier lorsque la petite étincelle qu'est Summer, sept ans, illumine mes relectures !

J'espère de tout cœur que vous apprécierez cette croustillante romance et que vous tomberez à votre tour amoureuse de Gabe.

Bonne lecture,

Bella Andre

1

C'était un beau dimanche après-midi à San Francisco. L'air était agréable et le ciel dégagé. Des couples marchaient main dans la main dans le parc de Golden Gate, les touristes découvraient les saveurs de la soupe de palourdes de chez Fisherman's Wharf et la baie était pleine de kitesurfeurs, zigzaguant sur leur planche entre les yachts et les bateaux de pêche.

Mais malheureusement, cet après-midi idyllique avait tourné au cauchemar pour les douze personnes résidant au 1280, Conrad Street où un incendie s'était déclaré.

Les pompiers furent les premiers sur les lieux au volant de leurs camions, talonnés par la presse. Pour les badauds, le spectacle qu'offraient les hommes en tenue, s'activant en tout sens, radio à la main pour s'envoyer bruyamment des informations sur la situation, ainsi que les tuyaux répandus tout le long de la rue, était une vision proche du chaos. À vrai dire, les hommes de la station numéro 5 formaient une mécanique bien huilée.

Plus tôt dans la soirée, le pompier Gabe Sullivan avait pu profiter d'un concert caritatif donné à la caserne par Nicola, la petite amie de son frère Marcus. Tout le monde s'était montré plus qu'enthousiaste à l'idée d'assister au concert acoustique de celle qu'on connaissait mieux sous le pseudonyme de Nico. Comme d'habitude, sa prestation avait été fabuleuse et Gabe n'en revenait toujours pas que son frère ait pu se dégoter une fille pareille. Elle n'était pas que belle, sexy ou talentueuse mais aussi incroyablement adorable.

C'est à la fin de son troisième rappel que l'alarme s'était déclenchée. En dix minutes, les hommes de la station numéro 5 étaient entrés en scène, tuyaux branchés, évacuant les résidents tout en essayant de maîtriser le feu.

Recouvert de tout son attirail, Gabe aida un couple de personnes âgées à s'extraire des escaliers du vieil immeuble typique de ce quartier de la ville. Ils semblaient en bonne santé mais, encore sous le choc de l'incendie, ils avaient du mal à descendre les marches jusqu'au trottoir. Tout en les tenant doucement par le coude, Gabe les mena pas à pas à l'abri, aussi loin et vite que possible de l'immeuble en flammes. Ils avaient finalement atteint leur but lorsque l'homme aux cheveux gris se mit à tousser. Gabe les conduisit vers l'ambulance située quelques mètres derrière le camion de la brigade.

Après avoir fait signe aux équipes médicales de le rejoindre il dit au couple :

— Nous allons vous faire examiner pour être sûr que la fumée ne vous a pas intoxiqués ; si vous avez des questions, n'hésitez pas à…

Une soudaine explosion issue du deuxième étage l'empêcha de terminer sa phrase.

En dix ans de carrière, Gabe avait appris qu'aucun incendie n'était une routine. Le feu n'obéit jamais aux mêmes règles. Parfois, un simple appel peut se transformer en cas compliqué. Dangereux.

Depuis sa radio, Gabe entendait l'inquiétude de son chef.

— Tout le monde dehors ! cria Todd. Le feu s'étend, on passe en mode défensif ! Je répète, on évacue l'immeuble !

La main toujours posée sur le bras de la vieille dame, Gabe vit cette dernière lui lancer un regard horrifié.

— Megan et Summer sont toujours à l'intérieur ! Aidez-les, je vous en prie !

Au vu de ses pupilles dilatées et de son souffle court, la vieille dame était en état de choc. Il lui parla donc calmement afin d'obtenir plus d'informations :

— Qui sont Megan et Summer ?

— Nos voisines, une mère et sa petite fille. Je les ai vues entrer dans leur appartement il y a quelques instants.

La vieille femme regardait à présent les autres locataires rassemblés autour du camion, terrifiés devant le spectacle de leur habitation en flammes. Des flammes qui, de seconde en seconde, devenaient de plus en plus incontrôlables.

— Megan et Summer ne sont pas là !

Elle était paniquée et agrippait désormais le bras de Gabe avec une force dont il ne l'aurait pas crue capable.

— Vous devez aller les sauver, je vous en supplie !

Gabe n'était pas du genre superstitieux. Il n'avait pas de code préétabli. Mais il croyait en son instinct.

Et son instinct lui disait qu'il était face à un problème.

Un gros.

— Dans quel appartement sont-elles ?

D'une main tremblante, la vieille femme lui indiqua une fenêtre du troisième étage.

— Au 31. Au dernier étage, l'appartement à l'angle.

Elle semblait terrifiée. Le stress de la situation commençait à la submerger.

— Tout va bien, lui dit son mari pour la rassurer. Il va les retrouver.

Bien qu'il se soit adressé à sa femme, le vieillard n'avait pas quitté Gabe des yeux, lui lançant un message silencieux : *vous n'avez pas intérêt à laisser tomber ma femme. Elle aime ces deux petites comme si elles étaient les nôtres*.

En quelques secondes, Gabe retrouva son chef et son partenaire, Eric, qui dirigeait les gens vers une zone sécurisée. Les journalistes étaient venus en masse, ajoutant à la confusion ambiante.

— Il faut qu'on retourne à l'intérieur. Une voisine vient de me dire qu'une femme et sa fille sont encore dedans. Dernier étage, appartement à l'angle.

Ils regardèrent tous l'endroit indiqué par Gabe. Tout ce qu'ils virent, c'est un nuage de fumée noire sur le toit.

Todd passa de l'immeuble en flammes à Gabe.

— Faites vite, les gars. Vous avez dix minutes au grand maximum, leur dit-il avant de donner des instructions au reste de l'équipe afin qu'ils concentrent leurs tuyaux sur l'endroit indiqué.

Après l'explosion qui avait retenti un peu plus tôt, un silence de mort s'était abattu sur la rue tandis qu'Eric et Gabe progressaient en tandem jusqu'à l'entrée de l'immeuble avec un nouveau tuyau. Une fois leur oreillette activée et leur masque sur le visage, ils se ruèrent dans l'escalier aussi vite qu'ils le purent, au mépris de la fumée qui était devenue aussi épaisse que le brouillard qui faisait la renommée de San Francisco.

Avec leur bouteille d'oxygène, tout irait bien, mais un civil ne survivrait pas longtemps dans ces conditions.

Tâchant de ne pas s'inquiéter outre mesure pour la femme et l'enfant, Gabe se concentra sur l'étage suivant, puis l'autre, jusqu'au dernier. Tout le long de l'ascension, le rugissement du feu s'était fait plus violent et la chaleur plus étouffante. Une porte du second étage explosa, ce qui fit trembler les murs.

Eric et Gabe traînaient derrière eux le lourd tuyau à travers brume et débris. Malgré les marches escarpées et la fatigue physique, ils parvinrent jusqu'à l'appartement numéro 31 en quelques minutes.

Gabe essaya d'ouvrir la porte mais elle resta close. Il s'accrocha à l'idée que si cette porte n'avait pas encore explosé, alors il y avait une chance pour que les gens à l'intérieur soient encore en vie.

Pendant qu'Eric attendait derrière lui, Gabe sortit sa hache de son étui et se colla à la porte en hurlant :

— Si vous m'entendez derrière la porte, je vais la défoncer avec une hache ! Reculez !

Bien qu'il ait hurlé de toutes ses forces, sa voix avait été étouffée par son masque.

Bon Dieu, ce que la fumée était épaisse ! La température était extrême.

Trouveraient-ils quelqu'un de vivant à l'intérieur ?

— Tu es prêt ? cria Eric, avant de reprendre quelques bouffées d'oxygène.

Tout en acquiesçant, Gabe agrippa l'outil et en frappa la poignée. Une porte creuse aurait été pulvérisée en un coup mais celle-ci, en bois et ancienne, demanda une bonne dizaine de coups supplémentaires. Lorsqu'il sentit le panneau céder, Gabe enfonça la porte avec ses cent kilos de muscles.

Et il se retrouva dans l'appartement.

Après avoir replacé la hache dans son étui, il saisit le tuyau pour l'amener à l'intérieur mais ce dernier ne bougea pas.

— C'est coincé ! J'ai besoin de plus de mou ! cria-t-il à Eric.

Il fit volte-face pour apercevoir son partenaire en train de tirer de toutes ses forces sur le tuyau.

— Bordel, quelque chose bloque ! Il faut que je redescende voir où ça coince !

La situation devenait critique et ils le savaient. On ne laisse pas son partenaire seul sauf en cas d'extrême urgence.

Mais si une mère et son enfant étaient prisonniers à l'intérieur de cet appartement, il fallait en passer par là.

Gabe et Eric échangèrent un regard équivoque. Si l'un ou les deux ne s'en sortait pas, ils auraient au moins passé d'excellents moments ensemble, où l'honneur, les rires et le chili con carne fait maison avaient eu leur place.

— Dépêche ! hurla Gabe à Eric.

Ce soir, des vies étaient en jeu. Et chaque seconde que perdait son partenaire à décoincer ce tuyau rapprochait une enfant de la mort.

Eric dévala l'escalier à travers la fumée aussi vite que possible et, lorsque Gabe regarda le plafond de l'appartement, il vit que les flammes s'étendaient déjà au-dessus de sa tête. Le jeune pompier ouvrit la buse du tuyau et commença à asperger le toit dans l'espoir de dompter les flammes. Il sentit la chaleur s'abattre sur lui au fur et à mesure qu'il progressait dans la pièce. À en juger par la suie qui couvrait déjà le mobilier, l'appartement était clairement l'un des points chauds de l'incendie. Il s'était peut-être même déclaré ici.

Gabe se figea soudain. Quelqu'un avait appelé à l'aide. Le tuyau étant toujours coincé, il n'eut d'autre choix que de l'abandonner et de se rendre dans la direction des cris, qui provenaient de derrière une porte ornée d'un miroir. La trouvant fermée, Gabe l'enfonça d'un coup de sa botte cloutée.

Une autre vague de fumée lui surgit au visage, l'aveuglant momentanément. Gabe savait pourtant exactement où porter son regard, dans cette petite salle de bains qui semblait de prime abord n'abriter personne.

D'un geste, il arracha le rideau de douche, et dans la vieille baignoire en fonte, Gabe trouva une femme recroquevillée, tenant sa fille au creux de ses bras.

Summer et Megan. Vivantes. Dieu merci, ses prières avaient été entendues.

— Bien joué, Megan, vous avez parfaitement agi ! lui dit-il, sa voix étouffée par son masque.

Les yeux de la femme étaient grands ouverts. Elle était terrifiée. Pendant une seconde, Gabe sentit son cœur se serrer. Mais cette seconde-là, il n'en disposait pas. Tout ce qui importait, c'était de sortir Megan, Summer – et lui-même – d'ici au plus vite.

— Je vais vous sortir de là, maintenant !

Megan voulut dire quelque chose mais elle ne put que tousser, ses yeux rougis par les larmes.

Comprenant que la petite fille était inconsciente, Gabe ôta l'un de ses gants et prit son pouls. Plus qu'heureux de constater sa régularité, il remit son gant et enveloppa Summer dans ses bras.

Megan écarquilla les yeux, luttant quelques instants contre la panique avant de finalement lâcher sa fille. Elle supplia Gabe en silence, du bout des lèvres :

— S'il vous plaît.

Il savait qu'il ne devait pas laisser la peur de cette femme le détourner de son devoir : les faire sortir vivantes de là. Pourtant, il s'attarda sur elle un peu plus longtemps que nécessaire. L'amour qu'elle portait à son enfant était plus que manifeste et, en un regard, Gabe avait ressenti tout son désespoir. Il eut le sentiment de la connaître depuis toujours, tandis qu'ils se trouvaient au milieu de ce champ de bataille.

— Je vais porter Summer et nous allons sortir d'ici. Vous pouvez faire ça ?

Elle acquiesça et Gabe la prit par le bras pour l'aider à s'extraire de la baignoire. Bien que tremblante, c'était un vrai petit soldat. Une fois qu'elle fut sortie de la baignoire et plaquée contre le sol, là où la fumée était la moins dense, Gabe sortit un autre masque à oxygène et le lui apposa sur le visage, de sorte qu'elle puisse prendre quelques bouffées d'air pur. Elle tenta de se dégager, de diriger le masque vers sa fille mais Gabe avait anticipé sa réaction et secoua négativement la tête.

— Vous d'abord !

Il avait prononcé ces mots fort et fermement, afin qu'elle l'entende.

— Sinon vous serez un poids mort et on ne s'en sortira pas !

Elle lui prit le masque et le colla contre son visage. Dès la première bouffée, les yeux de Megan s'agrandirent et Gabe le lui retira afin qu'elle puisse tousser un peu avant de le lui remettre en place pour reprendre de cet air dont elle avait tant besoin.

Lorsqu'elle secoua la tête et lança une œillade désespérée vers sa fille, Gabe retira le masque et le plaqua contre la bouche et le nez de la petite fille, qui remua, toussa et se calma soudain. Cela faisait moins d'une minute qu'il les avait retrouvées mais en soixante secondes, les flammes avaient grandi et se faisaient plus brûlantes. Infernales.

Tandis qu'ils étaient tous trois recroquevillés au sol, Gabe s'apprêta à faire part à Megan de la marche à suivre, quand son détecteur de mouvement accroché à sa ceinture s'arrêta net. Dans les cas critiques, Gabe avait l'habitude de le couper avant que quiconque de son équipe ne puisse se mettre en danger. Le troisième étage étant devenu un véritable enfer, il était hors de question que quelqu'un prenne des risques inutiles.

Sans presque plus aucune visibilité, Gabe cria :

— Nous allons longer le mur afin de nous éloigner le plus possible de la fumée et du feu, jusqu'à la porte d'entrée ! Je sais qu'il fait très chaud mais si vous restez en mouvement, je vous promets que tout ira bien !

Gabe n'avait jamais fait de promesse qu'il ne pouvait tenir.

Et il tiendrait parole, encore une fois.

Doucement, ils longèrent le mur sur le sol carrelé de la salle de bains jusqu'à atteindre la porte. Avec Summer sous son bras gauche, Gabe progressait d'une main en rampant, à peine conscient de la brûlure qui dévorait son bras droit.

Tout en atteignant le salon, plus terrible encore que la salle de bains, Gabe jetait de fréquents coups d'œil à Megan. Il pria pour que la chaleur n'ait pas raison d'elle. Dans le doute, il l'aida à plusieurs reprises en plaçant son bras libre autour de sa taille pour la faire avancer. Elle tenait le coup, ce qui était une bonne chose, mais il sentait bien qu'elle s'affaiblissait de seconde en seconde, luttant pour rester consciente.

Ils parvinrent finalement au tuyau et Gabe comprit qu'Eric s'était trouvé dans l'incapacité de lui venir en aide. Il espérait sincèrement que son partenaire n'avait rien.

Tout en se préparant à l'éventualité qu'Eric n'ait pas pu remonter à cause de l'escalier, brûlé ou effondré, Gabe hurla à Megan :

— Vous vous en sortez à merveille ! Tout ce que vous avez à faire maintenant, c'est attraper ce tuyau et le suivre jusqu'à la sortie !

Plus le temps de prévenir son chef pour qu'ils se préparent. Tout ce qui allait suivre allait dépendre de ses dix ans d'expérience... et de son instinct.

Gabe prit la main de Megan et la plaça sur le boyau rigide sous pression. Une fois assuré qu'elle tenait bon, il se plaça derrière elle pour l'aider à avancer, prêt à la soulever si ses jambes cédaient ou que la toux la ralentissait.

Progresser dans cet enfer était terriblement difficile et Gabe admira la jeune femme. Il devrait être en train de traîner deux poids morts, pas juste une petite fille. Mais malgré tout, Megan restait concentrée. Elle ne lâchait rien.

Pas après pas, elle donnait tout ce qu'elle avait. Avec Summer sous un bras et son attirail sur le dos, Gabe était extraordinaire, mais il n'avait pas passé les quinze dernières minutes prostré dans une baignoire à attendre de l'aide. Tout cela était bien plus facile pour lui que pour Megan.

— Tournez-vous ! lui cria-t-il une fois sur le palier. Nous allons descendre à reculons ! Et quoi qu'il arrive, ne vous arrêtez pas !

Gabe se plaça à nouveau derrière elle, une marche plus bas, au cas où elle chuterait. La petite fille remuait dans ses bras et il pria pour qu'elle ne se réveille pas au milieu de cet enfer.

Une explosion retentit et Gabe vit le mur près de l'entrée de l'appartement s'écrouler devant eux. L'oxygène de la salle de bains mêlée à la pesanteur de la fumée dans l'appartement avait créé une combustion.

Saisissant Megan, il descendit les marches avec Summer aussi vite que possible. La jeune femme gardait la tête baissée, se protégeant de ses bras contre cette avalanche de pierre.

— Continuez ! lui cria-t-il.

Ils progressèrent d'une marche, puis de deux, mais trop lentement et dangereusement. Les marches étaient vermoulues. L'escalier pouvait s'écrouler à tout moment.

Ils avaient franchi deux étages quand Gabe entendit la rumeur de ses collègues au sein des diverses explosions qui les entouraient.

Ils n'avaient plus le temps, désormais. Il fallait se lancer dans un ultime sprint.

Tout en soutenant Megan et Summer, Gabe puisa dans ses dernières forces afin de franchir les dernières marches.

Presque arrivé en bas de l'escalier, il vit ce qui avait empêché Eric de remonter. Une énorme poutre s'était écroulée sur la rampe, nourrissant davantage les flammes. À en juger par la fumée et l'eau qui avait envahi l'endroit, Gabe comprit que son collègue s'était acharné pour tenter de sauver l'escalier du feu, afin de lui donner à lui et aux deux victimes plus de temps.

Il fallait tout de même enjamber la poutre, encore trop grosse et brûlante ; et il fallait faire passer Megan la première. Il ne pouvait pas l'abandonner ici où tout pouvait lui arriver pendant qu'il évacuait Summer de l'immeuble.

Par chance, c'est à cet instant qu'il reconnut les voix à travers la fumée.

— On s'en occupe !

En un instant, Eric et Todd arrachèrent Megan puis la fillette de ses bras et les mirent en sécurité.

Ce ne fut qu'à ce moment précis que Megan perdit conscience ; Gabe le comprit à son étreinte qui se relâcha.

— La mère s'est évanouie, cria-t-il à son partenaire, mais l'attention de Gabe était tellement focalisée sur cette dernière qu'il en oublia d'enjamber la poutre à temps.

Il entendit un crac sonore juste avant qu'une poutre du plafond ne tombe sur son front. Gabe s'écroula avec force. Les ténèbres l'entourèrent.

La dernière chose qu'il entendit fut son détecteur de mouvement qui s'éteignait.

2

Megan Harris s'éveilla avec sa fille dans les bras. Elles se faisaient souvent un câlin après le film du soir ou quand Summer avait fait un mauvais rêve. Mais cette fois, il y avait quelque chose de différent. Pas seulement le lit, le pansement sur le coude de Megan ou sa gorge enrouée et endolorie.

Ses cheveux sentaient la fumée, ceux de Summer aussi, et elle plissa le nez en sentant l'odeur du feu sur elles comme s'il suait par leurs pores.

Soudain, tout lui revint. Megan en eut le souffle coupé et ses yeux s'entrouvrirent. Deux lits d'hôpital avaient été placés côte à côte dans la chambre mais celui de Summer était vide. Sa fille avait décidé de quitter son lit pour venir se blottir dans le sien.

Le feu.

Mon Dieu, l'incendie !

Elle avait presque failli perdre sa…

Non, Summer était bien là, dans ses bras.

Megan serra sa fille, avant que cette dernière ne lève les yeux vers elle.

— Maman ?

— Coucou, mon bébé.

Sa voix était rauque et fatiguée. Comme si elle avait littéralement avalé du feu. Ce qui était plus ou moins le cas. Megan embrassa sa fille sur le front, puis les joues avant de poser un énorme bisou sur ses petites lèvres.

— Comment te sens-tu ?

Summer émit un petit rire.

— Ça va mais je voudrais bien qu'ils m'enlèvent la piqûre de mon bras, expliqua-t-elle en levant ce dernier pour le montrer à Megan. T'as vu, on est pareilles !

Souriant de joie et de gratitude, Megan acquiesça, au bord des larmes.

— Oui, c'est vrai ! dit-elle avant de montrer quatre doigts à sa fille. Combien j'ai de doigts ?

— Six, répondit Summer avec un rictus pour lui faire comprendre qu'elle plaisantait. Quatre, surenchérit-elle avant de lui en montrer un à son tour.

— Un seul, répondit Megan en lui embrassant le bout du doigt. Et si on appelait un docteur pour savoir s'ils peuvent nous enlever ces vilaines aiguilles ?

Un médecin entra dans la chambre quelques instants après que Megan eut pressé le bouton d'appel. La quarantaine, la femme sourit d'aise en voyant ses patientes se porter aussi bien. Après les avoir examinées, elle nota leurs constantes et leur retira les intraveineuses.

— Si vous souhaitez rester sous surveillance plus longtemps, vous êtes les bienvenues mais je suis ravie de vous dire que vous pouvez quitter l'hôpital quand vous le désirerez ! Aucune de vous ne semble avoir subi d'effets secondaires suite à l'inhalation de fumée. Sûrement parce que vous êtes toutes les deux jeunes et en pleine santé.

Megan jeta un rapide coup d'œil à Summer. Elle ne voulait pas que sa fille panique mais il fallait qu'elle pose une question importante au médecin.

— Summer est restée inconsciente un bon moment. Vous êtes sûre qu'il n'y a pas besoin de voir un spécialiste pour s'assurer que tout va bien ?

Le médecin secoua la tête, souriant de nouveau.

— Non, rassurez-vous, tout va bien. Tu es en pleine forme, petite, ajouta-t-elle en s'adressant à Summer.

La petite fille lui adressa un grand sourire.

— À la course, je suis la plus rapide de la classe ! Même plus que les garçons !

Le médecin rit de bon cœur.

— Je n'en doute pas ! Dites-moi, Megan, continua-t-elle, que comptez-vous faire ? Voulez-vous rester une nuit de plus en observation ?

— Merci docteur, mais je crois que nous avons toutes les deux hâte de rentrer.

Elle comprit trop tard qu'elles n'avaient malheureusement plus d'endroit où aller, maintenant.

— J'imagine que vous voudriez pouvoir vous laver et vous changer.

Avant même que Megan ait pu se rendre compte qu'elle n'avait aucun vêtement de rechange, on lui tendit un sac.

— L'hôpital conserve toujours des habits en cas de besoin pour des personnes dans votre cas. Je suis sincèrement navrée de ce qui vous arrive. Mais je me réjouis que vous soyez en bonne santé toutes les deux.

Megan se fustigea ; elle était un cas. Les larmes lui montèrent aux yeux. Elle qui espérait que ce genre d'événement ne ferait plus partie de son quotidien.

Tandis qu'elle combattait les larmes, Megan se dit qu'après tout, elle et Summer avaient réussi à survivre à un « cas » cinq ans plus tôt. Elles arriveraient à surmonter celui-là. Elles étaient en vie, n'était-ce pas l'essentiel ? Le reste n'avait aucune importance. Il lui faudrait juste régler quelques détails.

Et s'il y a bien une chose pour laquelle Megan était douée, c'était les détails. En tant qu'expert-comptable, elle avait l'habitude de gérer les plus infimes détails des dossiers de ses clients pour les classer et les répertorier en ordre logique. Elle n'avait plus qu'à faire de même pour elle. Megan adorait mettre de l'ordre dans le chaos, voir des chiffres bien alignés la rassurait. Et après ce qu'elle avait vécu avec le père de Summer, elle appréciait d'évoluer dans un univers professionnel où tout était soit noir soit blanc. Les graphiques expliquaient tout et chaque irrégularité pouvait être élucidée.

Par chance, Megan était quelqu'un de prévoyant et elle prenait toujours soin de faire des copies des fichiers de ses clients sur une sauvegarde externe. Tout irait bien pour elle. Une fois qu'elles auraient retrouvé un endroit où vivre, elle retournerait à son travail bon pied bon œil.

Avant de partir, le médecin leur recommanda d'y aller doucement dans les prochains jours et de revenir si jamais elles rencontraient des difficultés à respirer, de la toux ou des vertiges.

La police vint quelques instants plus tard pour recueillir le témoignage de Megan. Elle tenta de garder son calme devant Summer, mais sa voix trembla à plusieurs reprises en mentionnant le feu. Les deux officiers marquaient systématiquement une pause pour la laisser se reprendre.

Une fois seules, Megan dit à sa fille :

— Je vais aller prendre une douche, ensuite tu te laveras, d'accord ?

Summer acquiesça, puis saisit la télécommande de la télévision avant de poser de grands yeux verts suppliants sur sa mère.

— Je peux regarder la télé ?

Bien que d'ordinaire plutôt stricte avec sa fille sur les heures de télé, Megan songea qu'un peu de distraction était tout ce dont Summer avait besoin. Elle opina du chef et caressa les cheveux blonds de sa fille avant de bondir hors du lit.

— D'accord mais pas longtemps.

— Ouiii !

Tout en se dirigeant vers ce qui allait s'annoncer comme la meilleure douche de sa vie, Megan fut ravie de constater que sa fille semblait très bien se porter.

Mais tout en lavant sa peau de la suie et de l'odeur de fumée – et quelques mèches de cheveux brûlées –, Megan se demanda combien de temps il lui faudrait à elle pour aller mieux. Sans parler de tout ce qui aurait pu advenir... Des images de leur avenir obstrué par un brouillard épais et noir s'imposèrent à elle.

Et malgré sa fatigue physique et mentale, elle n'avait pas oublié le comportement héroïque du pompier qui les avait toutes les deux tirées de l'immeuble en flammes. Il avait risqué sa vie pour elles. Une fois qu'elle et Summer seraient remises d'aplomb, elle irait à sa recherche. Pas seulement pour le remercier mais aussi pour trouver un moyen de lui rendre ce qu'il leur avait donné.

Ce merveilleux don de la vie... à deux pas de la mort.

Fermant les yeux comme pour garder ses sombres pensées à distance, Megan passa la tête sous l'eau et laissa le jet emporter ses larmes, choquée mais heureuse de pouvoir vivre une journée de plus avec sa petite fille, qui était tout pour elle.

Quelques heures plus tard, tandis qu'elles erraient dans les rayons d'un grand magasin, Megan fut ravie de constater que malgré l'incendie, Summer n'avait rien perdu de sa gaieté.

Elle aurait souhaité pouvoir se remettre aussi vite, elle aussi. À peine entrées dans la galerie, elles avaient pris place sur les chaises rouges d'une petite cafétéria et fait une liste de courses. Il y avait tant à prévoir pour la suite.

Malgré l'optimisme du médecin à l'hôpital, Megan avait quand même pris rendez-vous avec le pédiatre de Summer. La petite fille ferait une crise, mais Megan ne pouvait pas se permettre de prendre le moindre risque. Et, pour bien faire les choses, Megan avait pris rendez-vous pour elle aussi.

Elles portaient toutes deux des vêtements mal assortis qui ne leur allaient pas. Il allait leur falloir de nouvelles cartes d'identité, également. Ces quelques mèches de cheveux avaient brûlé d'une telle manière qu'un passage chez le coiffeur ne serait pas non plus du luxe. Et il fallait absolument qu'elle prenne des nouvelles de ses voisins. Personne d'autre n'avait été admis à l'hôpital suite à l'incendie. Megan espérait qu'elles étaient les seules blessées.

Bien sûr, après les millions de papiers à remplir pour la compagnie d'assurances, faire une liste de plus n'aidait pas beaucoup à se remettre de ces émotions. Megan avait l'habitude de la paperasse mais là, c'était la goutte d'eau qui faisait déborder le vase.

Elle avait fait l'acquisition de leur petit appartement l'hiver dernier et le remettait en état sur son temps libre. Maintenant la seule preuve qu'elle pourrait avancer de son dur labeur tenait sur un bout de papier de l'assurance. Après leur enquête, bien sûr. D'ici là, ils lui avaient fourni assez d'espèces pour tenir jusqu'à ce que la banque lui envoie une nouvelle carte de crédit. Ils lui avaient aussi réservé une chambre dans un petit hôtel près de l'hôpital, le temps qu'elle prenne ses dispositions.

Une fois faite l'acquisition d'un nouveau portable, Megan téléphona à ses parents pour leur expliquer l'incendie et la situation qui était désormais la sienne, ce qu'elle tâcha de faire sans leur provoquer de crise cardiaque. Ils allaient sans aucun doute rappliquer par le premier avion depuis Minneapolis. Elle voulait les voir, bien sûr, sentir la chaleur de leurs bras autour d'elle mais dans un même temps... disons qu'elle ne se sentait pas prête à revivre ces moments qui avaient suivi la mort de David, cinq ans plus tôt.

Ils allaient la presser de « revenir à la maison », pas de doute là-dessus. Cet incendie serait un prétexte idéal pour avancer qu'elle et Summer seraient bien mieux dans la petite ville où Megan avait grandi.

Elle releva la tête. Elle était fière de la façon dont elle avait élevé seule Summer. Et quoi qu'en disent ses parents, elle avait parfaitement retenu la leçon en ce qui concerne la sécurité. Les hommes avec qui elle avait eu des rencards ces dernières années étaient tous des comptables, comme elle, des professeurs ou bien des ingénieurs. Elle ne s'était plus jamais risquée à tomber amoureuse d'un casse-cou se nourrissant du danger plutôt que de le fuir, comme toute personne raisonnable le ferait.

Summer avait faim et Megan céda à une autre de ses demandes. Aussi achetèrent-elles des hot-dogs, des nachos et des granitas à la cerise. La petite fille dévora son repas jusqu'à la dernière miette mais Megan put à peine avaler une bouchée.

Comme Summer adorait le shopping – un point commun avec elle, autant se l'avouer –, la jeune maman proposa :

— On achète juste l'essentiel, d'accord ? Jeans et tee-shirts.

— Mais on aura besoin de plein de nouveaux vêtements, pas vrai ?

Megan était bien contente que sa fille se soucie davantage de sa prochaine garde-robe que de celle qui avait brûlé. Elles se dirigeaient vers la section de prêt-à-porter quand Megan prit conscience de quelque chose.

En dehors des habits et de la nourriture, la plupart de leurs affaires avaient disparu dans les flammes, faisant d'elles des cas sociaux, pour ainsi dire. Et parmi ces affaires, se trouvait la poupée préférée de Summer, celle à l'effigie de la princesse Raiponce.

Bien qu'elles dussent être extrêmement prudentes vis-à-vis de leurs dépenses, Megan reposa l'un des tee-shirts qu'elle s'était mis de côté et emmena sa fille vers la section jouets.

— Regarde, on dirait qu'ils ont des poupées Raiponce ! Va t'en choisir une !

Les yeux de Summer s'illuminèrent et elle étreignit vivement sa mère.

— Tu es la meilleure maman du monde !

Pendant que sa fille faisait son choix, Megan se retrouva seule, au milieu du grand magasin, les larmes aux yeux.

Lorsqu'elles étaient piégées dans la baignoire, elle avait prié pour avoir de nouveau la chance de faire une chose aussi triviale que les magasins avec sa fille. Mais le feu était devenu si grand, si dévorant et les sirènes n'avaient amené aucun secours… Megan avait presque perdu tout espoir.

Une fois Summer de retour avec une belle poupée flambant neuve dans sa boîte, Megan balaya toute émotion négative. Elle avait définitivement beaucoup à apprendre de sa fille, comme se réjouir d'une chose aussi simple qu'une poupée.

Elles avaient perdu leurs affaires, mais elles étaient encore là l'une pour l'autre.

Tout ce qu'elle voulait à présent, c'était aller à leur hôtel et se pelotonner dans le lit contre Summer pour une sieste bien méritée. Mais à peine arrivées là-bas, elles virent Susan Thompson, leur amie et voisine, qui les attendait.

— Megan ! Summer ! Dieu merci, vous êtes sauves !

La vieille femme les enlaça toutes les deux. Megan se retrouva à nouveau au bord des larmes. Elle se focalisa sur un vieux chewing-gum accroché au tapis de l'entrée pour ne pas craquer. Elle ne s'était jamais vraiment laissée aller à pleurer, même après le décès de David. Elle avait eu trop à faire à l'époque, entre sa petite fille de deux ans, son emploi qui lui permettait de manger à leur faim et d'avoir un toit au-dessus de la tête, sans parler de la pression qu'exerçaient ses parents pour qu'elle revienne définitivement à Minneapolis.

En revanche, Mme Thompson avait la larme plus facile. Ses joues en étaient brillantes.

— Dès que j'ai dit à ce pompier que vous étiez encore à l'intérieur, il n'a pas hésité une seconde !

Cela faisait des heures et des heures que les pensées de Megan revenaient à ce fameux pompier, à sa voix ferme et directive. La jeune mère sentait encore les mains de cet homme, comme un membre fantôme, posées sur sa peau, la dirigeant elle et Summer loin des flammes.

C'était grâce à lui si elles étaient en vie.

Susan et Megan s'installèrent sur une banquette dans le hall de l'hôtel.

— Il venait tout juste de nous sortir de là, moi et Larry, quand j'ai compris que vous n'étiez pas là, expliqua Susan, la voix chevrotante. Comme je vous avais vue rentrer chez vous quelques instants plus tôt, j'ai tout de suite compris que quelque chose n'allait pas.

Megan déglutit et posa sa main sur celle de la vieille dame.

— Merci infiniment, dit-elle. Si vous ne l'aviez pas averti…

Megan jeta un œil sur sa fille, qui déballait joyeusement sa nouvelle poupée. Bien qu'elle semblât totalement accaparée par son jouet, la petite fille s'accrochait à tout ce qui l'entourait. Chaque expression, chaque mot. Pas question pour Megan que Summer se complaise dans la peur comme elle.

— Ce pompier est un véritable héros, fit Susan Thompson, en secouant la tête. Ils voulaient tous évacuer mais il n'a pas hésité à venir à votre secours. J'espère qu'il n'a rien.

— A-t-il été blessé ? demanda Megan, les yeux pleins d'appréhension.

— Tu n'es pas au courant ? fit Susan.

— Non.

Impossible de se rappeler quoi que ce soit, après la descente des escaliers.

— Maman ?

Megan aurait voulu tenir le coup pour sa fille et s'occuper d'elle mais il fallait qu'elle sache.

— C'est grave ?

— Ils l'ont emmené sur une civière, déclara son amie, visiblement sous le choc.

Megan eut l'impression de se retrouver dans la baignoire – à bout de souffle, comme enveloppée par les ténèbres.

Elle bondit de la banquette.

— Il faut que j'appelle la caserne pour savoir s'il va bien, déclara-t-elle, Susan sur les talons tandis qu'elle se dirigeait vers l'accueil. Je dois utiliser votre téléphone, s'il vous plaît.

— Bien sûr, pas de problème, fit le gérant, qui avait manifestement entendu leur conversation.

En composant le numéro des renseignements, les mains de Megan tremblèrent sur le combiné. Elle demanda à ce qu'on la transfère vers la caserne la plus proche de son quartier.

Quand son appel aboutit enfin, Megan était à fleur de peau. La voix masculine au bout du fil eut à peine le temps de décrocher que Megan explosa.

— Un de vos hommes m'a sauvée la vie hier, j'ai entendu dire qu'il avait été blessé. Je veux juste savoir s'il va bien. Est-ce que c'est grave ? Est-ce qu'il va se remettre ?

Pendant un moment qui sembla une éternité, l'homme au téléphone resta coi.

— Navré m'dame, je n'ai pas le droit de vous divulguer cette information.

— Il a couru un grand danger pour nous sauver, moi et ma fille. Je dois le remercier, lui expliquer combien cela compte pour nous !

— Je comprends bien, madame, mais…

Il s'arrêta au milieu de sa phrase. Megan entendait une autre voix qui parlait derrière lui.

— Ne quittez pas, finit-il par dire.

Un autre homme prit le relais au téléphone.

— Madame Harris ?

— Oui, c'est Megan Harris à l'appareil, fit-elle, surprise que cet homme connaisse son nom.

— Je suis Todd Phillips, chef de brigade de la station numéro 5. Comment vous portez-vous, toutes les deux ?

— Nous avons quitté l'hôpital, il y a quelques heures, lui répondit-elle vivement.

— Ravi de l'apprendre. Je suis navré pour votre appartement.

Le temps viendrait pour Megan où elle se laisserait aller au chagrin d'avoir perdu tous ses souvenirs, ceux de Summer et de David. Mais c'était bien peu de chose en comparaison du risque qu'avait pris leur sauveur.

— Chef, j'aimerais pouvoir remercier en personne ce pompier qui nous a sauvé la vie.

Megan pouvait presque entendre le chef de brigade secouer la tête à l'autre bout du fil.

— Je suis navré, madame Harris, mais nous ne...

— Je vous en prie, supplia-t-elle. Je lui dois tant !

Tout.

Après une minute de silence, Todd reprit :

— Je vais voir ce que je peux faire.

— Je vous remercie !

Elle confia le numéro de l'hôtel au chef de brigade. Mais même après être montée dans leur chambre et avoir collé Summer devant Disney Channel, Megan ne cessa de songer à cet homme – Gabe – qui avait risqué sa vie pour sauver la leur.

La jeune maman passa son temps au téléphone, à parler paperasse avec un représentant de la banque, quand quelqu'un frappa à la porte. C'était l'employé de l'accueil, avec un message.

— Un certain chef de brigade a appelé pour vous. Il me charge de vous dire qu'il vous retrouve à l'hôpital dans une demi-heure.

3

Sortir. Tout ce que voulait Gabe, c'était sortir de ce fichu lit d'hôpital. Et dégager cette saleté d'aiguille de son bras, ce qu'il était sur le point de faire au moment où sa mère entra dans la pièce.

— Je te déconseille d'y toucher !

Bien qu'elle soit déjà passée le voir plus tôt dans la journée, Mary Sullivan était revenue, accompagnée de deux de ses fils et de leurs moitiés.

Nicola passa devant les autres.

— Oh, mon Dieu, j'ai été si inquiète !

Quand la pop star, petite amie de son frère Marcus, avait appris que des coupures de budget étaient imposées à la caserne, Nicola avait proposé de se produire en concert pour lever des fonds. Elle avait été horrifiée de voir le personnel de la station numéro 5 appelé sur l'incendie de Conrad Street… et d'apprendre que Gabe avait été blessé.

Elle l'entoura de ses bras, ce dont il profita pour l'enlacer davantage, sous les yeux de son frère. Marcus savait très bien à quoi Gabe était en train de jouer. En d'autres circonstances, il l'aurait déjà plaqué contre le mur pour avoir osé toucher à sa copine, mais être cloué sur un lit d'hôpital avait ses avantages. Comme celui de ne pas trop se formaliser du mouvement des mains de Gabe sur les hanches de Nicola.

Gave s'amusait pourtant bien de son petit jeu quand Marcus prit sa copine par la taille et la tira en arrière en grognant.

— Bas les pattes !

Gabe comprenait très bien pourquoi son frère était fou de la jeune femme. Elle n'était pas que séduisante et talentueuse, elle avait aussi un grand cœur. Gabe n'avait jamais connu quelqu'un comme elle – quelqu'un avec qui envisager un avenir plutôt que quelques heures sous la couette.

Par chance, la fiancée de son frère Chase, Chloé, prit bien vite la place de Nicola dans ses bras.

— Bon Dieu, il tient ma nana, maintenant. Rien de tel que de jouer aux héros pour toutes les avoir à tes pieds !

Ils étaient manifestement si heureux qu'il n'ait rien qu'ils passeraient sur les facéties de Gabe pour cette fois. Sauf sa mère qui le toisait d'un regard scrutateur.

— J'ai parlé au docteur et ils vont te garder encore une nuit en observation pour te faire passer un autre scanner. Ce qui me paraît plus sage. Tu as pris un sacré coup sur la tête. Il vaut mieux nous assurer que tu vas bien.

— Oh, maman ! soupira Gabe, en ayant plus l'air d'un adolescent de quatorze ans que d'un homme de vingt-huit. Je vais bien !

Sa tête lui faisait un mal de chien mais il avait survécu à des lendemains de cuite bien pires que ça.

— Comme il semble que cette poutre qui t'est tombée dessus t'ait enlevé le peu de bon sens qu'il te restait, je vais plutôt me fier à ce que dit le médecin, mon chéri. Et tu feras de même, ajouta-t-elle devant le mécontentement non feint de Gabe de rester plus longtemps sur le lit.

Chase faisait tout son possible pour ne pas regarder l'énorme bandage qui entourait la tête de son frère, mais Marcus, qui avait pris le rôle de père de substitution à la mort du leur, vingt ans plus tôt, en fit bien plus de cas.

— Qu'est-ce qui s'est passé, Gabe ? Tu as toujours agi intelligemment dans ton travail. Mais d'après ce qu'on en dit aux informations, l'endroit n'était pas sûr quand tu y es entré.

Le visage de Marcus se ferma.

— Pas sûr du tout, même, continua-t-il.

Gabe ne fut pas surpris que ce soit Marcus qui mette le sujet sur le tapis. Bien avant de rencontrer son âme sœur, ce dernier avait toujours tout lâché pour venir en aide à ses proches et Gabe savait qu'il continuerait à s'inquiéter pour chacun d'entre eux.

Bien que la tentative de sauvetage ait failli tourner au désastre, Gabe n'aurait pas agi différemment si cela avait été à refaire. Il pouvait encore voir cette maman, les yeux écarquillés sous la panique, priant en silence pour la vie d'une petite fille à qui elle tenait plus que tout au monde.

— Il y avait encore quelqu'un dans l'immeuble.

C'était tout ce qu'un pompier avait à dire pour se justifier.

— Tu aurais pu y rester, Gabe.

Il soutint le regard plein de reproche de son frère.

— Oui, j'aurais pu.

Il attendit quelques instants avant d'ajouter :

— Mais ça n'est pas arrivé.

Marcus soupira très fort.

— Tu comptes brûler combien de vies avec toi en jouant sans cesse les héros ?

— Marcus ! s'exclama leur mère.

Désireux d'apaiser les angoisses que son métier suscitait auprès de sa famille, Gabe poursuivit :

— Ce n'est rien, maman. C'est sa façon de montrer qu'il s'inquiète.

Une chance que Nicola ait été là pour rire du constat de Gabe. Quand Marcus la dévisagea, elle lui adressa une grimace avant de dire :

— Allez, on sait tous que tu es un vrai nounours sous tes allures de grizzli.

Marcus la toisa avec toute sa hargne mais une fois qu'elle se mit sur la pointe des pieds pour l'embrasser, la colère retomba aussi sec.

Avant que Marcus – ou qui que ce soit d'autre – puisse s'acharner sur lui à nouveau, Gabe bâilla bien fort. Tous ses frères et sœurs s'étaient agglutinés dans cette petite chambre tout au long de la journée, au point que l'infirmière s'était exclamée : « Mais combien êtes-vous à la fin ? Laissez mon patient se reposer ! » Bien évidemment, une fois que Ryan avait fait du gringue à ladite demoiselle, cette dernière avait accepté de se montrer plus souple sur les heures de visite rien que pour le clan Sullivan.

Après avoir compris le message, Mary dirigea tout le monde vers la sortie, embrassant Gabe sur la joue avant de partir.

— Si les médecins te laissent sortir demain, je passerai chez toi avec le plein de nourriture !

Gabe pouvait tout aussi bien se nourrir lui-même mais il savait que prendre soin de lui rassurait sa mère, surtout après ce qu'il s'était passé. Elle n'avait jamais raffolé de son choix de carrière mais elle l'avait toujours supporté de bonne grâce.

— Il n'y a pas de « si » ! Ils vont me laisser sortir, soutint-il. Merci, maman, ajouta-t-il après une dernière embrassade.

Une fois sa famille partie, il n'avait pas fermé les yeux plus de quelques secondes, qu'on frappa à nouveau à la porte. Todd, son chef, entra dans la chambre.

— Comment tu te sens, Gabe ?

— Bien, chef.

Gabe tenta de se redresser mais Todd lui fit un signe de la tête.

— Ne bouge pas, tu es bien installé. Ta tête doit te faire très mal.

Il le dévisagea longtemps avant d'ajouter :

— Je dirai à tous les gars de la caserne que tu vas bien ! Bien mieux que ceux qui n'ont pas pris de poutrelle sur la tête, plaisanta-t-il, avant de montrer la porte du doigt. Es-tu prêt à rencontrer Mme Harris et sa fille ?

Non, songea-t-il. Il valait mieux pour lui qu'il ne recroise jamais ces yeux-là.

Il n'avait déjà que trop pensé à Megan et à sa fille. Non seulement pour se remémorer leur sauvetage et ainsi imaginer ce qu'il aurait pu faire de mieux, plus rapidement et avec plus de cran, mais aussi parce qu'il n'arrivait pas à oublier combien Megan avait été forte, combien elle s'était battue pour ne pas perdre connaissance, combien elle s'était démenée de son appartement en feu jusqu'à la rue.

Toutefois, il comprenait ce besoin qu'ont les victimes de vouloir remercier leur sauveur. Surtout dans un cas comme celui-là, où l'on frôle la mort.

— Bien sûr, acquiesça-t-il avant qu'une douleur aiguë ne stoppe son élan.

— Je vais leur demander de repasser plus tard, s'empressa Todd.

Megan était un beau prénom. Gabe s'était surpris à le penser plusieurs fois. Ce nom sonnait à la fois fort et bien. Mieux vaudrait l'appeler madame Harris. Toutefois, il ne put s'empêcher de se demander ce qu'il en était du mari. Et si mari il y avait, où était-il au moment de l'incendie et pourquoi n'était-il pas avec elles aujourd'hui ?

— Non, assura-t-il. Si elles sont là, autant que je les voie.

Gabe voyait la scène d'ici. Elle le remercierait, il lui dirait qu'il était ravi de les voir en parfaite santé, elle et sa fille, et ça s'arrêterait là. Fini d'être hanté par ses yeux et par la force de caractère dont elle avait fait preuve quand elle avait traversé les flammes.

Quelques minutes plus tard, Todd entra dans la chambre accompagné de Megan et de Summer. Gabe se redressa tout en serrant les dents pour lutter contre la douleur et afficha un sourire de circonstance.

Puis ses yeux se posèrent sur la jeune femme et son sourire se figea.

Bon Dieu, ce qu'elle est belle !

La dernière fois qu'il avait vu son visage, c'était au travers d'un épais nuage de fumée, il était alors surtout préoccupé par l'idée de la mettre en sécurité.

Ses yeux étaient aussi grands que dans son souvenir. Elle semblait toujours aussi athlétique, mais désormais, il pouvait admirer sa beauté et la douceur de ses courbes moulées dans un jean et un tee-shirt. Impossible de s'empêcher de la regarder, de contempler le vert de ses yeux, ses cheveux soyeux qui cascadaient sur ses épaules et la copie conforme version miniature qu'était sa fille, à l'exception de la couleur des cheveux.

Megan sembla aussi stupéfaite que lui et ils ne se lâchèrent pas des yeux, jusqu'à ce que la petite Summer jette ses bras autour de Gabe et l'enlace avec énergie.

— Merci de nous avoir sauvées, maman et moi !

L'étreinte de la fillette était aussi forte que sa mère était courageuse. Tout en tâchant de ne pas chanceler sous la vive douleur qui lui vrilla le crâne, Gabe lui répondit :

— Bonjour, Summer. Quel âge as-tu ?

— J'ai eu sept ans samedi !

Elle lui sourit et Gabe sentit son cœur fondre pour cette adorable enfant dont les deux dents de devant manquaient.

— Joyeux anniversaire !

Gabe s'assurerait de lui faire parvenir un petit cadeau dès son retour à la caserne.

Le pompier capta un mouvement. Megan s'approchait lentement du lit et, encore une fois, il ne put en détacher son regard. Sans même y réfléchir, il inspecta sa main gauche cherchant une alliance qu'il ne vit pas.

— Monsieur Sullivan, je ne sais par où commencer pour vous témoigner ma gratitude.

Gabe allait lui demander de l'appeler par son prénom mais il ne savait que trop bien le plaisir qu'il en tirerait. Son esprit se perdait déjà dans des fantasmes où Megan le prononcerait dans diverses situations. Des situations où il n'y aurait ni petite fille ni chef de brigade et un peu moins de vêtements. Mise à part cette foutue migraine, tout allait pour le mieux.

Gabe ne pouvait ignorer non plus les lèvres sensuelles de Megan. Elle les pinça légèrement et se frotta les paupières.

— Je suis désolée, dit-elle avec un petit rire sans amusement. Je m'étais juré de ne pas pleurer.

— Elle dit toujours ça, déplora Summer en soupirant, tandis que sa mère luttait contre les larmes.

Gabe soupira à son tour.

— C'est tout à fait normal.

— Nous voulions – avions besoin – de venir vous remercier à tout prix, expliqua Megan en s'attardant sur le bandage qui barrait la tête de Gabe. Et nous assurer que vous alliez bien.

La voix de Gabe se fit plus rude que d'ordinaire.

— Je vais bien.

— J'en suis ravie.

— Et vous deux, ça va ? Vous avez inhalé beaucoup de fumée…

Megan lui sourit d'une telle façon qu'il en fut tout retourné.

— Nous allons bien, assura-t-elle en posant sa main sur sa gorge. Le médecin a dit que j'aurai une voix de crapaud pendant quelques jours.

— Vous devriez entendre son *crôa* ! s'exclama Summer. On dirait le crapaud qu'on a dans ma classe ! Montre-lui, maman !

Megan émit un rire qui semblait cette fois plus sincère.

— Je ne pense pas que monsieur Sullivan veuille m'entendre faire *crôa*, Summer.

Le pouvoir de son sourire, la façon dont sa joue gauche se creusait d'une légère fossette et dont ses yeux se levaient au ciel le chamboulait. Il pourrait s'enivrer de ses sourires – il se sentait déjà assommé d'en avoir vu un seul.

S'il avait rencontré Megan dans un bar ou un café, si elle avait été une de ses collègues – ou n'importe qui d'autre qu'une victime qu'il avait secourue –, Gabe serait déjà en train de chercher un moyen de la faire rester plus longtemps, de lui soutirer son numéro de téléphone et un rendez-vous.

Mais la seule raison qui expliquait son regard, c'était qu'il était leur sauveur. Il ne pouvait pas se permettre la moindre affection pour elles.

Des souvenirs de sa stupidité passée lui revinrent en mémoire, lorsqu'il avait ignoré les limites professionnelles et s'était – stupidement – entiché d'une victime.

— Mais si, il veut entendre ! insista la petite. Pas vrai ? ajouta-t-elle devant le silence de Gabe.

Il ne pouvait pas la décevoir.

— Bien sûr, dit-il d'un ton qui indiquait pourtant tout le contraire. Pourquoi pas ?

Mais Megan avait compris le message. Elle fit reculer sa fille et la prit dans ses bras.

— Nous ne voulions pas vous importuner, dit-elle sur la défensive.

Gabe ne la contredit pas. Il valait mieux qu'elle le pense. Ainsi, elles ne reviendraient pas. Il ne les reverrait plus.

— En le voyant légèrement opiner du chef, Megan poursuivit :

— Merci de nous avoir permis de vous remercier.

Puis elle prit sa fille par la main pour la mener vers la sortie, remerciant Todd au passage de leur avoir permis cette rencontre.

— Il faut vraiment qu'on parte déjà ? protesta Summer. Je suis sûre qu'il a des super histoires sur tout plein de choses qui font peur !

En un instant, Gabe avait aperçu en elle toute l'adrénaline, le désir d'aventure et la joie de vivre que lui-même avait toujours eus.

Méfiante, Megan tourna le dos à Gabe.

— Je crois que M. Sullivan a besoin de se reposer.

Elle se força à sourire, ce que nota Gabe, qui eut l'impression de se prendre une chape de plomb en pleine poitrine.

— Dis au revoir, chérie.

Summer fit une petite moue qui rappelait en tout point sa mère. Mais au lieu de répéter les paroles de la jeune maman, la petite lança :

— Tu crois qu'on pourra aller le voir à la caserne des pompiers, dis ? Tu sais, pour visiter ?

Megan ne laissa pas une chance à Gabe de s'exprimer là-dessus.

— Summer, dit-elle d'un ton sans réplique, qui fit soupirer l'enfant.

— Au revoir, monsieur Sullivan.

Gabe voulut sourire à ce petit ange, lui faire comprendre que tout cela n'avait rien à voir avec elle et qu'il valait mieux ne pas se faire davantage de mal.

Au lieu de quoi, il ne put que dire :

— Au revoir, Summer.

4

Deux mois plus tard...

Enveloppée dans une serviette trop grande, Megan sortit de la douche pour s'habiller. Le temps de trouver mieux, elle louait un appartement si petit qu'elle avait vue sur la cuisine depuis son lit.

— Summer, qu'est-ce que tu trafiques ? demanda-t-elle en surprenant sa fille recouverte de farine...

Une farine qui, sans nul doute, devait s'être aussi répandue partout sur le sol de la cuisine.

Elles étaient encore dans les cartons, entourées de meubles, de vêtements et de vaisselle. Megan passait aussi le plus clair de son temps au téléphone avec la compagnie d'assurances à remplir de nouvelles déclarations, puisque les premières avaient mystérieusement été égarées. Tout serait bientôt réglé, lui avait-on promis. À force de croiser les doigts, Megan en avait des crampes.

Quelles que soient les bêtises qu'avait faites Summer ces deux derniers mois, Megan n'avait qu'à se rappeler combien sa fille était traumatisée par l'incendie et combien ses petites manigances lui avaient manqué pour passer l'éponge. Cependant, il semblait que ces derniers jours Summer ait tout essayé pour la faire sortir de ses gonds – et la patience de Megan ne tenait maintenant plus qu'à un fil.

— Je fais des muffins, se défendit la petite fille. Je vais les mettre au four, tu me l'allumes, dis ?

Depuis qu'elle était capable de se tenir sur un tabouret, Summer avait développé une passion pour la pâtisserie, répandant allègrement farine et sucre glace autour d'elle, forçant l'admiration de Megan face à une telle créativité.

Évidemment, Summer avait crié assez fort pour que tout l'immeuble sache exactement ce qui se passait dans l'appartement 1C du premier étage. Bien que Megan ait toujours adoré contempler les rues de San Francisco, il était dorénavant hors de question de vivre ailleurs qu'au premier. Ramper le long d'un escalier sans fin pour échapper aux flammes la hantait un peu moins qu'être piégée au troisième étage d'un immeuble. Depuis l'incendie, Megan se montrait particulièrement prudente, et procédait toujours à une inspection des lieux. Se passer d'une belle vue constituait un maigre sacrifice. Tout mais pas se retrouver dans la même situation…

— Très bien, répondit-elle, en serrant la serviette contre elle avant d'allumer le four. Mais qu'est-ce qui t'a donné envie de faire des muffins à…

Elle s'interrompit pour regarder l'heure sur le four.

— … Six heures quinze du matin ?

Megan et sa fille étaient des lève-tôt mais la fillette ne se montrait d'habitude pas aussi prompte à l'ouvrage, surtout le premier jour des vacances scolaires.

Summer lui adressa un large sourire, celui dont elle usait d'ordinaire pour obtenir quelque chose. Une astuce à laquelle Megan se savait hermétique. La plupart du temps, du moins.

— On pourrait les amener à la caserne, répondit-elle, avec un large sourire. Pour le petit déjeuner des pompiers.

Pendant les premières semaines qui avaient suivi l'incendie, Summer n'avait cessé de poser des questions à propos du feu, des camions… et de Gabe Sullivan. Grâce à Internet et à quelques livres, Megan avait répondu aux interrogations les plus simples. Mais pour ce qui était de leur sauveur, elle avait tout fait pour éluder la question. Surtout quand cette dernière impliquait de le revoir.

À l'hôpital, Megan avait vu la sincère émotion qui avait habité sa fille lorsqu'elle avait fait un câlin à Gabe. Mais elle s'était sentie quelque peu blessée de le voir se renfermer presque aussi soudainement.

Elle ne l'avait pas pris personnellement, bien sûr. Surtout au vu de la blessure qu'il avait reçue. Mais ses sentiments avaient été à fleur de peau ce jour-là, et ils l'habitaient encore. Megan s'était figuré que c'était pour ça qu'elle avait réagi de la sorte.

Malheureusement, Summer n'était pas la seule à songer sans cesse au pompier. Megan y pensait tous les jours, et à ce qu'il avait fait pour elles, également. À la façon dont il avait risqué sa vie. Et parfois, tard dans la nuit, quand elle était seule, elle se figurait son physique parfait.

Non pas que ce genre de pensées ait un but quelconque. Même s'il ne les avait pas congédiées à l'hôpital, jamais elle n'aurait pu s'imaginer vivre avec un tel homme. Megan ne connaissait que trop bien les vicissitudes de la vie avec un casse-cou. Elle en avait payé le prix fort il y a cinq ans, à la mort de son époux.

Megan voyait l'avenir avec un homme qui rentrerait chaque soir. Hors de question de passer des jours et des nuits à craindre que le téléphone sonne ou que la sonnette retentisse pour qu'on lui apprenne qu'elle avait perdu la personne qui comptait le plus pour elle.

Quand Summer avait reçu un cadeau d'anniversaire de la part de la caserne numéro 5, cela n'avait pas aidé. La petite poupée habillée en pompier, avec des couettes blondes et un grand sourire, accompagnée d'un petit dalmatien en laisse rouge, ne quittait quasiment plus l'enfant. Elle l'emportait partout et dormait avec. Même en cet instant, la poupée et le chien observaient la scène depuis le comptoir.

— Tu sais, je suis sûre qu'ils ont tout ce qu'il faut pour le petit déjeuner, tempéra Megan en regardant sa fille enfourner un petit plateau recouvert de muffins.

— Rien d'aussi bon que mes muffins, dit Summer, d'un ton assuré.

Ce que Megan ne pouvait réfuter. Ceux chocolat-banane-fraise de sa fille étaient une merveille. Une recette certes improbable mais qui faisait mouche.

Ce n'était pas d'elle que Summer tenait ses dons de cuisinière, loin de là. Mais de David, qui était un véritable cordon-bleu. Summer en était le parfait prolongement, jusqu'à la couleur de ses cheveux. À croire qu'il était encore en vie.

— On en reparlera quand je serai habillée. Préviens-moi dès que le four sonnera, que je les sorte avant qu'ils brûlent.

— D'accord, maman, gazouilla l'enfant, presque sûre d'obtenir ce qu'elle voulait.

Et franchement, Megan commençait à se trouver à court d'excuses lui permettant d'éviter la case « pompiers ».

Donc elles livreraient les muffins, regarderaient les camions et iraient marcher quelques heures au parc. Pas question de se stresser à l'idée de voir Gabe. D'ailleurs, il n'avait pas insisté pour qu'on l'appelle autrement que « monsieur Sullivan », bien qu'il ne semblât guère plus âgé qu'elle. De plus, serait-il au moins de service ce matin et les reconnaîtrait-il ?

Megan jeta un œil dans son miroir sur l'armoire et comprit qu'il était inutile de se raconter des histoires. Penser au pompier la mettait dans tous ses états, sans qu'elle puisse rien y faire.

S'il était de service, il se souviendrait d'elles. Il y avait eu une connexion entre eux, une indéniable étincelle.

Elle ouvrit son placard. Qu'elle se mente à elle-même ou qu'elle soit honnête, une chose était certaine : elle n'avait strictement rien à se mettre pour se rendre dans une caserne par une froide matinée de samedi.

Summer fila par-devant Megan, qui portait un Tupperware rempli de muffins encore chauds. À peine un pâté de maisons plus loin, la petite fille disparut dans la grande entrée de la caserne. C'était une des plus vieilles de la ville, installée dans un très bel immeuble. Le cœur de Megan n'aurait pas dû battre aussi fort. Même si elles avaient grimpé pour arriver jusque-là, les séances de yoga qu'elle suivait auraient dû lui permettre de garder son souffle.

Puis Summer sortit avec *lui*, ce qui provoqua presque un arrêt cardiaque à Megan. Ses pieds s'immobilisèrent, la laissant pantoise sur le trottoir, la bouche entrouverte.

Il était déjà canon à l'hôpital, la tête bandée et couché sous un drap mais là...

Là...

Il n'y avait pas de mot – du moins pas de mot qui ne contienne pas de sous-entendu – pour définir cet homme. *Grand, ténébreux et bel homme* n'aurait pas suffi. *Canon, beau...* Tous ces adjectifs bien trop communs pour ce garçon aux épaules si bien faites, aux hanches étroites, aux magnifiques yeux bleus surplombant une mâchoire puissante et une bouche virile.

Megan dut se rappeler à l'ordre. *Ne te jette pas sur lui*. Sa libido avait peut-être – stupidement – pris le dessus quelques instants mais ça ne signifiait rien dans le grand ordre des choses. Elle trouverait un moyen de soulager cette folie sexuelle, quand elle serait seule. Mais pas question de mettre sa vie future, ainsi que celle de sa fille, entre les mains d'un homme qui pourrait ne plus être là le lendemain.

Cette pensée lui fit reprendre ses esprits.

Tout en contrôlant de nouveau ses pieds, Megan se tint le plus droit possible et franchit les quelques mètres qui les séparaient, histoire de ne pas avoir l'air plus en pâmoison qu'elle ne le laissait paraître.

— Vous allez bien ?

— Ça va, oui, répondit-il.

— J'en suis ravie, dit-elle, traversée par une vague de soulagement.

Être si près de Gabe lui donnait tellement le tournis qu'elle faillit oublier ce qu'elle tenait entre les mains.

— Summer a préparé ça pour vous !

— Merci, lui dit-il, en lui prenant le récipient des mains et en souriant à Summer.

Il souleva le couvercle et huma le parfum des muffins, visiblement surpris par la bonne odeur.

— Ils ont l'air délicieux ! Je pense que les autres vont vouloir me les arracher !

— Vous pouvez partager ! J'en ferai plein d'autres !

Megan devinait très bien ce qui allait arriver. S'il les laissait entrer ne serait-ce qu'une fois, les visites se répéteraient.

Tandis qu'elle songeait à cela, Gabe lui tourna le dos, l'air neutre. Pas un sourire à son attention, juste à sa fille. Il n'était de toute évidence pas du tout aussi heureux de la voir qu'elle l'était.

Bien. Peut-être que leur visite s'écourterait.

Summer le tira par la manche.

— Merci pour la poupée ! C'est le plus beau cadeau que j'ai reçu pour mes sept ans ! Le petit chien est très mignon, aussi !

Ce remerciement fit s'accroupir Gabe, face à elle.

— Ça me fait plaisir ! Sept ans, c'est important.

— Monsieur Sullivan, vous pouvez me montrer les camions et tous les boutons sur lesquels vous appuyez pour le feu ?

Eh bien, la visite allait être plus longue que prévu, pensa Megan en ruminant. Malgré le mur qu'elle s'était borné à ériger autour d'elle pour garder bonne contenance, le sourire de sa fille la fit fondre.

Depuis combien de temps cherchait-elle un homme qui puisse regarder Summer avec tant d'intérêt ? Comme si chaque lever de soleil dépendait d'elle ? Pas comme si elle avait été un être gênant que Megan avait conçu avec quelqu'un d'autre.

— Bien sûr, dit-il avant de se retourner vers Megan. Si maman est d'accord.

Elle s'apprêtait à répondre quand elle vit la cicatrice qui barrait le front de Gabe au-dessus de son sourcil gauche. Ses jambes tremblèrent. La dernière fois, il avait le visage bandé, et elle se douta que c'était là que la poutre l'avait atteint. Megan voulut articuler quelque chose, le remercier à nouveau et s'excuser de l'avoir mis dans une telle situation mais elle savait que cela aurait paru déplacé.

Elle se contenta de dire :

— Bien sûr que c'est d'accord. Summer adore les grosses machines et voir comment elles fonctionnent, hein mon cœur ?

Tout comme son père. À part que lui était plutôt avions que camions de pompiers.

Gabe prit la main tendue de Summer et l'emmena au fond de la caserne afin de lui montrer une machine antédiluvienne, briquée comme un sou neuf.

D'ordinaire, Megan les aurait suivis, mais se trouver si près de Gabe Sullivan pendant aussi longtemps ne semblait pas être une bonne idée. Pas quand ses hormones criaient au supplice.

S'avançant un peu plus dans la caserne, Megan se retrouva bien vite entourée d'hommes trapus et musclés. Malgré l'omniprésence de testostérone, de torses musclés et de mâchoires carrées, sa libido se tint à carreau.

Un seul pompier lui faisait de l'effet.

Chassant cette pensée inutile de son esprit, elle prit sur elle d'aller les saluer tous et de les remercier de ce qu'ils avaient fait pour elle et sa fille. Quelques sourcils se levèrent lorsqu'elle pointa Summer du doigt près de la vieille machine. Les autres pompiers se jetaient des clins d'œil, d'un air entendu.

Summer et l'homme qui faisait battre son cœur comme une bombe à retardement riaient de concert et pendant un instant, Megan se plut à imaginer qu'ils n'étaient plus de simples inconnus l'un pour l'autre, que sa fille avait enfin une figure paternelle pour lui apprendre des choses et lui dire qu'il l'aimait avant de lui souhaiter bonne nuit.

— Serait-ce une odeur de muffin que je sens ?

Todd, le chef d'équipe, arriva pile à ce moment-là et Megan sourit à cet homme d'âge mûr et charmant qui les avait présentées à Gabe.

— Oui, Summer les a faits ! dit-elle avant d'aller récupérer la boîte contenant les gâteaux.

En se retournant, Megan heurta soudain une très jeune femme.

— Oh pardon, désolée, je ne vous avais pas…

Elle s'interrompit, surprise. Qu'est-ce qu'une de ses plus vieilles amies de fac faisait dans cette caserne ?

— Sophie ? C'est moi, Megan Harris ! lui lança-t-elle. Megan Green à la fac !

— Megan !

Sophie enlaça la jeune femme avant de se reculer :

— Ça fait si longtemps qu'on ne s'est pas vues ! Six, sept ans ?

Elles avaient toutes les deux travaillé à mi-temps à la bibliothèque de Stanford et étaient devenues amies à force de ranger et classer des livres des heures durant. Elles seraient sûrement devenues encore plus proches si Megan n'était pas tombée enceinte. Une fois mariée, elle avait suivi son pilote de mari jusqu'à sa base de San Diego.

— Tu as l'air en forme, dit-elle à Sophie.

— Toi aussi, assura cette dernière, l'air quelque peu perdu. Je ne t'ai jamais vue ici. Tu travailles à la caserne ?

Megan se sentit mal à l'aise de ne pas avoir gardé le contact pendant toutes ces années.

— J'allais te demander la même chose. En fait, nous…

Megan s'interrompit pour chercher un moyen d'annoncer sa mésaventure. Elle n'était pas certaine de vouloir revivre ça maintenant.

— ... Nous avons fait connaissance avec quelques pompiers de la caserne, et Summer a voulu leur préparer des muffins.

— Ta fille ? demanda Sophie avant de répondre à sa propre question. J'avais complètement oublié que tu étais mariée et maman ! Elle doit avoir plus de six ans maintenant !

Comme Megan acquiesçait, Sophie demanda :

— Où est-elle ?

Megan pointa la vieille machine du doigt.

— Summer est là-bas, avec Gabe, un des pompiers.

Megan fut surprise par l'expression de Sophie.

— Attends, ta fille s'appelle Summer ? demanda-t-elle avant d'ouvrir de grands yeux. Oh, mon Dieu, c'est vous que Gabe a sauvées de l'incendie il y a deux mois ?

Pile au même moment, Megan se rendit compte qu'une chose d'importance lui avait échappé : Sophie portait exactement le même nom de famille que Gabe.

— Vous êtes frère et sœur ?

Quand Sophie confirma, Megan se dit que le monde était bien petit : l'homme qui leur avait sauvé la vie n'était autre que le frère de Sophie Sullivan.

— Il nous a sauvé la vie ! C'est le héros de Summer... Le mien aussi, ajouta-t-elle après une pause. Ma fille s'est levée aux aurores pour lui préparer des muffins et je pense qu'elle ne va pas tarder à le convaincre de l'emmener faire un tour du pâté de maisons dans ce vieux camion !

Elle tentait de garder une voix calme, priant pour que Sophie ne remarque pas à quel point elle était attirée par son frère. *Plus gênant, tu meurs.*

— Tu verrais tous les boutons, maman ! cria Summer en courant vers elle sur le sol cimenté, Gabe hors de vue. C'est génial ! J'adore les pompiers ! Merci de m'avoir emmenée !

Tandis qu'elle s'émerveillait sur leur monde et les camions rouges, Megan attrapa la main de sa fille.

— Chérie, voici une vieille amie de la fac. Je te présente Sophie.

Cette dernière s'accroupit devant Summer.

— Oh, mon Dieu, tu es aussi jolie que ta maman ! Ravie de te rencontrer, Summer ! On était très copines à la fac toutes les deux !

— Vous êtes jolie aussi, madame, lui dit Summer de son plus beau sourire.

Sophie rit de bon cœur.

— Tu aimes les livres, Summer ?

Devant le hochement de tête de la petite fille, Sophie poursuivit :

— Quel genre de livre ?

— Tous, annonça Summer après y avoir réfléchi un moment.

Sophie regarda Megan, l'air ravie.

— Parfait, dit-elle. Je travaille à la bibliothèque, juste au coin de la rue. J'adorerais que vous passiez me voir très bientôt, toutes les deux. Surtout que j'ai besoin de quelqu'un pour m'aider à raconter des histoires aux tout petits !

Summer leva soudain la main.

— Moi ! Je peux le faire, je lis très bien les histoires !

— Avec une maman comme la tienne, je n'en doute pas !

À cet instant, Megan fut parcourue de frissons. Gabe venait de s'approcher du petit groupe.

Megan aurait souhaité ne pas être aussi réactive à sa présence… et qu'il ne soit pas aussi séduisant. Une chance que Sophie et Summer soient en plein débat sur leurs livres d'images préférés et qu'elle n'ait pas à y participer car la présence de Gabe accaparait tous ses neurones.

Soudain, un souvenir de Sophie parlant de sa famille lui revint à l'esprit. En plus d'une jumelle, Sophie avait tant de frères que Megan avait toujours été estomaquée par le nombre de professions qu'exerçaient les Sullivan : un photographe, un propriétaire viticole, un joueur de base-ball professionnel… Ainsi qu'un magnifique et courageux pompier. Si elle avait pu se souvenir de chacun de leurs prénoms, elle saurait à nouveau additionner deux et deux.

Megan fut surprise de constater que Gabe n'avait pas l'air particulièrement heureux de voir sa sœur. Ce qui se confirma lorsqu'il lui adressa la parole un peu sèchement :

— Hé Soph, qu'est-ce qui t'amène ?

Celle-ci lui fit une grimace, apparemment loin de se laisser décontenancer par son attitude grognon.

— Je t'apportais quelque chose d'équilibré pour le petit déjeuner, pour changer, dit-elle en tendant un sac en papier qu'elle ouvrit devant lui. Du bon pain complet. Sans sucre ni conservateurs.

— J'ai déjà eu de super muffins ce matin mais merci quand même, dit-il en grimaçant à son tour.

Sophie ferma le sac en haussant les épaules.

— Tu savais que Megan et moi nous nous connaissons depuis la fac ? Incroyable, n'est-ce pas ?

Le regard de Gabe passa de l'une à l'autre, l'air encore moins content qu'avant.

— Incroyable, oui.

Sa voix était atone. Clairement agacée.

Megan fut bien contente que l'attention de Summer ait été accaparée par le reste de l'équipe qui la complimentait sur ses talents de pâtissière. Sinon, même elle aurait pu noter le changement de ton opéré par Gabe.

Mais cette fois, Megan ne fut pas choquée par son attitude. Plus maintenant que son humeur était passée au stade de la colère. Quel que soit son problème, Gabe ne la connaissait pas assez pour qu'elle mérite de subir son mauvais caractère.

Oui, elle lui était – *à jamais* – redevable. Mais elle ne pouvait pas rester reconnaissante en silence tandis qu'il la regardait comme une pestiférée.

— Merci d'avoir fait faire la visite à Summer, lui dit-elle de son ton le plus poli et distant avant de porter son attention sur Sophie, un sourire aux lèvres.

— J'ai été ravie de te bousculer, Sophie !

— Moi aussi ! Je n'arrive pas à croire que tu vis si près !

Megan secoua négativement la tête.

— Je ne suis pas très fière d'avoir perdu ton contact après mon mariage avec David puis notre emménagement à San Diego.

— Au fait, comment va-t-il ?

Comprenant que Sophie ne pouvait absolument pas savoir ce qui s'était passé, Megan lui répondit :

— Il est mort dans un accident.

— Oh non ! s'exclama-t-elle, horrifiée. Je suis désolée, Megan, je ne savais pas !

Tout en voulant rassurer son amie sans trop en dire devant Gabe, Megan ajouta :

— Ça fait plusieurs années, tu sais.

Sophie jeta un œil vers le fond de la caserne, où se trouvait Summer.

— Tu l'as élevée seule ? Ou tu t'es remariée, ajouta-t-elle avant que Megan ait pu répondre à la première question.

— Non, juste Summer et moi. On s'en sort bien, dit-elle avec le sourire le plus sincère possible.

— Jusqu'à ce que tu perdes ton appartement dans l'incendie. C'est si injuste.

— Vraiment, on s'en sort bien, répéta Megan, autant à l'intention de Sophie que de Gabe.

Sophie posa la main sur le bras de son amie.

— J'aurais aimé que tout aille pour le mieux pour vous deux.

— Soph, intervint Gabe d'une voix frustrée, elle te dit que ça va, d'accord ?

Il tentait clairement de refréner sa sœur, mais Megan savait que la jeune femme était tout simplement sincère, comme toujours.

Sophie se contenta de grimacer avant de reporter son attention sur Megan.

— Tu sais quoi ? Notre mère organise une grande fête annuelle ce week-end à Palo Alto dans notre maison. Viens avec Summer, s'il te plaît, dis oui !

Avant qu'elle ait pu répondre, Sophie ajouta :

— Tout le monde va vous adorer, n'est-ce pas, Gabe ?

— Oui, sûr, répondit-il en les regardant à peine, l'air terriblement peu concerné, comme quand Summer avait supplié Megan d'imiter le crapaud à l'hôpital.

C'était évidemment ce que pensait Gabe de cette idée, n'est-ce pas ? Sans aucun intérêt. Megan sentit les yeux de Sophie passer de l'un à l'autre, tâchant de comprendre quel était le problème… et pourquoi il ne pouvait apparemment pas supporter de voir Megan.

Devant ce silence gêné, Sophie brisa la glace :

— D'ailleurs, il y a un ou deux de mes frères qui adorent les enfants !

Bon Dieu, est-ce que Sophie était en train de jouer les entremetteuses ?

Mais avant que Megan ait pu avertir son amie, cette dernière ajouta :

— Chase et Marcus sont fiancés et leurs copines – ou fiancée dans le cas de Chase – sont fantastiques ! Restent Zach, Ryan et Smith. Tous libres ! Du moins, autant que je sache.

Megan se rappela que Smith Sullivan, star de l'écran, n'était autre que le frère de Sophie. Tout comme Ryan Sullivan joueur de base-ball. Elle trouvait tous ces Sullivan un brin trop virils à son goût. Mais voir Smith sur grand écran ou Ryan sur la pelouse d'un stade n'avait jamais provoqué en elle ce que le sombre regard de Gabe lui inspirait en ce moment, comme s'il la défiait de respirer en sa présence.

Sophie continua de parler, pendant que Megan réfléchissait... et tentait de garder le contrôle d'elle-même, respiration après respiration.

— Tout le monde va t'adorer. Je suis sûre que mes frères vont se battre pour toi ! Tu ne penses pas, Gabe ?

— Zach et Ryan sont les pires coureurs de jupons au monde, dit-il en secouant la tête. Smith est loin devant eux. Un enfant n'a pas sa place dans le monde d'une star de cinéma.

Sophie balaya ses inquiétudes d'un mouvement de la main.

— Vous êtes tous formidables ! Et ce sont des séducteurs uniquement parce qu'ils n'ont pas encore rencontré la femme idéale.

Megan avait remarqué que Sophie n'avait fait aucune remarque sur un quelconque statut de coureur concernant Gabe. Elle ne l'avait pourtant pas non plus vendu comme le parfait petit ami. Il devait sûrement avoir une copine.

Une copine que Megan détesterait très certainement. Juste par principe.

— Dis-moi que tu viendras, s'il te plaît ! Toi et Summer, vous seriez dans votre élément à cette fête !

Honnêtement, Megan ne tenait pas à rester plus longtemps auprès de Gabe mais la petite voix dans sa tête surgit soudain de nulle part et lui fit dire :

— Nous adorerions être là. (Elle éprouva une joie indicible à sentir Gabe se rapprocher d'elles.) Que peut-on apporter ? Je suis sûre que Summer voudra cuisiner quelque chose de spécial pour cette occasion !

Une fois que Sophie et Megan eurent échangé leurs numéros de téléphone et leurs adresses e-mail, la jeune bibliothécaire promit de lui envoyer bien vite toutes les informations nécessaires.

Puis, se préparant à maîtriser toutes ses pulsions stupides à l'encontre de Gabe pour samedi prochain, Megan les salua :

— Eh bien, Summer et moi, nous allons partir et vous laisser retourner à votre travail.

Elle appela sa fille, résistant à toutes les supplications de rester « un peu plus longtemps », car la petite passait « le meilleur moment de sa vie » avec les pompiers.

Enfin, Summer prit la main de sa mère et elles sortirent de la caserne, le cœur de Megan battant encore plus fort qu'à l'arrivée, malgré une rue, cette fois en pente.

Car elle savait qu'elle allait revoir Gabe Sullivan.

Tout en regardant Summer et Megan descendre la rue qui menait à la caserne, Gabe s'adressa à sa sœur :

— Tu ne vas quand même pas essayer de la caser avec Zach ou Ryan, rassure-moi ?

La simple pensée que l'un de ses frères puisse toucher un seul de ses cheveux le faisait voir rouge.

Sophie fit la moue.

— Pourquoi pas ? Elle est si douce et intelligente. Tu ne trouves pas ? En plus, elle n'a tellement pas eu de chance avec cet incendie qu'un peu de distraction ne lui fera pas de mal.

Gabe ne ferait aucune remarque. Pas question qu'il laisse sa sœur savoir ce qu'il pensait de Megan, à savoir qu'elle était la plus belle femme qu'il ait jamais vue.

— Ils vont la réduire en miettes...

Sa sœur croisa les bras.

— Elle a perdu son mari et élevé sa fille toute seule ! Et on dirait qu'elle arrive très bien à faire face à la perte de son appartement. Je pense que ça suffit à prouver sa force de caractère.

Elle haussa les épaules à nouveau.

— Qui sait, peut-être trouvera-t-elle les failles de Zach ou de Ryan.

Oh que non ! Maintenant qu'il l'avait dans la peau, il était hors de question qu'elle s'incruste sous celle de ses frères.

— Je sais à quoi tu joues, la Gentille.

Un surnom qui lui allait très bien d'habitude. Mais pas aujourd'hui. Aujourd'hui, sa petite sœur avait bien l'intention d'interférer dans ses projets en invitant Megan et Summer dans leur clan.

Sophie lui adressa un regard innocent, ses yeux un brin trop écarquillés à son goût.

— Megan est une amie de fac, et j'ai envie de la voir plus souvent ! Je l'aime beaucoup.

— Et donc tu prétends que l'inviter à la fête n'a aucun rapport avec moi ?

Sa sœur le toisa d'un regard signifiant qu'elle comprenait parfaitement les sentiments de son frère.

— À toi de me le dire, Gabe. Pas vrai ?

Il lui saisit des mains le sac rempli de cette saleté au pain complet.

— Merci pour le p'tit déj. Je dois aller travailler.

Avant d'avoir pu s'éloigner de cette sœur qu'il aimait pourtant beaucoup, Gabe la surprit à sourire. Et il sut exactement pourquoi elle souriait.

Sophie pensait que son grand frère n'allait pas tarder à tomber raide dingue de Megan et de sa petite fille.

Eh bien, elle avait tort.

Complètement tort.

5

Samedi après-midi

Pshhhh !

Megan et Summer rentraient des courses et erraient depuis quelques minutes dans le parking souterrain de leur immeuble à la recherche d'une place, quand la voiture roula sur quelque chose. Le sifflement provenant de sous le châssis était si fort qu'on pouvait l'entendre avec les fenêtres fermées.

Megan comprit qu'il ne pouvait s'agir que d'une chose : un pneu crevé.

Le garage serait fermé à cette heure-ci, un samedi, et il était hors de question de parcourir les quelque cinquante kilomètres qui les séparaient de Palo Alto sur la jante. Ce qui signifiait qu'elles ne pourraient pas se rendre à la fête des Sullivan prévue le soir même.

Megan voulait avoir la chance de revoir Sophie. Mais Gabe Sullivan ?

Penser à Gabe lui donnait autant chaud que froid. Une bonne raison de garder ses distances vis-à-vis de lui.

Gabe avait risqué sa vie pour elle et Summer, ce pour quoi elle lui serait éternellement reconnaissante. Mais il était impossible pour elle de le considérer tout simplement comme un *homme*.

Il ne serait jamais qu'un courageux pompier. La fête des Sullivan devrait donc être le dernier endroit au monde où Megan devrait se rendre, car en présence de Gabe, elle se sentait sous l'emprise du désir… pas de la gratitude.

— Chérie, commença Megan à l'intention de sa fille, avec ce pneu crevé, j'ai peur que nous ne puissions pas aller chez les Sullivan, ce soir.

Vu l'enthousiasme de Summer à l'idée de revoir Gabe après sa visite guidée de la caserne, Megan se devait de ne pas paraître trop enthousiaste à propos de son pneu… Bien qu'elle n'ait jamais été aussi heureuse d'avoir crevé !

Bien que Summer déborde d'énergie de façon générale, elle gardait souvent son calme face à de telles situations. Malheureusement, voyant la moue affichée par la petite fille, Megan comprit qu'elle allait avoir droit à l'un de ses rares caprices.

— Mais je veux y aller !

— Il n'y aura que des grandes personnes, en plus, soupira Megan qui n'arrivait pas à saisir le problème – ou du moins, ne le voulait pas. Pourquoi tiens-tu tant à y aller ?

— Tu sais *très bien* pourquoi, je veux y aller ! accusa Summer avant de se précipiter dans sa chambre et d'en claquer la porte. On devrait déjà y être et toi tu nous mets en retard avec des courses qu'on n'avait pas besoin de faire ce soir ! ajouta-t-elle depuis l'autre côté de la porte.

Megan dut prendre quelques inspirations afin de garder son calme.

Ce qui ne servait à rien. À la seule idée de se rendre à cette fête et d'y voir Gabe, elle avait été sur les nerfs toute la journée.

— Je t'interdis de me claquer la porte au nez, mademoiselle ! menaça Megan. Ouvre-moi tout de suite !

Quelques secondes plus tard, la porte s'ouvrit en grinçant. Megan s'apprêtait à s'engouffrer dans la pièce pour exiger des excuses mais elle se retint juste à temps.

Elles se faisaient toutes les deux une montagne de pas grand-chose. Bientôt, tout redeviendrait comme avant, et en un rien de temps, elles se retrouveraient sous la couette devant un film.

Megan prit son téléphone pour prévenir son amie qu'elles ne pourraient pas venir à la fête ce soir, qui devait d'ailleurs battre son plein à cette heure. Alors qu'elle s'attendait à devoir laisser un message, Megan fut surprise d'entendre Sophie décrocher.

— Salut, Megan, alors, vous avez du mal à trouver la maison ?

— En vérité, nous n'allons pas pouvoir venir, Sophie.

— Oh non, pourquoi ? Aucune de vous n'est malade, si ?

Soudain, Megan envisagea de simuler une toux. Seulement, mentir n'était pas son truc. Et elle ne voulait pas que Summer prenne cette mauvaise habitude.

— Non, nous allons bien, rassure-toi. Mais je ne peux pas en dire autant de ma voiture. J'ai crevé et impossible de la faire réparer avant lundi.

— Est-ce que je peux te rappeler ?

Megan acquiesça et raccrocha. Tout en attendant, elle eut un mauvais pressentiment. Un pressentiment ridicule.

— Bonne nouvelle, déclara Sophie après avoir rappelé. Gabe n'est pas encore parti et ça lui ferait plaisir de passer vous prendre !

Megan appuya sa tête contre le mur, les yeux fermés.

— C'est très gentil de sa part mais je m'en voudrais trop de lui faire faire un détour. Nous sommes déçues de rater la fête mais...

— Il habite juste à côté de chez toi ! la rassura Sophie. Ça ne lui pose aucun problème ! Je peux lui donner ton adresse ?

Non !

— Il faudra aussi nous ramener et c'est beaucoup demander, surtout de façon aussi impromptue, insista Megan.

Au lieu de baisser les bras, Sophie déclara :

— Je tiens beaucoup à ce que vous veniez, avec Summer. Et il faut que tu saches que mon frère est l'homme le plus adorable au monde. Il adore rendre service.

Étant donné qu'il avait risqué sa vie pour sauver les leurs, c'était l'euphémisme du siècle.

Megan retint à peine un souffle de résignation.

— OK.

Tout en se sentant particulièrement ingrate, elle ajouta :

— Merci, Sophie, Summer va être aux anges.

Dehors, la nuit était tombée au point que Megan pouvait maintenant voir son reflet dans la fenêtre de la cuisine. Elle ne fut pas surprise de se voir ébranlée. Et inquiète. Mais elle décela autre chose sur son visage, quelque chose qui ne devrait pas s'y trouver.

De l'appréhension.

Elle s'éloigna finalement de la fenêtre.

— Bonne nouvelle, Summer ! cria-t-elle avec un enthousiasme forcé. Nous allons à la fête, finalement !

La petite fille laissa échapper un cri de joie et courut vers la cuisine pour couper en parts égales le flan qu'elle avait préparé pour l'occasion.

Tout en se garant en double file devant l'immeuble où ses deux passagères de dernière minute l'attendaient, Gabe se dit que sa sœur avait semblé extrêmement joyeuse qu'un pneu puisse ainsi crever. Au passage, elle l'avait copieusement incendié de ne pas s'être proposé de lui-même pour aller chercher les filles.

Et le pire, c'est que Sophie avait raison. Il aurait dû se proposer. Mais il n'en avait rien fait, craignant de se brûler les ailes en s'approchant trop de Megan.

Il avait à peine frappé à la porte que cette dernière s'ouvrit.

— Monsieur Sullivan ! s'écria Summer en l'entourant de ses petits bras.

Il l'enlaça de même, jetant un œil à l'intérieur de l'appartement avant de voir Megan apparaître... lui coupant le souffle.

Manifestement surprise, elle s'avança :

— Oh, bonsoir. Je ne vous avais pas entendu frapper.

En le regardant avec Summer, son regard s'adoucit.

— Merci de passer nous prendre à la dernière minute.

Gabe songea à une bonne dizaine de choses à dire – du moins une poignée de réponses sensées. Mais la seule qui lui vint à la bouche fut :

— Vous êtes très belle.

Et c'était vrai. Si belle, que le cœur de Gabe hésitait entre l'arrêt complet ou l'accélération soudaine.

Megan portait assez de maquillage pour que ses yeux semblent grands et brillants. Le rouge sur ses lèvres lui donnait envie d'y poser les siennes, et son léger brushing, celle de passer une main dans l'une de ses mèches pour voir si elles étaient aussi soyeuses qu'elles en avaient l'air. La robe qu'elle portait la mettait merveilleusement en valeur. Il ne pouvait pas s'empêcher de contempler la façon dont elle épousait sa poitrine, sa taille et ses hanches, qu'il désirait tant toucher. C'était la première fois qu'il voyait Megan en escarpins et vu la longueur de ses jambes, cela devrait être déclaré illégal.

Il parvint malgré tout à cesser de la dévisager, juste à temps pour voir qu'elle dissimulait son émotion face à son compliment. Puis, elle sourit.

— Merci.

Oh ! Bon Dieu, ce sourire !

La façon dont ses lèvres se courbaient en un doux et sensuel sourire lui fit le même effet que dans la chambre d'hôpital où Gabe avait perçu chez elle détermination, tristesse et politesse forcée... Mais cette fois, ce sourire sincère lui faisait perdre ses moyens.

Gabe sentit Summer tirer sur sa manche, ce qui suffit à peine à détourner son attention de sa mère.

— Tu es superbe aussi, petite ! dit-il à la fillette qui effectua une pirouette pour faire admirer sa jolie robe verte. Mais quand tu m'appelles « monsieur Sullivan », j'ai l'impression qu'on parle à mon grand-père, alors appelle-moi Gabe, d'accord ?

— D'accord, Gabe ! On y va maintenant ?

— Si ta maman est prête !

Il regarda Megan qui acquiesça et prit son sac à main ainsi qu'un plateau rouge répandant une délicieuse odeur de chocolat. Gabe sut d'entrée de jeu que sa famille allait adorer ces deux personnes. Dieu sait qu'il allait devoir surveiller les faits et gestes de ses frères... Megan était trop belle pour qu'ils ne tentent pas de jouer les vautours.

— Merci de passer nous prendre, dit-elle gentiment tandis qu'ils marchaient jusqu'à sa camionnette, ça vous fait un détour.

— Aucun problème.

Et vraiment, il n'y en avait aucun. Même s'il devait faire des pieds et des mains pour ne pas perdre tout contrôle face à elle.

Gabe ouvrit la porte côté passager et les aida à monter. Les quelques centimètres de peau qu'il aperçut lorsque la robe de Megan se releva légèrement firent réagir son corps au quart de tour. Par chance, à peine installé derrière le volant, Gabe fut harcelé de questions par Summer.

— Quand est-ce que vous avez décidé que vous seriez pompier ? Ça fait quoi d'avoir plein de frères et sœurs ? C'était difficile de devenir pompier ? Pourquoi votre chapeau est rouge ?

Gabe quitta la ville, puis l'autoroute et prit direction plein sud, vers la maison qui l'avait vu grandir. Le flot incessant de questions que posait la fillette de sept ans était un parfait moyen de se focaliser sur autre chose que sur Megan. D'autant plus que la merveilleuse jeune femme assise près de lui restait parfaitement silencieuse. Il n'aurait su dire si c'était dû à une quelconque nervosité mais elle ne semblait pas avoir envie d'engager la conversation comme sa fille le faisait.

Toutefois, malgré la délicieuse odeur de fondant qui avait envahi la voiture tout au long du trajet, Gabe pouvait percevoir le parfum de Megan, quelque chose de fleuri, qui allait de pair avec cette belle robe de velours qui mettait si bien en valeur ses formes et ses jambes légèrement bronzées. Il n'avait cessé de les admirer quand ils avaient quitté l'appartement pour son véhicule.

Quand ils arrivèrent enfin devant la maison familiale, Gabe leur ouvrit la porte donnant sur le trottoir et prit une grande inspiration.

— Je vous retrouve à l'intérieur dans quelques instants, le temps de me garer.

Megan opina du chef en faisant descendre Summer mais évita de croiser son regard.

Il n'avait fallu que cinq minutes à Gabe pour trouver une place et rejoindre la maison. Comment diable ses frères avaient-ils pu s'approprier Megan en si peu de temps ?

Ryan et Zach l'entouraient de part et d'autre tandis qu'elle riait à tout ce qu'ils lui disaient. Elle était superbe. Si belle que l'estomac de Gabe se nouait chaque fois qu'il la regardait.

Il allait les tuer. S'ils posaient ne serait-ce qu'une main sur elle, ils étaient morts.

Et, soudain, comme au ralenti, il vit le mouvement calculé de Zach, qui remettait en place une des mèches de cheveux de Megan.

De l'autre côté de la pièce, Gabe serra les poings avant que sa mère ne vienne le calmer.

— Mon chéri, je suis si contente que tu sois là.

Elle regarda vers la jeune femme, qui semblait s'amuser en compagnie de Ryan et Zach.

— Je suis ravie que tu aies fait venir Summer et Megan. Elles sont adorables. Absolument adorables !

Gabe tenta de faire descendre la pression. Megan ne lui appartenait pas. Sophic avait peut-être raison. Megan était sans doute la personne dont Zach avait besoin pour évoluer. Gabe aimait son frère mais quand il était question de femmes, ce dernier n'était plus qu'un dragueur invétéré.

La simple idée de Megan et Zach sortant ensemble le fit bouillir intérieurement.

Sentant le regard de sa mère s'appesantir sur lui, Gabe parvint à reprendre ses esprits et à lâcher quelques mots :

— On dirait que ta fête est réussie, maman.

— Elle sera belle tant que vous êtes tous là. Bon, sauf un évidemment. Mais je sais que Smith a fait de son mieux.

Smith n'avait pas réussi à modifier son emploi du temps de tournage pour venir à San Francisco. À son crédit, il parvenait à gérer son temps pour voir sa famille le plus souvent possible. Gabe en était impressionné. Ils se rataient souvent de peu d'ailleurs – lorsque Smith ne pouvait échapper à un tournage ou que Gabe avait un feu à maîtriser.

Malgré ses efforts pour regarder ailleurs, il reporta son attention sur Megan... il ne pouvait s'en empêcher.

À en juger par la façon dont Zach était suspendu à ses lèvres, son frère non plus.

— Megan m'a dit une chose adorable, tout à l'heure, dit sa mère, la main posée sur le bras de son fils, ce qui le força à se concentrer. Elle m'a remerciée d'avoir élevé un homme aussi merveilleux et courageux.

Gabe vit sa mère déglutir.

— J'avais les larmes aux yeux dans la cuisine en pensant à ce qui aurait pu leur arriver à toutes les deux si tu n'avais pas été là.

Gabe ne se laissa pas aller à imaginer un tel scénario. Tout ce à quoi il pensait, c'est à la façon dont cela avait dégénéré la dernière fois qu'il avait vécu une histoire avec une femme qu'il avait sauvée. Après toutes ces années, il n'arrivait toujours pas à croire ce que Kate avait fait suite à leur rupture, ce qu'elle...

— Gabe chéri, tout va bien ?

Devant la douce pression de sa mère et le ton inquiet de sa voix, Gabe fit taire ce vieux souvenir. Il fallait toutefois qu'elle comprenne que Megan n'avait rien de différent par rapport à d'autres victimes qu'il avait connues et que rien de spécial ne les unissait. Mary n'était pas au courant de son histoire avec son ex et il n'allait pas la faire paniquer alors que c'était du passé.

— Je songeais juste à ce que Megan t'avait dit. Elle digère encore cet incendie, c'est normal.

— J'imagine oui, assura-t-elle d'un ton égal. Mais je ne m'attendais pas à des excuses de sa part.

— Des excuses ? répéta-t-il l'air incrédule.

— Elle se sent responsable de ta blessure. Elle pense que si elle avait été plus rapide, si elle avait mieux tenu le coup, alors tu ne te serais pas trouvé là au moment où cette poutre est tombée.

— C'est des conneries.

Gabe ne s'était pas rendu compte qu'il venait de jurer devant sa mère. Elle le regarda, le sourcil levé. Il ne pouvait tout simplement pas supporter l'idée que Megan puisse se reprocher quoi que ce soit.

— Elle a été incroyablement forte. Elle aurait dû perdre conscience bien avant mais elle a lutté pour sa fille.

Gabe ferma les yeux un instant et il se revit au milieu des flammes.

— Tu aurais dû la voir.

— Si je m'étais retrouvée dans un incendie avec l'un d'entre vous, je me serais battue aussi pour m'assurer de votre sécurité. C'est ça, être une mère.

Gabe prit Mary dans ses bras et, quand il la relâcha, les yeux de celle-ci étaient légèrement humides.

— Sophie est ravie qu'elles aient repris contact, dit-elle. J'espère les voir plus souvent !

Seul Zach savait que Gabe ne sortait plus avec des victimes d'incendies – et pourquoi. Ce qui expliquait sans doute qu'il se croyait autorisé à draguer Megan.

Mais, Dieu merci, sa mère n'avait jamais cru aux entremetteurs. Gabe s'efforça de ne déceler aucun sous-entendu dans ses paroles et dit :

— Je suis sûr que Sophie et Megan vont se voir très souvent à partir de maintenant.

Il avait déjà raconté que Megan et sa sœur avaient été amies à la fac.

— Que veux-tu boire, mon chéri ?

Bon sang, il n'avait jamais eu autant besoin d'un verre. Mais le fait est que, bien que n'étant pas officiellement en service, la caserne était en sous-effectif durant les vacances d'hiver et Gabe s'était porté volontaire si besoin. Ce qui voulait dire pas d'alcool pour lui ce soir.

— Va t'occuper de tes invités, maman. Je me charge de mon verre.

— D'accord. Et si tu pouvais faire un feu de cheminée, j'apprécierais.

Le temps dehors était frais et sec, typique de la Californie du Nord à cette époque. Il n'y aurait de la neige qu'à Lake Tahoe, près des montagnes, à des heures de route d'ici.

N'importe lequel de ses frères et sœurs aurait pu s'y coller mais Mary était rassurée que ce soit Gabe car elle songeait – à raison – qu'il était plus pointilleux sur les règles de sécurité.

— Bien sûr.

Elle l'embrassa sur la joue et se joignit au groupe de ses vieux amis. Mais au lieu de se rendre vers le bar pour chercher un soda, Gabe se fraya un chemin jusqu'à la femme qu'il n'avait que trop évitée ce soir.

6

Pourquoi Gabe la regardait-il comme ça ?

Bien qu'elle se sente un peu pompette à cause de la coupe de champagne qu'elle venait de boire trop vite, elle était encore loin d'être saoule. Alors pourquoi diable ne tenait-elle pas en place en voyant Gabe traverser la pièce pour se diriger vers elle et son frère ? À leur arrivée, Mary Sullivan avait amené Summer dans la salle vidéo du sous-sol, où elle l'avait présentée aux autres enfants. Mary était d'un naturel tendre et maternel mais Megan comprit aussi qu'elle devait avoir les reins solides pour avoir élevé huit enfants avec autant d'efficacité.

Megan aurait adoré passer le reste de sa soirée avec les enfants mais comme Mary lui avait proposé de prendre un verre et de la présenter au reste de la famille, elle n'avait pas pu se défiler. Après que Gabe eut enfin garé sa camionnette, elle l'avait surpris en train de la dévisager alors qu'elle discutait avec Zach et Ryan – et peut-être s'était-elle laissée aller à rire un peu plus fort que de raison, histoire de lui faire croire qu'elle n'était pas le moins du monde intéressée par lui.

— Appelez-moi demain et je viendrai m'occuper de votre pneu personnellement.

Zach Sullivan avait fait suivre ses mots d'un sourire qui la fit rougir.

Pas parce qu'elle le trouvait attirant. Elle était humaine après tout, et des Sullivan présents, Zach était le plus canon. Lorsqu'elle avait laissé entendre qu'elle pouvait très bien emmener sa voiture au garage en bas de chez elle, il lui fit la remarque, si pertinente, qu'il n'était autre que le propriétaire d'Auto Sullivan… et il insista pour qu'à partir de maintenant elle s'en remette à lui. Toutes les réparations seraient d'ailleurs offertes.

Vraiment, ces Sullivan, c'était quelque chose ! Et pourtant, malgré les flatteries à répétition de Zach, seuls les yeux perçants de Gabe avaient le pouvoir de lui faire perdre pied. Un vrai tremblement de terre se déclenchait en elle, réveillant des sensations qu'elle avait juré de garder enfouies.

Elle s'apprêtait à remercier Zach pour son offre mais avant même d'avoir pu prononcer un seul mot, Gabe se tenait près d'eux.

— Vous désirez une autre coupe de champagne, Megan ?

Son sang ne fit qu'un tour et lorsqu'elle leva sa flûte pour indiquer qu'elle était encore à moitié pleine, sa main trembla légèrement. Elle n'eut même pas conscience que Zach s'était reculé pour les laisser seuls.

— Summer est dans la salle vidéo ? demanda Gabe.

Malgré le champagne, Megan avait la bouche presque trop sèche pour répondre.

— Oui, votre mère l'a présentée aux autres enfants. Quand je suis partie, elle s'était déjà fait des amis !

— Génial !

Son regard était sombre, intense.

— Il faut qu'on parle, dit-il en indiquant le jardin. En privé ça serait mieux.

Bien qu'il soit très délicat avec Summer, Gabe s'était toujours montré très froid à son égard. À cet instant, il semblait très sérieux. Quelque chose n'allait pas, elle le sentait. Seulement, elle ne comprenait pas quoi. De toute façon, elle n'arrivait pas à le comprendre.

Megan franchit la porte à double battant menant au patio, Gabe sur les talons, si proche qu'elle pouvait sentir sa chaleur dans l'air frais du soir. Elle s'éloigna lentement dans les ténèbres, loin des gens qui festoyaient.

Gabe ôta sa veste en cuir.

— Tenez, vous allez attraper froid.

À peine avait-elle eu le temps de refuser, qu'elle fut immédiatement réchauffée, non seulement par le contact de sa veste mais aussi par le geste. Megan adorait la légère odeur de fumée qui semblait accompagner Gabe partout.

— De quoi voulez-vous me parler ?

— Vous savez, Megan, combattre le feu, c'est mon métier, annonça-t-il sans préambule ni futilité. Faire face au danger et à la mort, j'y suis préparé. Lorsqu'un pompier est blessé, soit c'est sa faute pour ne pas avoir été assez prudent, soit c'est lié aux flammes, une conséquence naturelle que personne ne saurait prévoir.

Il scruta son visage et comme il n'y trouvait pas ce qu'il cherchait, il continua :

— Vous n'avez pas à vous excuser auprès de ma mère pour ce qui est arrivé.

Megan ne put dissimuler sa surprise.

— Mais c'est la vérité, si vous n'aviez pas...

— J'aurais pu avoir deux poids morts sur les bras, mais vous vous êtes battue pour vous extraire de là. Vous n'avez pas cessé jusqu'à ce que votre fille soit sauve.

La lumière s'échappant des quelques lanternes accrochées dans les branches d'un chêne permit à Megan de discerner ses traits dans l'obscurité.

Ils ne portaient que du respect.

Pour elle.

— Vous avez été fabuleuse, Megan. Et je ne veux en aucun cas que vous portiez le fardeau de ma responsabilité. Plus jamais.

Plus que surprise, Megan finit par prendre la parole :

— Je vous remercie de me dire tout ça, mais je ne peux pas m'empêcher de ressentir ce que je ressens.

— Moi non plus.

Ils se jaugèrent du regard et ce courant entre eux fut plus fort que jamais. Soudain, elle ne sut plus s'ils parlaient encore du feu... ou de la tension sensuelle ambiante.

— Je n'aurais pas dû vous amener ici, dit-il soudain. Il fait froid. Je vous retrouve à l'intérieur, je vais rester ici allumer un bon feu.

C'était sa façon à lui de la rejeter. Megan comprit qu'elle devrait partir avant que ces étincelles entre eux ne se transforment en incendie. Mais bon sang, pas question de le quitter là-dessus. Elle ne supportait pas cette façon qu'il avait de l'ignorer comme si elle était déjà partie. se détournant pour empiler quelques bûches.

Aucune femme n'aime à penser qu'elle puisse être oubliée si vite par un homme. Même si ladite femme prétend ne pas vouloir que ce dernier lui prête de l'attention.

Se maudissant de se montrer si têtue, Megan alla piocher à son tour quelques beaux morceaux de bois.

Gabe ne sembla pas ravi de la voir encore là.

— Ne devriez-vous pas rentrer ?

Comprenant que la plupart des femmes devaient d'ordinaire obéir à la moindre de ses demandes, Megan s'agenouilla près de l'âtre qu'il venait de dégager.

— Je vais vous aider un peu, dit-elle en admirant la structure de briques. C'est fantastique ! Summer va m'en réclamer un comme ça pour notre jardin. Elle raffole des grands feux !

— Il y a un jardin attenant à votre appartement ?

— Non, voyons, dit-elle en secouant la tête. Mais une fois que nous aurons trouvé l'endroit idéal pour vivre, j'en ferai installer un.

Toutefois, Megan savait qu'elle n'en ferait rien, trop inquiète que le feu puisse se répandre jusqu'à la maison.

— J'espère que vous trouverez bien vite votre chez-vous, Megan.

Il resta silencieux un moment avant d'ajouter :

— J'ai vu des milliers de feux dans des milliers de foyers mais ça ne m'est jamais arrivé à moi. Je suis désolé de ce que vous avez perdu.

Megan regarda fixement l'endroit où Gabe avait empilé les bûches en une pyramide parfaite.

— Moi aussi.

Elle n'avait pas voulu s'étendre sur le sujet avec Summer car sa petite fille avait besoin d'une maman forte. Craignant que ses clients s'inquiètent qu'elle ne puisse pas traiter leurs dossiers, elle leur avait rappelé qu'elle conservait des sauvegardes sécurisées. Quoi qu'elle dise, ses parents seraient morts d'inquiétude, aussi s'abstenait-elle de tout commentaire avec eux. Quant à ses amies, eh bien à dire vrai, elle n'avait pas beaucoup de temps à leur accorder, entre Summer et son travail. Certaines autres mamans à l'école étaient très amicales mais Megan ne s'était jamais sentie très proche d'elles. Voilà pourquoi revoir Sophie lui avait fait tant de bien.

— Par chance, la plupart de nos photos de famille sont stockées en ligne mais les autres souvenirs de Summer, sa première dent, ses souvenirs d'école… j'aurais aimé ne pas perdre ça.

Gabe lui tendit une allumette, ce qui la fit légèrement sourire.

— Mais ces choses ont disparu et au final, on s'en sort bien. J'ai beaucoup de chance d'avoir ce petit chou.

Gabe acquiesça, tout en contemplant le feu fraîchement parti.

— En effet, dit-il tandis que les flammes s'élevaient. Joli feu, bien joué, ajouta-t-il en lui souriant.

Gabe avait adressé de nombreux sourires à Summer mais jamais à elle. Sa sincérité, sa force qui tranchait avec le charme léger dégagé par ses deux frères, donna envie à Megan de s'approcher un peu plus près pour l'embrasser.

Le sourire de Gabe s'effaça soudain, comme s'il avait perçu ses pensées. Il la scruta à nouveau de ce regard sombre et chaud dans lequel Megan voulait plonger pour savoir s'il pouvait réchauffer ce qui en elle s'était refroidi depuis trop longtemps.

— Je devrais rentrer pour voir si Summer va bien.

— Allez-y, dit-il, le regard toujours aussi intense.

À mi-chemin, Megan se rendit compte qu'elle portait encore son blouson. Elle fit volte-face, revint vers l'endroit d'où il ne cessait de la regarder, puis ôta le vêtement de ses épaules.

— Je vous remercie.

Leurs doigts se frôlèrent et Megan eut la chair de poule, phénomène qu'elle préféra mettre sur le compte du froid. Mais elle savait que ça n'en était pas la cause.

Elle n'attendit aucun « Je vous en prie » en retour. Au lieu de cela, elle retourna à vitesse grand V vers un lieu plus sûr.

Le feu de bois attira petits et grands en dehors de la maison. Les enfants prirent des petits bâtonnets afin de faire cuire les marshmallows disposés sur la table par Mary Sullivan. Ces petits bouts de guimauve n'étaient qu'une des surprises qu'on leur réservait.

— Il y a une cabane dans l'arbre ! s'écria Summer, tout excitée par des festivités dont elle n'espérait pas tant. Gabe a dit qu'il monterait avec nous pour nous la faire visiter, si les parents sont d'accord !

Faisant taire la petite voix dans sa tête qui disait *Moi aussi, je veux jouer dans la cabane*, Megan caressa les cheveux de sa fille.

— Bien sûr que tu peux y aller, fais juste attention.

— Je ne suis plus un bébé, protesta la fillette, les yeux levés vers le ciel.

— Non, tu es *mon* bébé, répliqua Megan en la serrant dans ses bras.

— Maman ! se défendit Summer en échappant à son étreinte. Je dois vite aller prendre une lampe torche avant qu'il n'y en ait plus.

Summer courut vers le petit attroupement d'enfants à qui Gabe distribuait des lampes. Megan fit son possible pour ne pas fondre à la vue de ce dernier, menant les petits vers l'aventure avec une bonne humeur communicative.

Elle n'avait jamais vu un homme aussi à l'aise avec les enfants. Mais il y avait autre chose. Il les aimait, tout simplement. Même le père de Summer, bien qu'en pâmoison devant sa fille, n'avait jamais vraiment su comment la distraire. Megan avait toujours eu le sentiment que David attendait avec impatience l'heure de la sieste pour s'échapper vers des activités plus excitantes.

Megan se secoua intérieurement, elle ne devrait pas faire de comparaison entre Gabe et David. Elle aperçut Sophie en train de traverser le patio, passant d'un coin sombre à un coin éclairé avant de bifurquer sur le côté de la maison.

À son arrivée chez les Sullivan, Megan avait cherché Sophie afin de pouvoir papoter avec elle du bon vieux temps mais elle n'avait pas réussi à la trouver. Elles avaient bien essayé de se croiser ces derniers jours mais entre l'emploi du temps de Sophie et les vacances d'hiver de Summer, elles s'étaient résignées à ne se voir qu'à la fête du week-end.

Toutefois, bien qu'impatiente de papoter entre filles, elle n'en était pas moins un peu inquiète au sujet de Sophie.

Sachant que Summer était entre de bonnes mains avec Gabe, Megan suivit le chemin emprunté par son amie jusqu'à tomber sur une remise dans laquelle celle-ci était assise sur un pot de fleurs retourné.

— Sophie ?

— Oh, sursauta-t-elle, surprise de reconnaître Megan. Salut ! Tu te joins à moi ? lui demanda-t-elle en souriant légèrement, prise au dépourvu.

Megan sourit à sa vieille amie et ferma la porte. Une petite ampoule au plafond éclairait l'espace exigu saturé par l'odeur de terreau.

— Tout va bien ?

Sophie soupira en tremblant.

— Est-ce que tu as déjà voulu quelque chose dont tu ne devrais vraiment pas avoir envie ?

Megan fut frappée par cette question directe. Sophie ne cachait pas ses sentiments. Elle ne l'avait jamais fait. C'est une des choses qu'elle préférait chez elle.

Dans l'espoir de faire renaître l'amitié qui les liait à la fac, surtout maintenant qu'elles habitaient si près l'une de l'autre, Megan opina du chef, même si elle aurait préféré éluder la question.

— Je connais, en effet, lui dit-elle tout en pensant à Gabe dans le jardin et avec une chaleur qu'elle regretta aussitôt.

Seulement, sa réponse ne sembla pas le moins du monde réconforter Sophie.

Tandis que son amie gardait les yeux rivés sur ses mains, Megan suivit son regard vers ses beaux ongles polis. Elle portait une robe type marinière qui couvrait en grande partie ses bras et ses jambes. Elle ne portait ni maquillage ni bijoux, et pourtant elle était incroyablement belle, là où d'autres auraient paru quelconques. Après des heures passées à se maquiller et à se coiffer, sans parler des innombrables robes achetées après l'incendie, Megan se sentit soudain un peu trop coquette.

Elle prit un pot vide, le retourna et s'assit face à Sophie.

— Tu veux en parler ?

Pas besoin d'être voyante pour comprendre que Sophie avait une peine de cœur. Megan se sentit légèrement honteuse de ne pas pouvoir se figurer de qui il s'agissait, toute son attention ayant été monopolisée par Gabe.

— Non, fit Sophie en secouant la tête. Je m'en remettrai. Je suis vraiment la pire des amies du monde, je t'invite à une soirée et je m'isole dans la remise pour bouder.

Megan rit devant la drôle d'expression qu'affichait Sophie.

— J'ai toujours aimé le jardinage, tu sais.

— Allez, fit Sophie en se levant, tendant la main vers Megan. Allons nous procurer deux coupes de champagne et tu me raconteras ces sept dernières années.

Megan voyait bien que ce qui l'avait poussée à entrer dans cette remise la travaillait encore, mais Sophie n'avait visiblement aucune envie d'en parler. Pas tout de suite, en tout cas. Peut-être qu'une fois qu'elles se seraient rapprochées, Sophie se livrerait davantage.

Megan savait parfaitement ce que c'était que d'avoir un coup de cœur pour quelqu'un d'inaccessible. Mais elle n'avouerait jamais, même à Sophie, dans quel état la mettait Gabe.

Aussi brève que fut cette conversation, elle se sentit confortée dans son idée : céder aux pulsions qu'elle éprouvait face à Gabe finirait par la briser.

Ou pire, sa fille.

7

La fête des Sullivan touchait à sa fin, les membres de la fratrie se rassemblaient en un petit groupe autour du feu de bois. Gabe aurait dû se trouver parmi eux mais comme Sophie y avait amené Megan, il préféra se tenir à l'écart, encore incapable de décider quelle attitude adopter auprès de la jeune femme.

Bien sûr, il n'y avait rien entre eux deux. Et il n'y aurait jamais rien. Parfois, il faut savoir faire fi des dizaines de paires d'yeux qui semblent voir ce que l'on refuse de voir soi-même. De ce fait, sa sœur Lori l'avait déjà pris à part pour lui demander si tout allait bien. Une chance, elle avait cru à son histoire de longue veille à la caserne.

Gabe s'était occupé l'esprit en jouant aux pirates et aux ombres chinoises avec les enfants, jusqu'à ce que sa mère les mette devant un film dans la salle vidéo.

À cet instant, Gabe devait faire face. On l'avait dépeint de bien des façons ces dernières années, mais jamais on ne l'avait traité de lâche. Et Gabe pouvait sentir son frère Zach le questionner du regard sur ce qu'il comptait faire vis-à-vis de Megan.

Lorsqu'il s'approcha du feu, il tomba sur Chloé qui se levait en bâillant.

— Désolée de partir quand tu arrives, dit-elle à Gabe. Chase et moi sommes crevés.

Après que son frère et sa fiancée furent partis et qu'il eut pris leur place, leur ami Jake McCann vint s'asseoir à côté de lui. Jake et Zach étaient amis depuis la cinquième et il était venu si souvent à la maison durant leur enfance qu'il en était venu à être considéré comme le « neuvième Sullivan ». Malgré une enfance difficile – un père alcoolique et une mère absente –, c'était un chic type, brillant, qui gérait avec succès une chaîne de pubs irlandais. Il s'était absenté les six derniers mois pour lancer un nouveau concept de bars, et cela faisait un bout de temps que tous ne l'avaient pas vu.

— Hey, Jake, fit Lori, la sœur jumelle de Sophie, par-dessus son épaule, où est passée ta copine ?

Gabe vit Jake sourire à la fille qu'il considérait comme sa propre sœur depuis plus de vingt ans.

— J'ai dû la mettre dans un taxi.

— Tu as un goût terrible en matière de femmes, se moqua Lori en levant les yeux au ciel. On allait jouer à Action ou Vérité, joins-toi à nous !

Qu'importe qu'ils soient tous adultes ; les Sullivan s'adonnaient toujours à leurs jeux d'enfants. Chaque Thanksgiving, ils faisaient une partie de balle au prisonnier où les filles devenaient plus fortes d'année en année… Et les uns voulaient toujours connaître les secrets des autres.

Gabe se savait chanceux d'avoir une famille où tout le monde s'entendait si bien. Mais entre six frères et deux sœurs, il y avait forcément eu des disputes. Par chance, chacun avait toujours su passer outre.

Lori lança un marshmallow à sa jumelle par-dessus le feu.

— Sophie, tu commences ?

Celle-ci eut le réflexe d'attraper le petit bout de pâte sucrée avant qu'il n'atteigne son visage, lançant des éclairs à sa sœur avant de le mettre à griller.

— Vérité, dit-elle, pendant que le feu crépitait.

Les deux sœurs ne s'entendaient plus très bien depuis quelque temps. Personne n'en connaissait la cause, et, bien que leur mère s'en soit inquiétée, ni Lori ni Sophie ne dirait quoi que ce soit. Même brouillées, les jumelles mettaient un point d'honneur à garder leurs histoires secrètes. Elles formaient un petit duo qu'aucun des frères n'avait jamais pu complètement cerner, pas même Gabe qui était le plus proche d'elles en âge et avait passé le plus de temps à leur côté – à l'exception de Marcus, qui les avait quasiment élevées.

— Qu'est-ce que tu trafiquais dans ton coin, ce soir ?

Tournés vers le feu, les yeux de Sophie s'agrandirent, pleins d'inquiétude. Cacher ses sentiments n'avait jamais été son fort, ce qui expliquait son surnom de La Gentille, tandis que Lori, qui attisait les conflits, était appelée La Méchante.

— Je ne trafiquais rien du tout, finit par lâcher Sophie.

Le regard de Lori se fit plus perçant.

— Je t'ai vue sortir de la remise de maman.

— C'est ma faute, intervint Megan d'une voix joyeuse. Je cherchais Summer et je me suis retrouvée là par hasard.

Une fois sa première victime sauvée par le gong, Lori porta son attention sur Jake.

— Action ou Vérité ?

— Si c'est toi qui choisis les actions, La Méchante, je choisis Vérité, dit-il les mains tendues vers le feu pour les réchauffer.

Elle lui adressa un petit sourire, puis posa ses coudes sur ses genoux et son menton au creux de ses mains avant de se pencher vers lui.

— Avez-vous déjà été amoureux, monsieur McCann ?

Gabe crut voir Sophie frissonner.

— Tu as froid, p'tite sœur ?

— Non, répondit-elle sèchement.

Gabe fronça les sourcils. Quelque chose n'allait pas, ce soir. Il avait été trop accaparé par Megan pour voir ce qui tracassait Sophie.

Le rire de Jake résonna dans tout le jardin.

— Moi, amoureux ? Jamais de la vie et ce n'est pas près d'arriver !

Désappointée de ne pas avoir réussi à décontenancer Jake, Lori porta son attention sur Gabe.

— À toi !

La dernière chose au monde dont Gabe avait envie, c'était de participer à ce jeu, mais c'était toujours plus simple d'y jouer avec Lori qu'avec une autre personne.

— Action.

La Vérité n'aurait pas été son truc, ce soir. Encore moins avec Megan à deux pas de lui, bien trop belle devant les flammes à son goût.

— Chante-nous une chanson de feu de camp, dit Lori, avec un sourire sadique.

Marcus grogna et plaqua ses mains sur les oreilles de Nicola.

— Le laisser chanter, ça équivaut à une Action pour nous tous !

La pop star repoussa vivement les mains de Marcus.

— J'adore entendre d'autres gens chanter !

Au lieu de se sentir énervé, Gabe fut plus que ravi que sa sœur ait choisi cette action-là. Parce qu'une fois qu'il aurait chanté, aucune chance pour que Megan s'intéresse à lui.

Gabe se lança dans une version de *Home on the Range*[1] qu'il chanta en chœur avec tous les chiens et chats du quartier. Devant le sourire gêné de Nicola, Gabe décida d'y aller à fond jusqu'à ce qu'elle se bouche les oreilles à nouveau.

Tout aussi mauvais chanteur que son frère, Marcus l'accompagna dans une abominable cacophonie. Tout le monde, y compris Megan, rit tellement que Gabe en oublia un instant de la contempler.

Elle était non seulement belle mais en plus elle s'entendait à merveille avec toute sa famille.

Mince.

Leurs regards se croisèrent et tous deux cessèrent de rire. Megan repoussa soudain sa chaise.

---

1. Chanson de l'État du Kansas. (*N.d.T.*)

— Summer devrait être au lit depuis longtemps.

— Je vous ramène en ville, fit Gabe en se levant à son tour.

Alors que ses frères et sœurs faisaient leurs adieux à Megan, Gabe espérait qu'aucun d'entre eux ne ferait de remarque déplacée sur le fait qu'ils partent ensemble.

Ils étaient presque arrivés à la maison quand Zach lança :

— N'oubliez pas de m'appeler demain, Megan ! Je passerai réparer votre pneu ! Vous avez mon numéro !

Des années durant, Gabe avait monté et descendu des escaliers emplis de fumée et dévorés par les flammes. Mais apprendre que son frère avait déjà arrangé un rendez-vous avec Megan – sous le prétexte de réparer un pneu – lui coupa littéralement le souffle.

Il savait qu'il n'aurait pas dû s'offusquer pour si peu. S'il était l'homme bien qu'il pensait être, il aurait dû se réjouir que son frère s'intéresse enfin à une gentille fille. Après tout, ne venait-il pas de se dire qu'elle s'entendait à merveille avec ses frères et sœurs ?

Mais rien de tout cela ne fit se relâcher le nœud qu'il avait à l'estomac. Il accompagna Megan dans la salle vidéo pour chercher Summer, endormie devant une vieille télé. La plupart des autres enfants étaient encore en train de regarder un Disney, mais elle s'était roulée en boule sur le canapé, enveloppée dans un vieux cardigan que Mary avait tricoté il y a des années.

Megan allait la réveiller quand Gabe intervint :

— Permettez-moi, dit-il à voix basse pour ne pas réveiller Summer.

Et sans le moindre effort, il la transporta en haut des escaliers.

Il alla chercher sa camionnette, le temps que Megan dise au revoir à Mary. Quand il revint, les deux femmes l'attendaient sur le trottoir devant la maison, Summer dans les bras de sa mère, comme la première fois où il les avait vues. Bien qu'elle ne soit pas bien grande pour son âge, Gabe se doutait que la fillette devait être une charge un peu lourde pour Megan. Il se précipita dehors puis l'installa sur le siège arrière, lui boucla sa ceinture et lui improvisa un oreiller de fortune avec un pull.

Plus tôt dans la soirée, il s'était réjoui des questions que lui posait sans cesse la petite fille, cela lui permettait de ne pas se focaliser sur Megan. Il devrait aussi se réjouir que celle-ci soit à présent silencieuse. Alors pourquoi n'était-ce pas le cas ? Pourquoi souhaitait-il pouvoir la connaître plus en détail ?

Une fois garé devant l'immeuble, Gabe détacha la ceinture de Summer et porta la petite jusqu'à l'appartement. Pendant que Megan le guidait jusqu'à la chambre de Summer en allumant les lampes au fur et à mesure, il remarqua le confort des lieux. Elle n'était installée que depuis deux mois et elle ne comptait pas y rester mais il apprécia la chaleur qui émanait de l'endroit.

Son appartement à lui était merveilleusement bien situé, avec de grandes fenêtres et une vue imprenable depuis le dernier étage. Mais il ne s'y était jamais senti chez lui. Pas comme ici.

— Merci de nous avoir ramenées, dit Megan après avoir bordé et embrassé Summer.

Les lumières d'un petit sapin de Noël clignotaient dans le salon, donnant à Megan l'air d'un ange. Elle semblait nerveuse. Summer était assommée de fatigue. Sachant que la petite fille n'avait pas bronché de tout le trajet, il y avait fort à parier qu'elle n'allait pas se réveiller de sitôt.

— Je vous offre un café ou quelque chose ?

N'importe qui aurait compris que cette offre n'était formulée que par pure politesse. Gabe savait quoi faire. S'en tenir à son code et s'en aller d'ici. Pas de conversation. On ne baisse pas sa garde.

Mais malgré toute sa bonne volonté et sa force de caractère de ce soir, Gabe ne pouvait se résoudre à partir.

Pas alors que Megan était enfin là, toute à lui.

D'accord, il ne partirait donc pas maintenant. Mais il mettrait ce temps à profit pour se prouver qu'il pouvait tenir le coup face à elle… et qu'elle n'était pas une tentation.

— Bien sûr, dit-il d'une voix détendue. Un café c'est très bien.

Megan sembla surprise. Évidemment, il n'avait pas encore franchi le fossé qui les séparait. Pas comme Zach et Ryan l'avaient fait à la fête.

— Asseyez-vous, j'en ai pour une minute.

Gabe prit un tabouret et s'assit près du comptoir pendant que Megan prenait un paquet de café et en sortait quelques grains. Elle lui lança un regard consterné. Parce qu'elle n'avait plus de café ou parce qu'il se trouvait chez elle ?

— J'ai un autre paquet, assura-t-elle. Quelque part.

Elle fit le tour de la cuisine et inspecta chaque placard avant d'admettre :

— Je ne me suis pas encore totalement faite à mon nouvel appartement. Parfois, je pense posséder quelque chose mais je me rends compte que le feu l'a détruite et que je ne l'ai pas remplacée.

Gabe dut quasiment s'asseoir sur ses mains pour s'empêcher de se lever et de la prendre dans ses bras. Au lieu de quoi, il répondit :

— Vous devez vous accorder du temps pour digérer tout ça, Megan.

Elle soupira.

— Je ne pensais pas que je me sentirais si perdue sans mes affaires. Ce n'est pourtant que du matériel, vous voyez ? précisa-t-elle en secouant la tête avant de lui adresser un sourire. Summer et moi nous allons bien et c'est tout ce qui compte.

Gabe était encore une fois estomaqué par sa force de caractère et il voulut dire quelque chose pour lui faire comprendre qu'elle pouvait se laisser aller au chagrin lorsqu'elle claqua des doigts.

— Je sais où j'ai du café, lança-t-elle en pointant un placard du doigt. Là-haut !

Elle prit un tabouret entre le réfrigérateur et le comptoir, mais Gabe intervint :

— Je vais attraper ça.

Il pouvait se saisir du paquet très facilement mais il ne s'était pas rendu compte de la promiscuité des lieux, et à peine avait-il récupéré le café que Megan s'était aplatie contre le garde-manger.

— Merci.

— Je vous en prie.

Mais elle ne prit pas le sachet et il ne le lui donna pas. Ils se contentèrent de se jauger.

En voyant son irrépressible envie se refléter dans ses yeux, il posa le café sur le comptoir et prit son visage en coupe. Elle se mit sur la pointe des pieds et il pencha la tête vers elle. Il saisit sa nuque et orienta son visage vers le sien.

Leurs bouches se rencontrèrent, chaudes et avides, toute trace de tendresse oubliée. Ce baiser avait failli arriver plus d'une fois et il leur était maintenant impossible de faire marche arrière. Elle avait le goût du sucre et du champagne, et toutes ces autres petites choses qui n'appartenaient qu'à elle. Ses cheveux étaient doux sous ses doigts et les petits gémissements de plaisir qu'elle émettait le rendaient fou.

Gabe passa sa langue sur la lèvre inférieure de Megan, fondante et docile, et il lui embrassa le coin de la bouche avant de plonger sa langue à l'intérieur.

Leur baiser s'enflamma en une fraction de seconde et Gabe fut pris du désir fou de la posséder. Sauvagement, rapidement, contre le mur, les portes des placards claquant au rythme du plaisir que promettait déjà ce premier contact.

Et pourtant, malgré cette envie d'elle, Gabe savait qu'il devait mettre un terme à leur baiser – et vite. Tandis qu'il se reculait doucement, les mains de Megan s'arrachèrent de ses épaules. Elle les posa à plat sur son torse pour le repousser.

Les mots « Je ne devrais pas vous embrasser » s'échappèrent de sa bouche au même moment où il lâcha :

— Je ne peux pas faire ça.

8

Ils auraient dû l'un comme l'autre s'éloigner au plus vite. Mais aucun d'eux ne bougea.

— Je ne sors pas avec les femmes que j'ai sauvées du feu, expliqua Gabe, plus vraiment certain de qui il cherchait à convaincre.

— Moi, je ne peux pas sortir avec quelqu'un qui risque sa vie, soutint Megan, presque du tac au tac.

C'était la première fois qu'ils se montraient honnêtes l'un envers l'autre.

Non, admit Gabe. C'est leur baiser qui avait été leur première marque d'honnêteté, de passion… le désir porté à son paroxysme.

— Vu comme le père de Summer est mort, je ne pourrais jamais, ajouta-t-elle en se dégageant de son étreinte.

Gabe aurait dû partir il y a plus de dix minutes, afin que rien de tout cela ne se produise. Mais, doux Jésus, pas moyen d'oublier ce baiser torride. Gabe avait besoin de comprendre les raisons qui avaient poussé Megan à l'embrasser. Et ses raisons à lui…

— Comment est-il décédé ?

— Il était pilote.

— Navy ?

Megan acquiesça, l'air abattue, et pendant un instant Gabe éprouva une terrible jalousie à l'encontre de cette personne disparue. Qu'est-ce qui lui prenait ?

— Je ne sors pas avec des gens qui font un métier comme le vôtre. Plus maintenant. Quand David est parti, Summer marchait à peine mais elle s'en souvient encore. Si jamais je la laisse se rapprocher d'un homme de ce genre et qu'un jour il ne revient pas…

Elle sembla penser en avoir trop dit sur elle et lui retourna très vite la question :

— Et je suppose que vous ne sortez pas avec les femmes que vous sauvez parce que…

— Parce que ça ne fonctionne jamais.

Gabe avait bien compris pourquoi elle ne fréquentait pas d'homme comme lui mais impossible d'oublier ce baiser ni ces petits gémissements sexy qu'elle avait émis quand leurs langues s'étaient frôlées.

— Il ne s'agit tout simplement pas d'une façon normale de faire une rencontre, continua-t-il, sans savoir à qui il adressait ce constat. Cela crée trop d'attentes, des attentes, de celles qu'on ne peut pas assumer au jour le jour.

Sentant qu'il n'en avait que trop dit, il fut heureux de voir Megan s'éloigner d'un pas.

— D'accord.

Elle lui accorda un sourire peu assuré.

— Je suis heureuse que nous en ayons parlé, dit-elle en se léchant la lèvre, et que les choses soient claires.

Gabe n'aurait peut-être pas dû rester planté là à la trouver si mignonne dans cet état d'anxiété mais mince, il ne pouvait pas s'en empêcher, pas plus qu'il ne pouvait résister à l'envie de la prendre dans ses bras pour l'embrasser à nouveau.

Afin de résister à la tentation, Gabe fourra ses mains dans ses poches. Il fallait qu'il parte – le plus tôt serait le mieux. Elle ferait un café qu'il boirait, et il lui dirait au revoir avant de s'en retourner chez lui et de ne plus jamais penser à elle. Il n'en était pas question.

Si seulement il avait réussi à s'en tenir à son plan initial, à rester loin d'elle. Mais elle était venue chez sa mère, avait rencontré sa famille. Elle et sa sœur étaient amies, celle-là même qui tentait de jouer les entremetteuses.

Comme si elle avait également besoin de s'occuper les mains, Megan prit le paquet de café et versa quelques grains dans la machine.

— Vous êtes amie avec Sophie, donc nous allons nous revoir, j'imagine…

— … et nous ne serons qu'amis, conclut Megan. Ce n'est pas grave.

Tout en pressant le bouton de la machine, elle lui adressa un de ces airs absents. Une fois le café moulu, elle le récupéra et poursuivit :

— Maintenant, nous savons à quoi nous en tenir, pas vrai ?

— En effet, acquiesça Gabe, la désirant encore plus ardemment.

Il n'avait jamais désiré une autre femme de la sorte.

En maîtresse de maison hyperactive, Megan ôta du comptoir un tas de dessins à l'effigie de Frosty[1], le bonhomme de neige que Summer avait dû faire dans la journée, posa une assiette et y disposa des cookies recouverts de sucre glace.

Gabe n'était jamais sorti avec une mère. Pas qu'elle et lui sortent ensemble, se rappela-t-il. Mais à part Mary, c'était la première fois qu'il voyait quelqu'un se démener entre plusieurs vies.

Elle lui tendit sa tasse de café.

— Pourquoi ne pas nous asseoir ?

Gabe la suivit de l'autre côté de l'appartement, dans le salon, et nota qu'elle avait préféré s'installer sur la petite chaise recouverte de velours plutôt que sur le divan à son côté.

Elle ôta ses talons hauts et releva ses pieds nus, les massant de sa main libre.

— Ces talons étaient en train de me tuer.

Gabe n'avait jamais été du genre fétichiste des pieds. Ce n'étaient que des pieds, après tout. Mais ces petits orteils recouverts de vernis rose étaient incroyablement sexy. Il aurait voulu l'arrêter dans son geste et la masser lui-même. Gabe connaissait déjà la douceur de ses cheveux et de sa bouche. Quelle sensation pourrait lui procurer sa peau ?

Le « nous ne serons qu'amis » n'était déjà plus qu'un vague souvenir. Le pire était que non seulement ils étaient tout aussi déterminés l'un que l'autre à ne pas céder mais qu'en plus il comprenait

---

1. Personnage populaire d'une chanson des années 1950, décliné en cartoons. (*N.d.T.*)

les raisons qui la poussaient à agir ainsi. Megan avait tous les droits de ne pas vouloir s'impliquer dans une relation avec un homme qui pourrait mourir à chaque instant.

Il n'avait aucune raison de signer pour ça. Aucune.

Dans l'angle de la pièce se trouvait un petit bureau sur lequel étaient posés quelques dossiers, ainsi qu'une étagère qui semblait comporter plus de manuels que de romans.

Ayant suivi son regard, Megan s'expliqua :

— Je suis comptable, je travaille chez moi.

Avant ce soir, Gabe s'était toujours imaginé les comptables comme de petits bonhommes obsessionnels, froids et sans passion, le nez collé dans leur calculette et leurs registres.

Megan n'était clairement pas une de ces personnes insipides.

— Ce métier vous plaît ?

— Oui, assura-t-elle en sirotant son café. J'aime les chiffres. J'aime ce qui va de soi. Les chiffres ne mentent pas et, admettons qu'ils se contredisent, je sais que si j'y fais très attention, je trouverai ce qui cloche. Et résoudrai le problème, affirma-t-elle en lui lançant un regard de ses beaux yeux verts. Et vous, vous aimez être pompier ?

— J'étais du genre hyperactif quand j'étais gosse. Et j'aimais un peu trop jouer avec les allumettes. Le feu me fascinait.

— Votre mère a dû adorer ça, fit Megan d'un ton qui indiquait tout le contraire.

— Pas tellement, en effet, reconnut-il.

— J'imagine que votre fascination pour le feu peut se comprendre, dit-elle doucement, comme en y songeant pour la première fois. Autrement vous ne vous y précipiteriez pas tête la première, au contraire d'autres gens qui auraient tendance à le fuir.

Savait-elle qu'elle le fascinait tout autant ? Qu'il voulait s'approcher encore plus d'elle là où il aurait dû s'enfuir ?

— Votre famille est formidable, mais je dois dire que certains d'entre vous ont dû donner du fil à retordre à votre mère ! Je l'admire. Et votre père ? ajouta-t-elle d'une voix un peu plus ténue.

— Il est mort quand j'avais cinq ans. Maman nous a élevés seule.

Le décès de son père était une des raisons de son choix de carrière. Également formé aux interventions paramédicales, Gabe recevait énormément d'appels en rapport avec des cas médicaux. On ne pouvait pas sauver tous les pères, toutes les mères et tous les enfants mais il voulait pouvoir se dire qu'il avait fait tout ce qui était en son pouvoir.

Les yeux de Megan s'écarquillèrent.

— Huit enfants, seule ? dit-elle, la main posée contre son cœur en un geste de pure sympathie. Et dire que j'ai déjà du mal à gérer Summer !

— Vous êtes une mère géniale.

Elle sourit à cette déclaration.

— Merci, mais je doute que vous pensiez la même chose en me voyant lui crier après pour ses devoirs, pour qu'elle range ses affaires ou parce qu'elle passe trop de temps au téléphone avec ses copines.

Gabe n'aurait pas dû avoir envie de voir tout ça de ses propres yeux, de se rapprocher davantage de Megan et de sa fille. Mais plus il restait là, à parler famille avec elle, plus il en avait envie.

Après avoir vidé le reste de son café d'une traite, Gabe se leva et posa la tasse sur la table de la cuisine. Il vit que la fenêtre était entrouverte et qu'un vent frais s'engouffrait dans la pièce.

— Vous voulez que je ferme ?

— Non, elle est cassée, répondit-elle, en apportant à son tour sa tasse fraîchement vidée. Le propriétaire a dit qu'il passerait cette semaine pour tenter de la réparer.

Bien décidé à ne pas la laisser attraper froid et payer pour du chauffage qui filait par la fenêtre, Gabe plaqua sa main contre la vitre et tira.

— Vous auriez un tournevis ?

Elle en sortit un de son placard parfaitement rangé.

— Voilà.

Il ne fallut pas longtemps à Gabe pour comprendre d'où venait le souci.

— Un petit bout de colle ou de peinture était coincé sous le métal, lui dit-il en lui rendant le tournevis. Votre ancien appartement devait avoir une merveilleuse vue.

— Oui, c'est pour ça que je l'ai acheté. Je savais que c'était un vieux bâtiment mais la vue en valait la peine. Je ne me suis jamais demandé si cela serait un endroit sûr en cas d'incendie, par contre, ajouta-t-elle les yeux étrécis.

— Est-ce qu'une belle vue fait toujours partie de vos priorités en matière de logement ? De même qu'un jardin pour faire du feu ?

— Disons que les belles vues ne sont plus ce qu'elles étaient, répondit-elle d'une voix calme. Et je ne suis pas certaine que des feux de bois soient une bonne idée.

Malgré tout le courage déployé par Megan – la façon dont elle avait fait face si jeune au décès de son mari puis affronté la perte de son appartement –, Gabe perçut enfin sa vulnérabilité.

De même que les peurs qu'elle tentait vainement de cacher aux yeux du monde.

Soudain, comme si elle avait compris en avoir trop dit à son sujet, Megan déclara :

— Eh bien, je vous remercie pour la fenêtre. Et pour nous avoir raccompagnées.

Gabe saisit le message. Il était temps de partir.

Elle avait raison. Il fallait qu'il la quitte avant de l'embrasser de nouveau.

Megan passa devant lui pour lui ouvrir la porte. Elle le frôla tandis qu'il sortait. Proche, si proche.

Gabe aurait dû partir sans se retourner mais cela ne lui semblait guère approprié, surtout après avoir été invité, mis Summer au lit puis pris un café.

— Dites à Summer que j'ai adoré jouer aux ombres chinoises avec elle.

Gabe se tenait assez près d'elle pour sentir son parfum, doux et fleuri qui lui donnait envie d'enfouir son nez au creux de son cou, jusqu'à pouvoir découvrir de quelle fleur il s'agissait.

— D'accord.

Ce dernier mot fut prononcé dans un souffle et, à la façon dont elle détaillait ses lèvres, Gabe comprit qu'elle était comme lui sur le point de se laisser aller.

Juste un baiser. C'est tout ce qu'il demandait.

Tout ce dont il avait *besoin.*

Gabe était presque parvenu à se convaincre qu'il pouvait s'arrêter à *un de plus*. Mais Megan recula soudain d'un pas, reprenant son souffle.

— Amis, c'est tout, murmura-t-elle en secouant la tête. Je vous aime beaucoup, Gabe, et ce baiser, c'était...

Elle secoua de nouveau la tête.

— Nous devons oublier ça. Nous sommes convenus de laisser les choses telles quelles. Même si c'est dur, nous devons garder une relation platonique.

Après ce rappel de la situation, Megan posa ses doigts contre ses lèvres, comme pour s'empêcher de franchir l'espace qui les séparait. Le fait est que tout le bon sens du monde ne pourrait pas réduire l'attraction qui les attirait l'un vers l'autre.

— J'ai envie de vous, lui dit Gabe, poussé par le besoin d'honnêteté dont ils n'avaient que trop brièvement fait preuve tout à l'heure dans la cuisine. Et si vous aviez été n'importe qui d'autre, je ne m'en irais pas.

Face à une telle déclaration, Megan afficha un air choqué.

— Mais je vous connais bien assez maintenant, vous et Summer, pour savoir que je ne peux pas coucher avec vous.

— Non, on ne peut pas, assura Megan, le souffle court.

La désirant encore plus au fur et à mesure que les secondes s'écoulaient, pensant à cet instant torride qu'ils ne partageraient pas, Gabe conclut :

— Je ferais bien d'y aller.

— Oui, murmura-t-elle, ce serait mieux.

Mais encore une fois, au lieu de partir, Gabe la prit par la taille et l'attira à lui.

— Un dernier baiser.

— Bon Dieu, oui, encore un, lâcha-t-elle.

Et leurs lèvres se rencontrèrent de nouveau ; Gabe plaqua Megan contre la porte d'entrée, se blottit contre elle, s'enivrant de sa chaleur, prenant, donnant, pleinement sous le charme de la jeune femme et ce, depuis le jour de leur rencontre.

Son goût était addictif et si doux, qu'il ne pouvait s'empêcher de s'enhardir, passant d'une lèvre à l'autre, la pressant tellement contre lui qu'il sentait ses seins se durcir contre son torse, même à travers leurs vêtements. Il s'immisça entre ses jambes après qu'elle les eut ouvertes pour lui, la plaquant davantage encore contre la porte, les hanches de Megan contre sa virilité, plus grande qu'elle ne l'avait jamais été de sa vie.

Maintenant. Il pourrait la prendre là, tout de suite. Relever sa jupe, baisser son pantalon et la pénétrer en quelques secondes, ses jambes autour de sa taille.

Toutefois, un bruit provenant de l'étage inférieur le fit émerger de ce brouillard de désir. Il n'allait tout de même pas s'offrir en spectacle avec Megan alors que sa fille dormait dans la pièce à côté.

D'un mouvement commun, ils se séparèrent, le souffle rauque.

— C'était le dernier, dit-elle la voix tremblante. Le dernier baiser.

Gabe parvint sans trop savoir comment à bouger les pieds pour s'en aller. Mais à chaque pas qui le séparait d'elle, il comprit que ne plus jamais l'embrasser serait une des choses les plus difficiles à supporter au monde.

Megan referma la porte et s'y appuya, les yeux fermés tout en pensant à ce qui venait de se passer. Elle effleura ses lèvres du bout des doigts. Elles étaient tremblantes, encore chaudes de leur baiser.

De mémoire, elle n'avait jamais eu autant de désir pour quelqu'un. Depuis cinq ans que David était mort, elle avait bien eu un ou deux amants mais aucun qui l'ait marquée de cette manière. En fait, les visages de ses anciennes conquêtes se brouillaient maintenant dans son esprit.

Après ce qui était arrivé à David, elle n'avait pas décidé de s'éloigner des hommes aux métiers à risques du jour au lendemain. Elle n'avait plus pensé aux hommes du tout. Elle avait fait de son mieux pour élever sa fille avec un seul salaire et avait en même temps suivi des cours pour obtenir son diplôme de comptabilité.

En se remettant de son chagrin, elle s'était progressivement décidée à ne plus jamais revivre pareille chose. Bien sûr, un simple homme d'affaires pouvait mourir dans un accident de voiture. Mais Megan était une femme qui faisait confiance aux chiffres et les statistiques donnaient clairement moins d'espérance de vie à un pilote qu'à un homme passant son temps derrière un bureau.

Sans parler d'un pompier.

Cependant, impossible de ne pas songer à la façon dont Gabe avait porté Summer du sous-sol des Sullivan jusqu'à sa chambre, plus tôt dans la soirée. Rien à voir avec la façon dont il l'avait tirée de l'immeuble en flammes. Là, il n'avait été qu'un pompier. Ce soir, il avait fait figure de père portant sa fille endormie dans ses bras.

Les mains de Megan tremblaient légèrement tandis qu'elle verrouillait la porte et éteignait toutes les lumières avant de se diriger vers la salle de bains. Pas question de songer à Gabe autrement qu'en tant que pompier inaccessible. Ils n'auraient jamais dû s'embrasser. Deux fois. Mais au moins avaient-ils été assez forts pour s'arrêter là.

Quelques minutes plus tard, tandis qu'elle se glissait dans son grand lit vide, elle refusa de laisser son esprit vagabonder à l'idée que Gabe puisse être là avec elle, sa musculature l'enfonçant dans le matelas.

Lui en elle.

Non, songea-t-elle tout en s'enfonçant la tête sous l'oreiller pour faire barrage à ses fantasmes, pas question de s'imaginer ce genre de choses.

9

— Maman, comment ça s'appelle déjà, là où on est allées skier l'année dernière à Lake Tahoe ? interrogea Summer le lendemain matin, le nez dans son bol de céréales.

— Heavenly Ski Resort.

Avec la montagne à quatre heures à peine de San Francisco, Megan avait bien espéré pouvoir y retourner cette année, mais depuis l'incendie, elle avait été tellement chamboulée qu'elle n'avait pas pris le temps d'y penser.

— J'adore la neige !

— Je sais.

— J'adore *vraiment* la neige, maman ! J'espère qu'on va bientôt en voir !

Megan sourit à sa fille. Il est vrai que Summer adorait la neige, et la pluie, et le vent, et le soleil. Avec elle, tout était prétexte à sortir. Toutefois, Megan s'était plusieurs fois surprise à penser que Summer était du genre à préférer les températures extrêmes.

Après l'incendie et le temps nécessaire pour trouver un nouvel appartement, Megan avait dû annuler la fête d'anniversaire de Summer. Elle l'avait emmenée manger une pizza avec ses copines mais cela n'avait pas le même cachet qu'une vraie fête avec cadeaux, jeux et gâteaux. Impossible de lancer des invitations en si peu de temps et elles n'avaient rien prévu dans les prochains jours. Un petit voyage improvisé au ski serait un cadeau parfait.

De plus, si elles restaient encore en ville trop longtemps, ça ne serait qu'une question de jours avant que Summer ne réclame une nouvelle visite à la caserne.

Et il était *hors de question* pour Megan de revoir Gabe de sitôt !

Du moins, pas avant qu'elle n'ait repris le contrôle de ses sentiments.

La station de Lake Tahoe devait être bondée vu qu'on était en haute saison, mais Megan comptait sur sa bonne fortune. Elle prit son téléphone, sous les yeux d'une Summer déjà surexcitée à l'idée de retourner à Heavenly Ski Resort.

— Bonjour, excusez-moi, je sais que j'appelle à la dernière minute mais je me demandais si vous auriez à tout hasard une chambre disponible ? ... Quelqu'un vient d'annuler une réservation ?

Megan leva les pouces devant Summer.

— Pour demain soir, également ? Formidable !

À peine Megan avait-elle pu donner son numéro de carte de crédit à la réception que Summer s'était précipitée dans sa chambre pour empaqueter ses affaires de ski toutes neuves.

— Est-ce que ça te fait plaisir ? demanda la jeune maman depuis l'embrasure de sa porte.

— Oh oui, oui, oui ! s'enflamma la petite fille qui manqua renverser sa mère en se jetant dans ses bras.

Étrange, se dit Megan, Summer n'avait jamais été aussi excitée à l'idée d'aller au ski.

— Oh non, pensa Megan à haute voix, j'avais complètement oublié le pneu de la voiture ! Personne ne pourra le réparer avant lundi !

La moue qu'afficha soudain la fillette annonçait déjà la reprise du caprice de la veille quand Megan se rappela quelque chose.

— Attends une minute. Zach Sullivan m'a proposé de le réparer !

Bien que ce dernier se soit proposé plus d'une fois, Megan n'avait eu aucune intention de lui demander de passer aujourd'hui. Elle était pourtant maintenant à la recherche de son numéro dans son sac.

Comment en était-elle arrivée à côtoyer trois Sullivan en l'espace de quelques jours ?

Zach n'avait pas traîné à tenir sa promesse, et tandis qu'il dégustait un sandwich que Megan lui avait préparé, il régala la jeune maman et Summer de toutes les histoires incroyables vécues par son frère Gabe. Megan ne put s'empêcher de penser qu'entre Sophie et Zach, les tentatives de les rapprocher elle et leur pompier de frère étaient de plus en plus fréquentes.

Bien sûr, aucun d'entre eux ne connaissait les raisons qui la poussaient à s'éloigner de lui.

Cinq heures plus tard, tout en se garant près de la station de ski de Lake Tahoe, Megan se dit que ce séjour serait une excellente chose. Durant tout le trajet, elles avaient chanté les titres qui passaient à la radio, avaient parlé de la rentrée des classes de Summer, des professeurs, de ses amies et même des garçons.

Pendant qu'elles s'enregistraient à l'accueil de l'hôtel, Megan vit Summer observer chaque recoin du hall. Pourquoi, elle l'ignorait.

— Regarde, dit Megan tout en récupérant les clés de leur chambre et en lui tendant un petit dépliant. Il y a une promenade en traîneau, ce soir à 18 heures !

Il était déjà tard et les skieurs revenaient épuisés de leur journée d'activités.

— Ça va être drôle ! insista-t-elle.

— C'est que pour les enfants, maman !

— Ah, je n'avais pas remarqué, dit Megan, en fronçant les sourcils. Ils feront peut-être une exception pour moi !

Summer ne réagit pas mais son attention était plus que jamais portée sur le hall d'entrée. Certains signes ne trompent pas, quelque chose se tramait.

— Summer, qu'est-ce que tu me caches ?

La fillette crispa la bouche, comme pour faire comprendre qu'elle ne dirait rien. Bien décidée à éclaircir ce mystère une fois dans leur chambre, Megan s'apprêta à soulever leurs valises quand une voix familière se fit entendre :

Une voix dont elle n'avait cessé de rêver toute la journée.

— Megan ? Summer ?

Oh, bon Dieu !

Megan comprit soudain. Elle n'eut même pas le temps de toiser sa fille du regard qu'elle se retrouva nez à nez avec Gabe.

— Salut.

Elle allait commettre un *infanticide* !

Gabe était visiblement tout aussi étonné qu'elle de les voir dans le hall.

Summer, elle, ne semblait pas le moins du monde surprise. Elle était même plutôt *soulagée.*

— Salut, Gabe !

— Hey, princesse ! Alors, tu viens skier ? dit-il à l'intention de Summer, sa crédulité muée en sourire.

— En fait, je voudrais apprendre à faire du snowboard ! répondit-elle joyeusement.

C'était bien la première fois que Megan entendait parler de ça !

— Tu sais comment on fait ? ajouta Summer.

Megan voyait très clair dans les intentions de sa fille ! *Non, non, non !* Elle fit de son mieux pour faire comprendre à Gabe qu'il ne devait rien promettre, qu'un « oui » serait malvenu. Mais il avait déjà acquiescé.

— Tu peux m'apprendre ?

Non, tu es occupé, il y a bien assez de professeurs ici pour lui apprendre !

Tandis que Gabe l'interrogeait du regard, Megan tenta par tous les moyens télépathiques disponibles de lui faire passer le message. On aurait dit qu'il était en train de peser le pour et le contre, comme à la recherche de la réponse adéquate.

Lorsqu'il lui fit enfin un petit signe de tête, elle fut soulagée de constater qu'il avait compris le message.

— Pas de problème, je t'apprendrai.

— Quoi ? lâcha Megan à brûle-pourpoint avant de se tourner vers sa fille. Gabe ne va pas t'apprendre à faire du snowboard !

— Mais il a dit qu'il voulait bien, fit Summer entêtée, le menton dressé.

Megan mit ses poings sur ses hanches.

— Primo, tu ne m'as pas demandé la permission pour faire du snowboard. Et secundo…

Elle s'apprêtait à mettre sa fille au pied du mur pour avoir *accidentellement* organisé cette rencontre avec Gabe mais elle se sentit embarrassée.

Summer n'allait toutefois certainement pas s'en tirer comme ça ! Pas question de régler ça devant Gabe et d'en faire profiter tout le hall de l'hôtel.

— Je sais que Summer doit vous demander l'autorisation avant, intervint Gabe d'un ton raisonnable, mais si vous la lui donnez, je serais ravi de lui apprendre.

À ces mots, Summer resplendit. Megan ne l'avait pas vue ainsi depuis son plus jeune âge, en présence de David. Comme elle aimait son père !

C'est ce qui, finalement, fit rendre les armes à Megan.

— D'accord.

Elle ne s'attendait pas à la réaction de Gabe.

— Et vous, Megan ? Vous savez en faire ?

— Non.

À en juger par l'accélération soudaine de son pouls, le sourire de Gabe avait sur elle un effet bien trop puissant. Après qu'ils furent tombés d'accord sur le fait qu'ils avaient échangé leur dernier baiser l'autre soir, il n'aurait pas dû la dévisager de cette manière.

Bon sang, ils s'étaient mis d'accord à ce sujet !

— Vous voulez apprendre ?

Il fallait que l'un d'entre eux fasse preuve de bon sens et s'en tienne à leur décision. Mais pourquoi fallait-il que ce soit elle ? Et pourquoi diable embrassait-il si bien ?

— Non, se força-t-elle à répondre.

Apparemment, son ton sec et ses réponses sans équivoque ne l'impressionnaient pas. Il ne devrait pas afficher un tel sourire en permanence, l'air de comprendre ce qu'elle redoutait. Pas d'apprendre un nouveau sport mais d'être près de lui la journée entière. Comme s'il ne la croyait pas capable de tenir un jour sur les pistes sans s'empêcher de l'embrasser.

Megan n'aurait pas dû y voir de défi, mais Summer avait de qui tenir. Sa mère était aussi du genre têtu. Et cet entêtement était l'une de ses qualités qui lui avait permis de survivre à la mort de David et de si bien se remettre de l'incendie.

C'est pourquoi Megan ne put s'empêcher de le toiser et de dire :

— Vous savez quoi ? Je suis sûre que le snowboard s'apprend facilement !

Lui résister ne serait pas plus compliqué. Aucun problème. Elle n'avait qu'à faire taire sa féminité et chaque cellule de son corps liée à l'attirance et à l'excitation, et tout irait bien.

Une jeune femme fit retentir une clochette dans le hall, près de la grande cheminée.

— Les enfants, pour le traîneau, rendez-vous tous ici dans cinq minutes !

— Maman, je peux y aller ? demanda Summer, en prenant la main de Megan.

La jeune mère était encore bouillante de rage envers sa fille pour avoir orchestré cette petite mascarade avec Gabe. Mais la punir deux jours durant pour vouloir passer du temps avec leur sauveur n'aurait aucun sens.

Comment la blâmer ? Gabe était irrésistible, non ? Surtout pour les jeunes mères de vingt-sept ans trop prudentes ?

— Vous pourriez surveiller nos affaires, juste une minute ? dit-elle à l'intention de Gabe, avant d'entraîner Summer vers le groupe d'enfants qui se rassemblaient dans le hall. S'il vous plaît, ma fille voudrait faire du traîneau également.

— Formidable, fit l'organisatrice avant de se présenter à Summer.

Avant l'incendie, Megan n'aurait eu aucun scrupule à laisser sa fille partir avec un groupe d'enfants mais cette fois-ci, elle s'assura que des kits de premiers soins seraient disponibles et s'enquit du nombre d'adultes qui encadreraient les petits.

Une fois complètement rassurée et après avoir donné rendez-vous à Summer pour 20 heures tapantes devant la cheminée du hall, elle l'embrassa et retourna à ses bagages.

Et à Gabe.

— Vous n'allez pas faire du traîneau ?

— Réservé aux enfants, fit Megan avant de désigner leurs valises. Merci d'avoir surveillé tout ça. Je vais monter dans ma chambre.

Elle passerait commande auprès du service d'étage et achèterait un e-book sur sa tablette. Quelque chose de simple et léger. Tout serait réuni pour une soirée douillette. Elle avait hâte.

Vraiment, ça serait une très bonne soirée.

— Dînez donc avec moi, Megan.

Dîner avec Gabe, voilà bien la dernière chose à faire. La dernière avant la leçon de snowboard du lendemain, en tout cas.

— Écoutez, commença-t-elle d'une voix qu'elle espérait la plus amicale possible, nous savons très bien que nous ne devrions pas.

Devant son air incrédule, elle poursuivit :

— Nous étions d'accord, n'est-ce pas ?

— Je ne vous embrasserai pas dans un restaurant bondé, n'ayez crainte.

À la simple mention du verbe « embrasser », Megan sentit ses lèvres fourmiller, et son cœur manqua un battement.

— Et il faut bien qu'on mange, ajouta Gabe alors que Megan luttait pour respirer normalement.

— Mais vous devez bien avoir des amis avec vous.

— Non, ils font du ski en nocturne. On parlera, rien de plus, ajouta-t-il. Et demain, on s'amusera sur les pistes.

Une fois qu'elle eut repris son souffle, Megan comprit à quel point elle agissait bêtement. Surtout après qu'il eut si subtilement rappelé qu'il n'allait pas la renverser sauvagement sur une table de restaurant pour lui faire l'amour. Mince, l'idée n'avait même pas semblé transparaître dans sa voix ! Dîner et surfer, il n'avait que ça en tête.

— Très bien. On se retrouve ici dans une demi-heure ?

— Parfait.

Megan retourna voir le réceptionniste pour demander à ce qu'on accompagne Summer au restaurant une fois que cette dernière serait revenue de sa balade. Lorsqu'elle revint récupérer ses bagages – leur équipement de ski ayant brûlé dans l'incendie, elle et Summer devraient en louer pendant leur séjour –, elle trouva Gabe, qui s'en emparait déjà.

— Je peux le faire, ça ira, lui assura-t-elle.

— Je le sais, dit-il sans toutefois lâcher prise.

Megan aurait pu y voir une pointe de machisme. Mais il ne s'agissait là que de bonnes manières.

— Premier étage, lui précisa-t-elle en le voyant se diriger vers les ascenseurs.

Gabe fronça les sourcils puis la suivit jusqu'à sa chambre. Megan se refusa à se laisser aller à la nervosité pendant la demi-seconde que Gabe passerait là-dedans pour déposer ses valises. Il poserait les bagages, elle se débarbouillerait et ils dîneraient sagement avant de passer la journée du lendemain en toute amitié.

C'était tout de même extrêmement étrange qu'ils se retrouvent le même jour au même endroit. Summer avait dû surprendre une conversation de Gabe à ce sujet lors de la fête de l'autre soir. Ce que Megan s'apprêtait à mettre au clair lorsqu'un groupe d'adolescents bruyants leur passa sous le nez.

Quelques instants plus tard, Gabe et Megan étaient dans la chambre. Ce n'était pas une petite pièce mais Megan la trouva tout de même bien trop étroite pour s'y trouver seule avec Gabe.

— Merci pour les bagages. Le lit a l'air bien, ajouta-t-elle tout en s'empêchant de repenser à ses fantasmes de la veille, impliquant ce pompier bien charpenté dans son lit. Elle fit volte-face et lui adressa un sourire un peu trop enthousiaste.

— Je vous retrouve au restaurant dans quelques instants.

Il acquiesça en la regardant avec un peu trop d'insistance, puis ferma la porte derrière lui.

À la caserne, Gabe était considéré comme quelqu'un de déterminé. Il était capable d'analyser la situation dans les plus brefs délais et de prendre immédiatement la décision qui s'imposait. Mais pour la première fois de sa vie, il se sentait comme prisonnier d'un train en marche. Un train dans lequel il aurait sauté sans réfléchir après avoir vu Megan à la fenêtre.

Elle était son ultime tentation, ni plus ni moins, et il n'allait pas pouvoir lui résister bien longtemps. Une chance, il avait fait la promesse de ne pas l'embrasser au restaurant. Et tenter le coup devant sa fille sur les pistes était tout à fait hors de question.

Le plaisir devrait attendre. Du moins pour l'instant.

De toute façon, Gabe sentait bien que s'ils ne parvenaient pas à supporter la situation actuelle, la force de leur attirance menacerait de faire exploser leur bonne résolution, comme l'embrasement soudain d'un feu.

Les faits étaient là : il ne perdrait ni ne gagnerait rien à l'inviter à dîner ce soir. Pas plus qu'à lui donner des leçons de snowboard avec Summer.

Tout était clair, ils en avaient suffisamment parlé la veille. Eux deux, ça ne tiendrait jamais.

Et pourtant… Chaque fois qu'il tentait de s'éloigner d'elle, Gabe se retrouvait avec l'envie de s'en rapprocher davantage encore.

10

Megan détestait ces papillonnements dans son ventre.

Cela n'avait rien d'un rencard. C'était juste un dîner… avec un mec vraiment canon. Ils parleraient de Summer, des pistes et de leurs endroits favoris pour skier. Rien de plus que deux personnes qui se connaissent assez pour se comporter en amis.

Megan passa la robe de coton vert bouteille qu'elle avait fourrée dans son sac de voyage à la dernière minute. Ce n'était pas de toute dernière mode mais elle se sentait jolie dedans. Et il arrive qu'une fille ait besoin de ce genre d'armure pour pouvoir se tirer d'une soirée en un seul morceau, ce pour quoi elle s'était entièrement remaquillée après sa douche.

Gabe l'attendait près de l'âtre dans le hall et le sang de Megan ne fit qu'un tour lorsqu'il lui sourit. Un sourire qu'elle lui rendit en espérant ne pas avoir trahi ses sentiments.

— Vous êtes superbe, Megan.

— Merci, vous aussi, dit-elle en l'observant dans son jean et son tee-shirt bleu nuit à manches longues.

La chaleur dans le regard de Gabe lui fit un tel effet qu'elle comprit avoir dépassé le stade de la simple amitié avec lui.

Elle posa sa main sur son ventre.

— Je meurs de faim ! Allons manger !

D'accord, peut-être que c'était un peu exagéré et qu'après s'être empiffrée de chips et de bœuf séché dans la voiture avec Summer, elle n'avait en réalité pas faim du tout mais il fallait tout maintenir au-dessus de la ceinture si elle souhaitait se sortir indemne de ce repas.

Oui, elle y arriverait. À la fin de la soirée, on lui remettrait l'oscar de la femme la moins sensuelle du monde !

Gabe la suivit dans le restaurant où il s'adressa à l'accueil :

— J'ai une réservation pour deux. Sullivan.

Cette voix, douce et légèrement rauque donna la chair de poule à Megan.

On les mena – malheureusement – à une table dans un coin très faiblement éclairé, du genre romantique avec fleur et bougie. Elle n'était pas du genre à jouer les difficiles au restaurant mais malgré sa fugace inspection des lieux, aucune autre table ne semblait libre.

Elle se rendit soudain compte que Gabe avait reculé une chaise pour elle et l'attendait en souriant. À croire qu'il avait lu dans ses pensées lorsqu'il la rassura :

— N'ayez crainte, je ne compte pas briser ma promesse, lui dit-il d'une voix calme pendant qu'elle prenait place.

Alors qu'une jeune serveuse attendait que Gabe s'asseye à son tour, Megan vira au cramoisi. On leur tendit les menus et on les informa des plats du jour.

La serveuse s'apprêtait à repartir lorsque Megan lui saisit le bras.

— Attendez, je vous prie. J'ai besoin d'un verre, dit-elle tout en fouillant dans ses pensées à la recherche de quelque chose de très alcoolisé. Je vais vous prendre un Long Island[1].

— Euh très bien, répondit la fille, tandis que Megan, horrifiée, prenait conscience qu'elle lui tenait encore le bras.

— Je suis désolée !

— Je vais dire à notre barman que vous avez très soif, fit la fille en haussant les épaules.

Megan eut soudain très chaud – pas une chaleur agréable, mais une sensation de gêne face à Gabe.

— Grosse buveuse ?

Elle le regarda l'air surprise, puis se rendit compte qu'il la taquinait.

— Non, assura-t-elle en se pourléchant les lèvres, décontenancée par la nature de ce rendez-vous.

À essayer de prétendre ne pas avoir envie de lui.

— Je ne bois que quand je suis nerveuse.

— Je vous rends nerveuse ?

— Vous savez bien que oui, répondit-elle en soutenant son regard.

---

1. Cocktail à base de tequila, de gin, de vodka, de rhum et de liqueur d'orange. (*N.d.T.*)

Il fit de même.

— Si ça peut vous rassurer, vous me rendez tout aussi nerveux.

Ça s'annonçait mal. Cette discussion prenait une mauvaise tournure.

Bien qu'elle eût du mal à reprendre son souffle, Megan se força à poursuivre :

— Parlons neige. Comment était-elle aujourd'hui ?

Gabe continua de la dévisager pendant quelques instants. *Par pitié,* pria-t-elle. *Par pitié, épargnez-moi cette tentation.* Tous deux savaient pertinemment qu'entretenir une conversation platonique était la seule chose à faire.

— La neige est très bien, finit-il par concéder. Une poudreuse parfaite après la récente tempête. Les conditions idéales pour apprendre le snowboard.

— Au fait, c'est très gentil à vous d'avoir proposé à Summer…

— Et à vous…

— Et à moi de nous apprendre le snowboard. Mais je sais que vous avez dû venir ici pour…

— Passer du temps à la montagne avec mes amis, oui. C'est ce que nous ferons demain. S'amuser entre amis.

Et si, d'aventure, ils s'amusaient un peu trop ? Si elle perdait tout contrôle d'elle-même et ne supportait plus qu'ils restent de simples amis ?

On leur apporta leurs consommations et ils commandèrent. Aussitôt la serveuse partie, Megan prit la parole :

— Je ne sais plus où me mettre depuis que j'ai compris la machination de Summer ! Je ne sais même pas comment elle a eu vent de votre séjour ici ! Si vous êtes fâché après nous, je comprends totalement.

Gabe haussa les épaules, visiblement peu concerné par les machinations d'une fillette de sept ans obnubilée par son héros.

— Elle m'aura entendu en parler avec quelqu'un à la fête. Et je ne suis pas fâché de vous voir.

— Mais elle n'aurait pas dû nous faire interférer dans vos vacances !

— C'est une enfant adorable.

— Je sais mais…

Megan secoua la tête.

— Elle est bien trop jeune pour comprendre les raisons qui font que deux personnes ne peuvent pas être ensemble.

— Vous croyez qu'elle espère que nous nous fréquentions ?

— J'en ai bien peur, dit Megan, les joues rouges. Elle pense déjà à vous comme à un idéal, surtout depuis que vous lui avez envoyé cette poupée pour son anniversaire. Elle l'aime encore plus que celle à l'effigie de Raiponce, celle avec les…

— Cheveux longs, oui, acheva Gabe. Avec deux petites sœurs, j'en sais plus sur les contes de fées que je ne devrais.

Il était si charmant que Megan dut s'éclaircir la voix afin de poursuivre cette difficile – mais nécessaire – conversation.

— Quoi qu'il en soit, je trouverai un moyen de lui annoncer que nous ne sommes qu'amis, vous et moi. Je tenais vraiment à m'excuser de vous avoir gâché vos vacances. Je vous jure que je n'avais pas la moindre idée que vous seriez ici et croyez bien que Summer sera punie à vie, une fois de retour à la maison !

— Megan.

Ses excuses faites, Megan avait baissé les yeux mais en entendant son nom prononcé ainsi, elle les releva aussitôt.

— Je suis heureux de vous voir ici.

— C'est très gentil à vous mais je…

— Très heureux.

Ce « très » mit fin à toute protestation. Gabe n'avait pas l'air d'un homme qui ment pour se préserver.

Et comme elle adorait cela, qu'il soit heureux de les voir ici à Lake Tahoe, avec lui !

Cela aurait facilité les choses s'il avait été en colère après elles, comme si elles le harcelaient. Mais alors, il se serait défilé plutôt que de les inviter à dîner et de leur proposer des leçons de snowboard.

— Tout de même, reprit-elle, j'aurais préféré que Summer se montre honnête avec moi.

— Seriez-vous venue dans ce cas ?

— Non, admit-elle en souriant. Certainement pas.

— Vous auriez dû voir les plans que je mettais en place quand j'avais sept ans !

Ravie de ce changement de sujet, Megan sirota son verre et se détendit un peu.

— J'ai du mal à imaginer un homme tel que vous entouré de cinq frères plus âgés, qui ne devaient pas non plus être des anges.

— Si je vous racontais la plupart des choses qu'on a faites, vous enfermeriez Summer jusqu'à ses dix-huit ans, déclara-t-il en prenant sa bière. Et si nous portions un toast à cette brillante fillette de sept ans, pour avoir su ce qu'elle voulait et qui s'en est sortie sans accroc ?

Même si elle secouait la tête, Megan ne put s'empêcher de rire face à l'attitude de Gabe pendant ce qui s'avérait être une *soirée romantique*.

— C'est une futée, n'est-ce pas ? soutint-elle en levant son propre verre.

Leurs verres s'entrechoquèrent et ils burent tout en riant. L'alcool se mêla au flux sanguin de Megan, réchauffant ses membres. Sa peau devint ultrasensible et elle se tortilla sur son siège, sa robe de coton se mouvant légèrement contre son épiderme.

Le regard que Gabe lui adressait n'arrangeait rien. Cela faisait bien longtemps qu'elle ne s'était pas sentie autrement que comme une mère ou une comptable.

Couvée par lui, enhardie par quelques gorgées de plus, Megan se sentait femme. Elle se souvint des bras forts de Gabe autour d'elle, de la douceur de ses lèvres contre les siennes, lui accordant ces baisers qu'elle avait tant désirés.

Puis, en un rien de temps, les voilà qui dînaient et riaient à propos d'histoires de famille nombreuse. Peut-être aurait-elle dû se déclarer satisfaite de la façon dont se déroulait cette soirée, mais elle n'avait jamais réussi à faire semblant, à prétendre être quelqu'un d'autre, et ne comprenait pas les raisons qui poussaient les gens à agir ainsi.

— Je ne devrais pas être en train de passer un aussi bon moment avec vous.

— Je suis irrésistible, paraît-il.

Maudit soit-il à toujours la faire sourire ! Si seulement il n'y avait eu que des sourires entre eux, tout aurait été pour le mieux.

Comprenant qu'il n'y avait absolument aucune repartie possible à ce qu'il venait de dire, Megan poursuivit.

— Ce qui explique que vous soyez célibataire, n'est-ce pas ? Tellement de femmes et si peu de temps !

Elle espérait que sa remarque le ferait sourire mais au contraire, son expression se fit plus sérieuse.

— Je ne suis pas un ange, Megan. Mais je ne suis pas un démon pour autant.

— Je ne sous-entendais rien, vous savez, répliqua-t-elle du tac au tac. C'est juste que je ne comprends pas comment un homme tel que vous peut ne pas en profiter.

— Un homme comme moi ?

Gabe arqua les sourcils d'un air interrogateur, posa ses couverts et attendit une explication, l'œil rivé sur Megan.

Elle tâcha de conserver une voix calme.

— Eh bien, vous l'avez confirmé vous-même, vous êtes irrésistible et...

— Vous êtes bien décidée à me résister, n'est-ce pas ?

Sa déclaration lui coupa le souffle.

— Tout comme vous l'êtes, lui rappela-t-elle. Et en ce qui me concerne, je ne me rappelle pas vous avoir entendu clamer que j'étais irrésistible, alors nous savons très bien qui de nous deux a le couteau sous la gorge. Moi ! acheva-t-elle en se désignant du doigt.

Tellement prise par son monologue, Megan ne s'était pas rendu compte à quel point elle s'était ridiculisée. Par chance, son téléphone sonna au même moment.

— La responsable de la sortie en traîneau va amener Summer, dit-elle en repoussant sa chaise. Je devrais aller près de l'entrée pour qu'elle nous trouve.

Gabe se leva à son tour et la prit par la main avant qu'elle n'ait le temps de s'enfuir pour reprendre son souffle.

Lorsqu'il l'attira à lui, elle sentit le baiser venir, et s'apprêta à y céder. Mais au lieu de l'embrasser, leurs bouches à quelques centimètres l'une de l'autre, Gabe lui dit :

— C'est moi qui essaie de vous résister le plus, Megan.

Juste un petit peu plus près et il serait à elle. Elle pourrait mettre ça sur le compte de l'alcool, qu'elle n'avait plus toute sa tête. Mais tandis qu'elle était sur le point de faire tomber ses barrières pour prendre ce qu'elle avait tant désiré, Megan entendit la voix de Summer.

— Maman ! Gabe !

La jeune mère s'éloigna de Gabe si vivement qu'elle en heurta la table voisine.

— Navrée, dit-elle au couple qui y était installé sans même les regarder, avant de porter son attention sur Summer et la responsable de la balade.

Megan remercia la jeune femme et se tourna vers sa fille.

— Hé, ma chérie, alors comment c'était ?

— Génial !

Un serveur arriva avec une troisième chaise pour la petite fille, qui passa commande, prétextant être affamée.

Après trente étranges minutes durant lesquelles Gabe et Megan tâchèrent d'ignorer leur attraction mutuelle en écoutant Summer déblatérer sur les autres enfants avec qui elle avait joyeusement passé les deux dernières heures et dont certains faisaient partie de son équipe de foot, le trio quitta le restaurant. Megan avait l'impression de n'être plus qu'un torchon qu'on aurait essoré avec force.

Elle et Gabe étaient à deux doigts de s'éloigner enfin de la plus grande – et dangereuse – tentation qu'ils aient jamais connue quand Summer demanda au pompier :

— On te retrouve quand demain pour le snowboard ?

— Disons à 10 heures ?

— Génial !

Tandis que Summer partait en quête de leur numéro de chambre et que la porte de l'ascenseur se fermait sur le magnifique visage de Gabe, tous les antonymes de « génial » traversèrent l'esprit de Megan. Si ce dîner en tête-à-tête l'avait presque achevée, comment allait-elle réussir à passer toute la journée du lendemain avec lui, près des merveilles de Lake Tahoe, sans en pâtir ?

La vue sur Lake Tahoe était à couper le souffle. Non seulement le lac miroitait d'un bleu brillant, mais les pins étaient également recouverts d'une neige fraîchement tombée la nuit précédente. La montagne semblait tout droit sortie d'un conte de Noël.

Cependant, après avoir chuté pour la millième fois de l'après-midi, Megan n'avait plus assez d'énergie pour s'extasier devant le paysage.

— Si j'avais un drapeau blanc, je le brandirais, lança-t-elle avec dérision, les fesses dans la neige.

Gabe avait mis genou à terre pour l'aider à se relever. En relevant ses lunettes de ski, elle surprit son air rieur.

— Vous y étiez presque !

— Vous mentez très mal !

Megan était couverte de bleus et trop épuisée pour faire autre chose que pointer Summer du menton, cette dernière s'amusant à essayer des figures sur les rampes installées ici et là à l'attention des snowboardeurs.

— J'ai bien peur que Summer ne soit la seule de la famille à maîtriser cette planche ! dit-elle en lançant un regard glacial à la sienne, accrochée à ses énormes bottes louées spécialement pour la journée. J'espère que mes skis me pardonneront mon infidélité.

Gabe l'aida à s'asseoir et ils regardèrent la fillette s'essayer à plusieurs figures. On aurait dit une minitornade juchée sur une planche trop grande.

— C'est inné chez elle, on dirait.

— Oui, tout est inné, chez elle.

— On dirait que ça ne vous réjouit pas, constata Gabe.

Megan se mordit la lèvre, consciente d'en avoir déjà trop dit. Pourtant, malgré les jurons et les gamelles, elle avait adoré passer cette journée avec Gabe. Par chance, engoncés dans leur équipement de ski, il leur était bien plus facile de résister à la tentation. Megan avait tout simplement profité du moment présent. Gabe s'était montré patient avec elle et Summer, il avait parfaitement su comment la faire progresser… et quand laisser Megan se débrouiller seule.

— Summer est une vraie casse-cou parfois, toujours à agir avant de réfléchir. À l'image de son père, ajouta-t-elle. Elle a hérité de bien plus que ses cheveux blonds.

— C'est drôle, dit Gabe, quand je la regarde, je ne vois que vous.

Prise de court, Megan croisa son beau regard bleu.

— Lorsqu'elle est née, elle lui ressemblait à tel point que je me suis souvent demandé si j'avais quoi que ce soit à voir avec ce petit miracle que je tenais dans les bras ! Puis, en grandissant, elle a essayé de sauter toujours plus loin, de grimper toujours plus haut… bref, je m'inquiète, parfois. Peur qu'un jour elle n'aille trop loin. Comme son père quand son avion a…

Le reste de sa phrase resta coincé dans sa gorge au moment où Summer fit un mouvement particulièrement dangereux sur son snowboard.

Après un parfait atterrissage, la petite fille leur fit signe de la main. Riant de soulagement, Megan leva les deux pouces.

C'est à ce moment-là que Gabe lui prit la main et, malgré leurs gants très épais, Megan aurait juré pouvoir sentir sa chaleur à travers les couches de tissus.

— Il y a une différence entre prendre des risques inconsidérés et des risques qui en valent la peine. Vous l'avez très bien élevée, Megan. Et tous les risques ne sont pas de mauvaises choses, ajouta-t-il tandis qu'elle se noyait dans son regard.

Ses mots se gravèrent dans son cerveau avant de se communiquer à d'autres parties de son corps soudain en proie à l'envie. Gabe venait de parler de Summer, de ses peurs de mère... Mais était-ce là tout ce qu'il sous-entendait ?

Et s'il essayait de dire qu'il avait changé d'avis ? Qu'il avait envie de prendre un risque ? Avec elle. Et qu'il souhaitait qu'elle prenne ce risque, aussi.

Avec lui.

— Maman ! Regarde qui est là ! J'ai dit à Karen qu'on serait peut-être ici, et elle nous a rejoints !

Megan ôta sa main de celle de Gabe si vite qu'elle faillit en perdre son gant. L'une des fillettes de l'équipe de football de Summer releva ses lunettes de ski.

— Salut, madame Harris !

La mère de celle-ci la talonnait de près sur ses skis. Après que Gabe l'eut aidée à se relever, Megan fit rapidement les présentations. Par chance, Julie était une femme mariée et heureuse, donc l'œillade qu'elle jeta à Gabe n'était rien d'autre qu'une réaction féminine tout à fait normale.

Mince, Megan devait bien l'admettre, il était irrésistible. Aussi bien en combinaison de ski, qu'en jean ou qu'en tenue de pompier.

Sans parler de la version dénudée.

— Karen n'a pas cessé de parler de leur soirée pyjama chez nous cette nuit !

— Soirée pyjama ? s'éveilla Megan, s'extirpant des visions de Gabe dans le plus simple appareil.

— Oh désolée, répondit l'autre femme, j'aurais dû vous en parler. Pourrait-on vous emprunter Summer pour une nuit à notre bungalow ? Veille tardive, des sucreries à grignoter… Je suis sûre que les filles adoreraient.

D'ordinaire, Megan aurait immédiatement accepté. Karen et Summer étaient très copines et, bien qu'elle ne connaisse pas très bien Julie, la jeune femme avait toute confiance en elle pour lui laisser sa fille une nuit.

Ce qui l'inquiétait, c'était l'éventualité d'être à nouveau seule. Et pas que pour quelques heures. Toute la nuit, dans sa grande chambre, Gabe à deux paliers de là, seul dans la sienne également.

La catastrophe assurée !

— C'est très gentil à vous mais nous…

— S'il te plaît ! intervinrent Karen et Summer de conserve.

Malgré son inquiétude vis-à-vis de Gabe et de ce qu'elle pourrait faire avec, Megan ne pouvait décemment ignorer leur supplication.

— Vous savez, je crois que je ne serai pas capable de faire autre chose ce soir que de prendre un bain, dit-elle en gesticulant dans ses bottes. Je suis sûre que les filles s'amuseront plus chez vous.

Après s'être organisée pour que Julie passe récupérer Summer vers 17 heures et que cette dernière ne dévale pas derrière sa copine au bas de la montagne, Megan s'apprêta pour une dernière descente lorsque Gabe prit la parole :

— Alors comme ça, vous vous êtes prévu une soirée bain ?

Impossible de ne pas remarquer la tonalité rauque de sa voix, surtout après qu'il eut ôté un de ses gants pour balayer une mèche de cheveux sur la bouche de la jeune femme.

Tout en tremblant à son contact, Megan se lança en bas de la piste, jugeant plus sûr de se précipiter en snowboard que de le laisser la toucher encore une fois comme il venait de le faire.

Car elle pourrait en redemander.

11

Megan refusa que Gabe l'invite de nouveau à dîner et il sut qu'elle avait raison. Une soirée ensemble avait déjà été difficile, alors pas la peine d'en rajouter.

Surtout avec ces fantasmes impliquant Megan dans une baignoire, l'eau chaude et le savon ruisselant sur sa silhouette de rêve.

Vers 21 heures, Gabe se retrouva au bar de l'hôtel pour boire des bières et manger un hamburger avec deux collègues de la caserne, tous deux très occupés à raconter leurs conquêtes respectives de l'après-midi sur les pistes.

— Dis donc, Gabe, intervint l'un des deux pompiers après avoir commandé une nouvelle tournée à une serveuse à la poitrine généreuse sur laquelle il avait manifestement des vues. Je ne savais pas que ton frère Zach faisait des visites à domicile !

Devant l'incompréhension de Gabe, son ami Dick poursuivit :

— L'autre jour, je passais par le garage pour faire réviser un de mes pneus et pendant qu'on taillait le bout de gras, il a parlé d'une fille qu'il avait rencontrée la veille chez ta mère et qui avait le même genre de souci sur sa voiture. Il est carrément allé chez elle pour lui remplacer son pneu crevé.

Gabe se figea, la bière à mi-chemin de ses lèvres. Il avait complètement oublié que Zach s'était proposé d'aider Megan.

— Mec, commenta John, l'autre pompier, elle doit être sacrément canon pour que Zach se déplace en personne pour une simple crevaison !

Gabe posa sa bière si violemment sur la table qu'il s'en éclaboussa la main. Zach était son grand frère, mais il avait beau être un pro en mécanique, Gabe le connaissait mieux que quiconque. La seule raison qui puisse pousser Zach à proposer ce genre de service était de pouvoir s'offrir une partie de jambes en l'air au passage.

En un éclair, Gabe fila hors du bar, se précipita dans le hall et alla tout droit frapper à la chambre de Megan. Impossible de se raisonner et de ne pas penser à son frère en train de la prendre dans ses bras pour la séduire.

Oh que non.

Elle était à lui.

Gabe abattit à nouveau son poing sur la porte de bois qui finit par s'ouvrir, lui permettant de s'immiscer à l'intérieur, de poser sa main sur le battant, puis de refermer derrière lui.

— Gabe ?

Megan se tenait devant lui avec une serviette pour seule tenue, sa peau et ses cheveux encore parsemés de gouttelettes d'eau.

— Vous ne pouvez pas sortir avec mon frère, gronda Gabe. Aucun d'eux, en fait.

— Mais de quoi est-ce que vous parlez ?

À chaque pas que Gabe faisait pour s'approcher d'elle, Megan en faisait un en arrière.

— De Zach. Il est passé chez vous dimanche, n'est-ce pas ?

— Il a réparé mon pneu.

— J'imagine que ce n'est pas la seule chose qu'il veuille réparer.

Megan était maintenant presque dos au mur.

— Il va vous demander de sortir avec lui. Et c'est non !

L'expression de Megan passa de surprise à outrée. Au lieu de reculer, elle fit cette fois un pas en avant.

— Je dirai oui si j'en ai envie !

— C'est cela !

Elle fit un pas de plus.

— Que vous m'ayez sauvé la vie ne vous donne pas le droit de me dire quoi en faire !

Gabe se figea.

— Vous allez accepter alors ? Vous voulez sortir avec mon frère ?

Megan se figea à son tour, les yeux écarquillés, le souffle court, tenant sa serviette contre elle.

— *Non.*

La respiration que Gabe avait bloquée dans sa poitrine s'échappa en un souffle de soulagement.

— Je vous jure que j'ai essayé de me contenir, dit-il, incapable de dissimuler le besoin qui transparaissait dans sa voix.

Megan s'humecta les lèvres.

— Moi aussi, admit-elle à mi-voix.

Tandis qu'il la prenait par les hanches, un pan de la serviette dans chaque main pour l'amener à lui, Gabe comprit que sa jalousie envers Zach n'était que le dernier prétexte qu'il lui fallait pour prendre ce dont il avait toujours eu envie.

Megan.

C'est Megan qu'il voulait.

Et ce soir, il allait enfin l'obtenir.

Megan resta au creux des bras de Gabe, à un cheveu de tous ses désirs – tout en sachant que tout pouvait s'arrêter d'un instant à l'autre. Il l'avait déjà embrassée la dernière fois mais il était quand même parti.

Elle savait que s'il advenait la même chose ce soir, elle se retrouverait pantelante et seule à nouveau.

Elle n'avait jamais été du genre à user de son physique, pas plus qu'à agir contre ses principes. Elle ne devrait pas tenter de retenir Gabe. Pas quand il y avait plus qu'une simple nuit torride en jeu. Elle était plus maligne que ça.

Mais il y a une première fois à tout... Comme écouter cette petite voix dans sa tête qui la rassurait et lui promettait qu'une nuit dans les bras de Gabe ne ferait de tort à personne.

Peut-être que si cette séduisante jeune femme n'avait pas passé ses derniers jours à se laisser envoûter par cet homme magnifique, elle aurait pu tout simplement ignorer cette voix. Cette envie.

Mais pour cette nuit, son désir allait enfin être rassasié.

Tout en relâchant un peu sa serviette, Megan déplaça son regard des lèvres de Gabe à ses yeux, le sentant se raidir devant elle. Puis, Gabe desserra lui aussi son étreinte afin de la laisser se dénuder complètement.

L'étoffe de coton blanc glissa de sa peau trempée et tomba en un bruit sur le sol, la révélant en tenue d'Eve.

— Doux Jésus, ce que tu es belle.

Ce murmure révérencieux s'immisça en elle, caressa sa peau parcourue de frissons jusqu'à la pointe de ses seins, jusqu'à son entrejambe palpitant, jusqu'à cet endroit de son cœur qu'elle avait juré de garder à l'abri d'un homme tel que lui.

Elle attendit que ses mains fortes se replacent sur ses hanches, peau nue contre peau nue. Megan savait que ça n'était plus qu'une question de temps avant qu'ils se retrouvent sur le lit, elle sous lui, chacun se donnant à l'autre sans autre forme de préliminaire.

Mais un instant plus tard, Megan comprit son erreur, lorsque Gabe passa une main tendre dans ses cheveux mouillés. Elle se rendit compte qu'il n'était pas comme les autres hommes, à foncer tête baissée.

Au contraire, elle fut surprise par – waouh ! – le plus doux des baisers qu'elle ait jamais connus.

Il l'embrassa si tendrement qu'elle perdit le sens des réalités. Ne restaient que cette chaleur intense et ce plaisir décuplé au moment où il s'enhardit, passant lentement sa langue sur sa lèvre supérieure. Megan ne put retenir un gémissement.

— Gabe, s'il te plaît…

Elle n'eut pas conscience qu'elle venait de supplier – déjà, rien qu'après un seul baiser –, du moins pas avant qu'il ne murmure :

— Doucement, bébé. On va y aller doucement, cette nuit.

— Je ne pense pas que je pourrai y aller doucement, dit-elle, son corps appuyant ses mots, ses seins pressés contre son torse.

La friction de son tee-shirt à manches longues contre ses tétons était si délicieuse qu'elle gémit. Il y avait là quelque chose d'incroyablement coquin à être nue contre un homme encore vêtu et pourtant Megan n'avait jamais été de ce genre-là. Elle ne s'était accordé ce genre de frissons que dans ses fantasmes.

Mais quelque chose chez Gabe la poussait à donner vie à tous ses rêves, quel que soit le danger.

— *Megan.*

Gabe venait de prononcer son prénom dans un grognement, tel un homme perdu. Un homme aussi perdu qu'elle l'était en ce moment même. Son bassin se cala contre elle, plaquée contre le mur, les jambes ouvertes pour lui. Oh, comme elle aimait sentir la protubérance sous son jean se presser à cet endroit précis !

Megan n'aurait pas dû se sentir aussi excitée, alors qu'ils s'étaient à peine caressés, mais à vrai dire, tout ce temps qu'ils avaient passé à ne pas se toucher et à garder leurs distances, c'était de vrais préliminaires.

Parmi les plus intenses de sa vie.

— Je pourrais te prendre maintenant, être en toi en quelques secondes.

La voix de Gabe était rauque. Ses paroles, brutes et sexy, firent battre son cœur plus vite.

— Là, comme ça, contre le mur, tes jambes autour de moi, pendant que je te prendrais brutalement.

Oui ! C'est ce dont elle avait envie.

Cependant, au lieu de faire une seule de ces choses, Gabe se cala contre ses hanches et ôta sa tête du creux de son oreille où il avait insufflé toutes ces visions ; ses yeux bleus la clouèrent sur place.

— Nous allons nous arrêter là pour ce soir, Megan.

Les yeux de la jeune femme s'écarquillèrent.

— Mais c'est ce que je veux, dit-elle dans un murmure.

— Tu voudrais ça encore plus, dit-il en penchant la tête pour lécher le creux de son épaule.

Devant ce geste sensuel, elle présenta sa nuque, la peau tremblante face à ce tendre assaut.

Aucun homme ne lui avait jamais parlé ainsi, lui promettant l'extase si elle s'abandonnait. Megan était assez pragmatique et avait appris pour son propre bien-être qu'écouter les promesses murmurées par un homme capable de vous rendre folle n'était pas une bonne chose. Pourtant, tandis que la bouche de Gabe allait et venait le long de sa nuque, alternant douces caresses de langue et petites morsures, elle regarda les choses en face.

Elle adorait ça.

Gabe se retira et ôta les doigts de ses cheveux pour lui prendre les mains. Le contact de ses paumes calleuses sur ses coudes puis ses poignets valait tous les orgasmes du monde.

Gabe fit parcourir ses doigts le long de son corps. Bien qu'elle soit nue et à deux doigts de le supplier de la prendre contre le mur, Megan se sentit toute chamboulée. Aucun amant n'avait pris soin d'elle comme lui le faisait. Elle en était vraiment touchée. Si Gabe avait pris soin de détailler sa nudité, il ne l'avait pas quittée des yeux une seconde.

Megan sentit des larmes lui venir, des larmes qu'elle refoula avant qu'il ne les aperçoive. Mais peut-être que le hoquet dans sa voix l'avait trahie.

— Ce soir, toi et moi, nous allons parler. Tu me diras tout ce qui te fait du bien… et ce qui ne t'en fait pas.

Comprenant son attention, Megan s'humecta les lèvres. Ils n'étaient plus des enfants.

— Cela me semble bien, dit-elle. Très bien.

— Mais ?

N'importe quel homme aurait ignoré ses émotions, pas lui.

— Je veux que ça soit torride, affirma-t-elle en passant son pouce sur la paume de Gabe. Je suis prête pour ça.

— Vraiment ? dit-il en arquant un sourcil.

— Eh bien, admit-elle en secouant légèrement la tête, peut-être pas *prête* mais ça ne me surprendrait pas.

— Moi non plus, confirma-t-il. Dis-moi ce qui te surprend alors.

— Tout le reste, dit-elle sans arriver à trouver d'autres mots.

Les yeux de Gabe s'étrécirent, il raffermit son étreinte.

— Je ne demande qu'à être surpris, déclara-t-il d'une voix grave, pleine d'envie et d'autre chose que Megan avait peur de découvrir. Il prit ses mains dans les siennes et les embrassa.

Bon Dieu, ce qu'il est en train de me faire... Comment pourrais-je jamais me remettre de cette nuit ? Elle reprit le contrôle de ses deux mains tandis que cette question tournait en boucle dans sa tête. S'il ne s'était agi que de sexe, cela aurait pu aller. Mais s'il cherchait à séduire plus que son corps ?

Et si Gabe essayait de conquérir son cœur aussi ?

Le regard de ce dernier passa de ses yeux à ses seins. Les secondes s'écoulèrent, son regard restait rivé sur elle, à parcourir chaque centimètre de sa peau. Megan ne pouvait s'empêcher de le regarder la détailler, ses yeux posés maintenant sur ses tétons durcis.

— Touche-moi, supplia-t-elle, impatiente de sentir les mains et la bouche de Gabe sur elle. J'ai envie que tu me touches.

S'il l'avait entendue, Gabe n'en laissa rien paraître et prit ses paumes pour les placer de chaque côté de son bassin. Il prenait tout son temps et la douleur de cette attente ne faisait qu'attiser l'envie de Megan.

Et – enfin ! – il s'exécuta, effleurant son ventre et sa poitrine du bout de ses doigts. À ce contact, Megan soupira de plaisir. Il n'avait même pas encore touché ses seins qu'elle se sentait déjà incroyablement bien.

Tandis que Gabe continuait sur sa lancée, elle se mordit la lèvre.

— Si douce, murmura-t-il à quelques millimètres de sa poitrine. Si belle.

Ses mains s'emparèrent de ses seins.

— Si parfaite.

Megan ne put retenir un gémissement sous la caresse de Gabe. Impossible de ne pas se cambrer.

Et lorsqu'il se pencha sur elle pour souffler doucement sur l'un de ses tétons, Megan manqua perdre pied. Il croisa son regard, les yeux pleins de confiance et de plaisir non dissimulé face à sa réaction.

— Tu es sensible, on dirait.

Gabe fit à nouveau passer ses pouces sur elle. Megan chercha son souffle pour lui répondre.

— Megan ?

Sa voix impérieuse exigeait une réponse, tandis qu'il commençait à souffler sur son autre sein.

— Oui, hoqueta-t-elle, étourdie par le souffle chaud de Gabe et le léger pincement sur sa peau en feu.

Soudain, sans qu'elle ait eu le temps de réagir, il la prit dans ses bras et la conduisit jusqu'au lit.

— Pas question que tes jambes chancellent quand tu atteindras l'orgasme, dit-il d'un ton factuel qui, pourtant, n'ôtait rien à sa sensualité.

Avant qu'il n'arrive, Megan avait déjà rejeté les couvertures du lit. Il la déposa sur les draps blancs. Jamais elle ne se détacherait de son cou. Il n'aurait pas d'autre choix que de se mettre au lit avec elle. Comment l'exciterait-il sinon ? Peut-être qu'il lui demanderait de se caresser devant lui, la faisant jouir, son regard plongé dans le sien, tout en sachant que ses mains, sa bouche, son sexe seraient bientôt à elle…

Megan se força à se dominer mais Gabe contrôlait déjà la situation, plaquant encore plus fort sa poitrine contre son torse, tandis que des visions coquines continuaient d'envahir l'esprit de la jeune femme.

— Dis-moi à quoi tu penses.

— À toi.

Et c'était vrai. Gabe était la seule chose à laquelle elle pensait, tout ce qu'elle voulait. Et il serait tout ce qui existerait pour elle ce soir. Mais c'était un futé et il avait déjà anticipé sa réponse.

— Et à quoi d'autre ?

Il avait posé cette question calmement mais avec fermeté, et la petite moue prudente affichée sur ses magnifiques lèvres fit répondre Megan.

— J'étais en train de me demander comment tu allais faire pour…

Elle déglutit, peu habituée à parler crûment. Et pourtant, bien qu'elle n'aurait pas dû en avoir envie, la Megan sensuelle qui l'habitait lui fit terminer sa phrase :

— … pour me faire jouir.

Gabe la surplomba et elle dut fermer les yeux face à la pression de ses muscles contre sa peau si sensible.

Il passa sa tête de l'autre côté de sa nuque et y traça des cercles avec sa langue. Seulement, il ne s'arrêta pas là, Dieu merci. Cette fois, il descendit vers ses seins. Petit à petit, il s'approcha de ses tétons, léchant sans vergogne l'épiderme si doux autour.

Et soudain – *oh, Seigneur, par pitié* ! – elle le sentit frôler le bout érigé de sa poitrine, ce qui la fit se cambrer encore davantage contre les muscles de sa cuisse, tentant désespérément d'aller là où il semblait vouloir l'empêcher d'aller. Il releva finalement la tête.

— À quoi est-ce que tu pensais ?

Non ! Il n'avait pas le droit de lui faire ça maintenant, pas si près du but.

— Je ne peux... J'ai besoin de... bégaya-t-elle.

Mais tandis qu'elle retrouvait l'usage de ses sens, Megan comprit que Gabe ne lui donnerait pas ce qu'elle voulait, à moins qu'elle ne lui donne la première ce que lui attendait.

— Dis-moi ce que tu pensais que j'allais te faire ?

— Que tu me demandes de me caresser devant toi, confia-t-elle, prête à tout pour que le moindre petit plaisir vienne la libérer de cette folle attente.

Les yeux de Gabe s'enflammèrent d'excitation.

— Et ?

— Et...

Elle n'allait tout de même pas lui dire ça, si ? Elle n'allait pas livrer l'un de ses fantasmes les plus secrets à un homme qu'elle n'aurait que pour une nuit ! Pourtant, les mots lui échappèrent.

— Et après avoir joui pour toi, je voudrais que tu me fasses du bien avec tes mains et ta bouche.

Megan fut récompensée par un baiser sur l'un de ses tétons. Malgré tout ce beau discours sur le fait d'y aller doucement, la façon dont il s'empressait sur elle n'avait plus rien à voir avec ses intentions premières. Tant mieux !

Megan passa ses doigts dans les cheveux sombres de Gabe et le maintint tout contre elle, profitant de la douce succion de ses lèvres, de sa langue et de ses dents sur sa peau en feu. Rien n'avait jamais été aussi bon. Rien. Et lorsque Gabe passa à son autre sein, bien qu'elle aurait dû s'attendre au même plaisir, Megan ne put pas en profiter. Son bonheur venait surtout du fait d'être avec lui.

Gabe la prit entre ses bras tout en la caressant, lui ôtant toute pensée rationnelle. Ce n'était pas seulement des préliminaires ou du sexe... c'était de la vénération pure.

Et Megan continua à se cambrer contre sa cuisse, son excitation se transformant peu à peu en fièvre à chaque coup de langue, chaque caresse sur sa peau, jusqu'à frôler cet orgasme qu'il lui avait promis.

La vague d'air frais qui la submergea lui fit lever les yeux au ciel au moment où Gabe s'éloigna d'elle. Avant même qu'elle ait pu retrouver ses esprits, elle le vit s'asseoir sur une chaise dans un coin de la pièce.

— Montre-moi, Megan, dit-il d'une voix rauque. Montre-moi comment tu aimes qu'on te touche.

Mais elle secouait déjà la tête, à genoux pour le forcer à revenir sur le lit.

— Tu le sais déjà.

Ce serait tellement mieux s'il s'en occupait lui-même.

Mais Gabe ne prit pas la main qu'elle lui tendait.

— Je veux le voir de mes yeux, dit-il. Caresse-toi.

C'était dingue. Elle n'allait tout de même pas faire ça. Jamais elle n'aurait dû lui parler de son fantasme. Mince, elle n'aurait même pas dû fantasmer là-dessus tout court !

Mais depuis combien de temps, au juste, retenait-elle ses besoins les plus élémentaires ? Depuis combien d'années s'interdisait-elle toute montée d'adrénaline, restant à l'abri du danger sur des chemins ennuyeux ? Megan aurait souhaité ne pas avoir la réponse à cette question, à savoir que même avant la mort de son mari, elle ne faisait que prendre des précautions.

Ne pouvait-elle pas se laisser aller le temps d'une nuit ?

Pour une nuit seulement, ne pouvait-elle pas faire tomber les barrières qu'elle avait érigées ?

Et autoriser Gabe à prendre le contrôle de la situation ?

La réponse survint du plus profond d'elle-même – *oui, oui et oui* ; des mots plus chargés de soulagement que de peur, et en un rien de temps, elle fut de nouveau allongée sur le lit, face à Gabe.

— Tu es encore tout habillé, lui dit-elle, à court de protestation en s'appuyant contre les oreillers.

— La nudité te va bien.

— À toi aussi sans doute, assura-t-elle d'une voix torride, certaine de la beauté de Gabe sans le moindre vêtement.

La bouche de Gabe se fendit d'un sourire qui ne put éteindre le feu de son regard.

Megan tenta d'avoir l'air à l'aise avec sa nudité, comme si être étendue là, une main sur la poitrine et une autre sur le bas-ventre, était la chose la plus naturelle qui soit.

Mais ça n'était pas du tout le cas.

Elle s'était montrée incapable de cacher quoi que ce soit à Gabe jusque-là, et cette fois-ci n'était pas si différente des autres.

— Je ne sais pas comment m'y prendre, dit-elle.

— Si, tu le sais, lui répliqua-t-il d'une voix qui ne manquait jamais de la faire frissonner. Tu fantasmais là-dessus il n'y a pas cinq minutes. Tu n'as qu'à revivre la scène pour nous donner du plaisir à tous les deux.

Il n'avait pas tort. Ces dernières années, elle avait beaucoup eu recours à la masturbation. Pas avec des jouets quelconques qu'elle aurait eu trop tendance à garder dans son placard, mais avec ses propres doigts.

Exactement ce que Gabe exigeait d'elle en ce moment.

Exactement ce qu'il voulait voir.

Ce qu'ils vivaient là était si intime – bien loin du sexe « classique » qu'elle se permettait de vivre – que malgré son stress, Megan se montrait de plus en plus excitée.

Si elle fermait les paupières et s'imaginait toute seule alors peut-être que…

— Megan ?

Elle n'ouvrit les yeux que pour le voir secouer la tête, la scrutant.

— Regarde-moi te contempler.

À cet ordre, une autre vague d'excitation la parcourut et elle y puisa assez de force pour faire passer une de ses mains entre ses jambes, l'autre massant sa poitrine tout comme Gabe l'avait fait plus tôt.

Elle était très excitée, et même si elle avait pu prétendre ne jamais pouvoir atteindre l'orgasme, devant cet homme – ou n'importe lequel – elle savait qu'il ne faudrait pas plus que quelques caresses de ses propres doigts pour la faire s'envoler au septième ciel.

12

Gabe avait toujours adoré les femmes. Leur peau douce, leur parfum, leur rire. Après avoir perdu son pucelage au lycée, la séduction et le sexe avaient fait partie intégrante de son quotidien, au même titre que l'alimentation et le sommeil.

Mais malgré toutes les femmes avec qui il avait couché, Megan lui faisait un effet tout particulier. C'était comme faire l'amour pour la première fois. Il aurait pu passer la nuit entière à la goûter, à la rendre folle, à écouter ses gémissements de plaisir tandis que sa peau frissonnerait sous ses doigts et sa langue.

Et la voilà qui le chevauchait, la peau rougie par l'orgasme, en train de jouer avec les boutons de son tee-shirt à manches longues qu'elle défaisait consciencieusement tout en l'embrassant au coin de la bouche.

Au lieu de continuer sur sa lancée, Megan lui adressa un sourire coquin puis embrassa le petit carré d'épiderme libéré par le premier bouton.

Sous son menton, Gabe sentit la douceur de ses cheveux en même temps que la chaleur de son baiser, puis sa langue et la légère pression de ses dents.

Gabe récoltait ce qu'il avait semé. En jouant de cette sensuelle torture avec elle, il s'était attribué le rôle du jouet.

Il aurait pu mettre Megan sur le dos et la prendre en un rien de temps. Et Dieu seul sait que le contact de sa langue sur son cou l'y poussait.

Elle releva la tête et vit le désir flamboyer dans ses yeux.

— Tu avais raison, lui dit-elle. Doucement, ça peut être bien aussi.

Le plaisir qu'elle affichait à cet état de fait était la seule chose qui empêcha Gabe de la posséder sauvagement ; il se décida à rester ainsi pendant qu'elle laisserait libre cours à son espièglerie.

En défaisant le bouton suivant, la main de Megan trembla et tâtonna tandis que Gabe la prit par les hanches, la pressant contre son érection. Instinctivement, Megan se cambra, les yeux clos et les mains aplaties contre son torse.

Comment avait-il pu ne pas voir que Megan était pure sensualité ? Vivre une expérience sexuelle de façon aussi naturelle avec la femme la plus sexy qu'il ait jamais rencontrée était sans aucun précédent.

— C'est ça, mon cœur, dit-il à voix basse, les mains passant sur sa poitrine pendant qu'elle se frottait contre son jean. Continue comme ça.

De surprise, les yeux de Megan s'écarquillèrent. Elle n'avait pas conscience de ses actes.

— C'est ton tour, maintenant, protesta-t-elle le souffle rauque, ce qui affermit davantage encore son érection.

— C'est mon tour de *te* regarder.

À l'idée qu'il puisse tirer autant de plaisir qu'elle en avait eu, Megan écarquilla grands les yeux. Gabe s'attendit à ce qu'elle proteste mais à en juger par l'arrivée imminente de son prochain orgasme, il sut qu'elle n'en ferait rien.

Les seins de Megan étaient si sensibles que Gabe eut des scrupules à titiller ses tétons des doigts mais après tout… Seul son plaisir à elle importait, de même que voir son regard s'assombrir pendant qu'elle le chevauchait, brûlante de désir.

Megan eut le souffle coupé par ses caresses, et elle plaqua une main contre ses lèvres tandis que son mouvement de hanches s'accélérait. Elle poussa alors un tel gémissement que Gabe se sentit immédiatement trop à l'étroit dans son jean.

— Gabe !

Son nom s'était échappé avec délice de sa bouche, en pleine chevauchée, chacun de ses muscles tour à tour tendu, tremblant puis relâché.

Bon Dieu, ce qu'il aimait sa façon de se donner à lui, entière.

Elle ne se ménageait pas, n'essayait nullement de le séduire avec une image qui n'était pas elle.

Elle se laissait aller à l'extase, corps et âme.

Après avoir été secouée de spasmes pendant quelques instants, Megan revint peu à peu à Gabe. Elle ouvrit finalement les paupières et le regarda, les cheveux en désordre, la bouche pantelante et rougie par les petites morsures.

— J'étais supposée me focaliser sur toi, lui dit-elle.

Il la pencha en arrière pour l'embrasser, lui faisant comprendre que c'était exactement ce qu'elle avait fait, puis elle se redressa sur ses cuisses nues et ajouta d'un air déterminé :

— Non, plus de distractions !

Gabe n'aurait su dire si elle s'adressait à lui ou à elle-même mais cela n'avait guère d'importance. Surtout maintenant qu'elle se concentrait sur le prochain bouton de son tee-shirt.

Une fois qu'elle l'eut défait, elle passa au suivant, mais Gabe posa sa main sur la sienne.

— Tu n'oublies rien ?

Devant son adorable incrédulité, Gabe poursuivit :

— Un orgasme par bouton.

Tout en repoussant sa main, Megan sembla sourire.

— Je te l'ai dit, plus de distractions. Maintenant, il n'y a que toi qui comptes.

Gabe manqua perdre la tête, entre rire et folie, tandis qu'elle défaisait le bouton et se glissait le long de son corps afin de le torturer de sa bouche.

La vie avec Megan ressemblerait exactement à ça. Une vie pleine de joie et d'arguments licencieux sur qui ferait le plus de bien à l'autre.

Gabe ne se rendit pas compte qu'il venait de s'imaginer un futur à deux – il n'aurait même pas dû y penser – jusqu'à ce qu'il soit trop tard. De toute façon, c'est à peine s'il se souvenait de son propre nom au moment où les dents de Megan se refermèrent sur son mamelon.

En la voyant se redresser pour lui adresser un regard triomphal, Gabe sut qu'il était entièrement à sa merci. Il la contempla tandis qu'elle défaisait les ultimes boutons avant d'écarter les pans du vêtement.

— Oh, fit-elle en se léchant les lèvres. Waouh !

Gabe ne réagit pas, mais fit passer la main de Megan sur le renflement de son jean.

— J'y viendrai, lui promit-elle sans quitter son torse des yeux. Laissez une jeune fille vous admirer, monsieur le pompier.

Megan fit glisser ses doigts le long des abdominaux de Gabe, en traçant les creux et les contours, ce qui le fit trembler et gémir. Finalement, elle fit progresser ses mains jusqu'à ses pectoraux, titillant doucement ses tétons durcis.

— Tu es magnifique, lui dit-elle.

Gabe ne la comprit que trop bien, chevauché par la déesse qu'elle était.

— Enfin, j'en étais sûre.

— Je n'en doutais pas pour toi aussi.

C'est au moment où leurs regards se croisèrent que Gabe comprit : une connexion profonde qu'aucun d'eux ne voulait s'avouer s'installait entre eux... et ils ne pouvaient désormais plus la nier.

Il était bien plus facile de se laisser aller au sexe que de faire face à leurs émotions profondes, aussi, lorsque Megan se remit à l'ouvrage en le déshabillant, Gabe se laissa faire.

Toutefois, il ne put s'empêcher de se demander comment ils géreraient la situation après cette nuit, une situation commencée bien avant leur déshabillage respectif. Avant même leur journée en montagne et bien avant la fête et leur premier baiser.

À bien y réfléchir, ce qu'il advenait ce soir était beaucoup plus qu'une succession d'orgasmes. Pour une simple nuit de luxure, il y avait bien trop de questions en suspens.

Gabe vit Megan prendre une longue inspiration, comme en pleine réflexion, avant de finalement défaire son pantalon. Son membre s'érigea soudain sous son boxer, et Gabe se redressa pour aider la jeune femme à ôter complètement le jean.

Il fut subjugué par l'expression qu'afficha Megan en faisant glisser le dernier vêtement de coton. Elle se mordit la lèvre.

Qu'allait-elle faire à présent ? Tous les muscles de Gabe se tendirent d'anticipation au contact de Megan. Elle exprimait tant d'excitation qu'il aurait pu venir sans qu'elle le touche.

Il la vit saisir son sexe entre ses doigts aussi lentement qu'un film au ralenti, ce qui le poussa à remuer le bassin.

Megan raffermit sa prise et Gabe sut que si cette nuit devait s'arrêter là, il aurait vécu la meilleure expérience sexuelle de sa vie.

Impossible de détacher ses yeux de sa main, travaillant consciencieusement son érection, son pouce passant doucement sur son gland enflé par l'excitation. Bon sang, cette image resterait à jamais gravée dans sa mémoire et il n'aurait qu'à y repenser pour devenir fou.

Gabe était si abasourdi par ce que Megan lui faisait qu'il ne se rendit compte qu'après coup de ce qui suivit, au moment où les cheveux de la jeune femme vinrent frôler ses cuisses. Là, il comprit ce qu'elle avait en tête.

Son souffle vint en premier, doux et chaud à la fois, et soudain – *doux Jésus, il n'arriverait jamais à tenir la nuit entière !* – sa langue passa exactement là où son pouce était passé.

Impossible de s'imaginer plus excitant que la langue de Megan sur son sexe mais les petits gémissements de plaisir qu'elle émit lui prouvèrent le contraire. Gabe se sentit partir au contact de sa langue et – Seigneur – il perçut toute la chaleur de sa bouche lorsqu'elle le prit enfin entièrement en bouche.

Il refusait de jouir maintenant, pas pour leur première fois, mais alors que ses doigts agrippaient la chevelure de Megan et qu'il s'enfonçait davantage en elle, il se retrouva à deux doigts de l'extase. Il ne pouvait pas se retirer maintenant, pas sans succomber à la plus belle fellation de sa vie.

De désespoir, il se dégagea soudain, et les lèvres de Megan émirent un léger bruit de succion.

Elle le regarda avec étonnement au moment où il l'étendit sur le lit, sublime déesse aux lèvres rougies par les baisers et par ce qu'elle venait de lui faire.

Megan le vit se lever et se diriger vers son jean.

— Gabe ?

Elle n'obtint pour seule réponse qu'un préservatif qu'il venait de sortir de sa poche arrière.

— Laisse-moi faire, dit-elle, mais en un rien de temps, il avait déjà ouvert l'emballage et enfilé la protection.

Aussitôt qu'il fut revenu sur le lit, Megan écarta les jambes pour l'accueillir. Il voulait – avait besoin – d'être en elle mais avant cela, il devait l'embrasser à nouveau.

Les bras enroulés autour de son cou, Megan lui rendit son baiser avec passion, leurs bouches soudées l'une à l'autre, sa virilité caressée par la moiteur entre ses jambes.

Gabe dut se retirer, s'installer pour mieux contempler leurs corps.

— Tu es somptueuse, dit-il à court de mots devant sa magnifique silhouette à la peau trempée de sueur.

Megan fit passer ses mains sur le torse de Gabe, ses abdominaux et ses hanches.

— Prends-moi, Gabe.

Elle leva les yeux au ciel au moment où leurs corps se pressèrent l'un contre l'autre.

— Par pitié, aime-moi.

— Regarde-moi, commanda-t-il d'une voix tremblante, attendant qu'elle ouvre les yeux pour contempler la beauté de leurs deux corps nus.

Gabe la récompensa d'un mouvement du bassin, avant de se retirer et de revenir encore et encore jusqu'à se retrouver complètement en elle.

— Mon Dieu !

Ces deux mots firent perdre à Gabe toute retenue.

Ses mains quittèrent le lit et, s'appuyant sur ses avant-bras puissants, il la posséda plus profondément, leur arrachant à tous deux des gémissements de bonheur. Megan était sienne.

Mais tandis qu'il lui faisait l'amour, Gabe comprit que c'était l'inverse qui s'était produit en premier : Megan l'avait tout à elle en l'entourant de ses jambes, en s'offrant à lui, prenant tout ce qu'il avait à donner et lui rendant deux fois plus.

Leurs lèvres se rencontrèrent à nouveau, de même que leurs langues et leurs dents, tandis que leurs corps s'abandonnaient à ce qu'ils ne pouvaient se refuser plus longtemps. Gabe aurait souhaité que cet instant ne s'arrête jamais, se laisser aller à ce sentiment de félicité, d'intimité et de perfection qu'il ressentait avec Megan. Il la voulait, pour toujours, se laissa-t-il aller à penser.

Il ne pouvait plus vivre sans elle.

Au vu des sons qu'elle émettait et de la tension de ses muscles internes autour de lui, Gabe comprit qu'elle viendrait bientôt. D'instinct, il mit une main entre eux et sépara leurs deux bouches.

— Jouis avec moi, mon cœur.

Elle soutint son regard, ses yeux verts soudain assombris. Megan ferma les paupières et se cambra sur le lit, s'abandonnant à un orgasme qui les submergea tous deux d'une telle manière que Gabe dut s'accrocher fermement au lit tandis qu'il explosait en elle.

Il en oublia son propre poids sur le corps frêle de Megan, l'idée d'une première nuit douce et calme loin derrière lui. Et Megan était là, saisissant sa tête pour l'amener à l'embrasser avec la même passion qu'il venait d'éprouver.

Parfaite.

Elle était parfaite.

Reprenant doucement leurs esprits, ils restèrent pantelants en travers du lit, la tête de Gabe appuyée sur l'épaule de Megan perlée de sueur. S'enroulant dans ses bras, elle s'installa à son tour au creux de la sienne, et Gabe sentit presque immédiatement ses muscles se détendre quand le sommeil la gagna.

13

Le matin avait toujours été le moment de la journée préféré de Megan. À l'époque où elle travaillait encore dans un bureau, c'était elle l'insupportable personne joyeuse du lundi matin. Mais c'était un tout autre bonheur que de se réveiller contre le corps nu et chaud d'un bel homme.

La nuit dernière, tout en s'abandonnant au plaisir, elle avait gardé en tête qu'il ne s'agissait que d'une aventure d'un soir. Mais malgré les premiers rayons de soleil filtrant à travers les rideaux, Megan se dit qu'il faisait encore assez sombre là-dehors pour prétendre que leur nuit interdite n'était pas encore achevée. Ainsi, lorsqu'elle sentit Gabe s'étirer contre elle, son érection plaquée contre ses fesses, elle se refusa à l'éveil.

Megan n'était pas du genre avide, à réveiller un homme en plein milieu de la nuit pour en demander davantage… mais rien de ce qu'elle venait de vivre avec Gabe n'obéissait à la logique. Et tant que le jour n'était pas levé, il n'y avait pas de règles, n'est-ce pas ? Y compris celle qui disait qu'elle n'avait pas le droit de se retourner et de lui embrasser le menton.

Son cœur battait à tel point que si Gabe avait été éveillé, il l'aurait senti.

Vu qu'il ne semblait pas réagir à son baiser, Megan pensa avoir rêvé son étirement de tout à l'heure. Avait-il simplement bougé dans son sommeil ? Et si c'était le cas, pouvait-elle faire le premier pas ? Oserait-elle prendre ce qu'elle voulait, ce dont elle avait besoin une dernière fois avant de laisser ses désirs derrière elle ?

Megan posa à nouveau ses lèvres sous son menton, sur l'endroit d'où on pouvait voir battre son pouls contre sa peau, qu'elle goûta du bout de la langue avant de descendre jusqu'à la base de son cou, puis jusqu'à l'épaule, qui émergeait des draps.

Chaque coup de langue, chaque baiser qu'elle lui offrait la rendait plus audacieuse.

La nuit dernière, il y avait eu bien trop de choses à ressentir. Le simple fait d'être près de Gabe était une épreuve et elle n'avait pas eu l'occasion de s'attarder sur lui. Megan saisit sa chance, se pressa davantage contre le torse de Gabe, se reculant juste assez pour contempler la petitesse de ses mains contre ses pectoraux.

Elle avait souvent entendu des femmes rire à propos des pompiers, des fantasmes qu'elles nourrissaient à leur encontre. Megan s'était mariée bien trop jeune pour se permettre ce genre de facéties. Et depuis la mort de David, elle ne s'était plus autorisée à rêver d'hommes en uniforme.

Oh, mais si cela avait été le cas, songea-t-elle en souriant face à Gabe endormi, c'est d'un homme comme ça qu'elle aurait rêvé. Grand, beau, fort et déterminé à révéler chaque parcelle de plaisir en elle.

Un plaisir qui allait croissant au fur et à mesure qu'elle passait plus de temps dans ses bras, le parcourant lentement des mains.

Megan était si accaparée par son exploration du corps de Gabe qu'elle fut complètement prise au dépourvu lorsqu'il se redressa soudain et la fit basculer sur le dos. Il la surplomba et elle en perdit son souffle, l'une de ses puissantes cuisses entre les siennes, tandis qu'il la contemplait.

— Alors comme ça, tu étais réveillé, ne put-elle s'empêcher de lui lancer.

— Maintenant, oui, dit-il avant d'embrasser sa poitrine, ses deux seins empoignés dans une seule de ses grandes mains.

Megan pouvait sentir la virilité de Gabe se durcir contre elle, en réponse à sa propre excitation. Jamais elle n'avait connu de tel réveil, prise avant l'heure du petit déjeuner par un homme qui lui coupait non seulement le souffle mais qui lui faisait aussi perdre le fil de ses pensées. Tout ce qui restait d'eux était ce mouvement de peau contre peau, leurs caresses respectives et le goût de chaque partie de leurs corps entrant en contact avec leurs lèvres.

Megan aurait souhaité figer cet instant, pouvoir ne rien oublier, ni aucune caresse ni aucun gémissement qu'elle pourrait se rappeler plus tard lorsqu'elle serait de nouveau seule. Or, tout ce qu'ils avaient partagé cette nuit, l'abandon et la séduction dont elle avait fait preuve en sa présence ne faisait qu'attiser sa flamme. Comme soudés l'une à l'autre, ils bougèrent de conserve. Mais au moment où Megan s'attendait qu'il la prenne, Gabe se mit en position assise. Un instant plus tard, elle était en dehors des couvertures, le surplombant assez pour voir le soleil se lever.

Elle ferma les yeux, refusant que la réalité ne vienne rattraper son rêve éveillé. Quelques minutes de plus, c'est tout ce qu'elle demandait.

Par chance, nul besoin d'avoir les yeux ouverts pour se cambrer contre l'érection de Gabe, qui était la seule chose sur laquelle elle devait focaliser ses pensées.

« Megan », entendit-elle, alors que la chaleur dans la voix de Gabe se répandait en elle.

À contrecœur, elle ouvrit les paupières.

Gabe affichait un regard excité et empreint d'autre chose, que Megan ne parvenait pas à cerner. Ou ne voulait pas cerner.

Pas en plein rêve.

— Tu as un préservatif ?

La question mit du temps à parvenir à son esprit. Cela faisait bien longtemps qu'elle n'avait pas eu à se préoccuper des maladies sexuellement transmissibles.

Ou de tomber enceinte.

Lorsque la question de Gabe fit enfin sens, Megan voulut se retirer mais les mains de Gabe sur ses hanches l'en empêchèrent.

— Non, dit-elle, le mot semblant résonner dans tout l'hôtel.

Qu'es-tu en train de faire ?

Mais avant qu'elle ait pu trouver de réponse, Gabe se pencha vers la table de chevet et y récupéra une capote que Megan n'avait pas remarquée jusque-là.

Il était encore temps de l'empêcher de l'enfiler, de se convaincre que la nuit dernière avait été une aberration qu'il ne fallait pas réitérer.

Bien sûr, s'il l'enfilait, Megan savait qu'elle ne pourrait pas se retenir de continuer ce qu'il avait commencé la veille au soir.

Ce qu'*elle* avait commencé.

Car c'était impossible d'y résister.

Pourtant, le bruit de la pochette déchirée ne se fit pas entendre. Car Gabe la lui tendait. Comme s'il attendait que ce soit elle qui fasse le choix de refaire ou non l'amour.

Les mots qu'elle avait prononcés la veille lui revinrent à l'esprit.

« Par pitié, aime-moi. »

Face à sa propre faiblesse à réclamer quelque chose de plus grand que de l'amour physique, Megan ferma de nouveau les paupières. Voilà pourquoi la présence de cet homme était un danger. Il était grand temps de faire ce qu'elle s'était promis au petit matin. Ficher le camp. Mais son cœur sembla se déchirer en deux au moment d'enjamber Gabe.

L'hôtel semblait silencieux à cette heure-ci mais Megan pouvait tout de même entendre le bruit des barreaux qui enserraient son cœur, puis son corps.

Boum !

Son cœur se retrouvait prisonnier. Mais dès le barreau suivant – *boum !* – Megan prit la décision de découvrir d'autres horizons et retourna son attention vers Gabe.

Elle saisit le préservatif et l'ouvrit si violemment que le bout de latex tomba sur le lit.

Boum !

Elle le récupéra et se plaça à cheval sur Gabe, les mains tremblantes sur son membre. Mais alors qu'elle pensait que rien ne briserait sa détermination, le pompier lui prit les mains.

Chaud. Il était si chaud.

Elle le regarda et vit qu'il était pantelant.

— Megan ?

Elle se vit soudain comme il la voyait, encore toute chamboulée par cette nuit de sexe torride. Il aurait dû s'éloigner d'elle au plus vite.

Mais pour une raison inconnue, il n'en fit rien.

Pourtant, les yeux rivés aux siens et avec sa chaleur qui l'enveloppait, Megan sentit que les barreaux cédaient. Comme s'il avait lu dans ses pensées et compris exactement ce qu'elle voulait sans être capable de le formuler, Gabe passa ses mains sur les bras de Megan, sur ses épaules et prit son visage en coupe.

— Viens là, mon cœur.

Megan s'étendit sur lui, et lorsque leurs lèvres se rencontrèrent à nouveau, quelque chose au creux de sa poitrine se brisa. Les barreaux qui entouraient son cœur s'entrechoquèrent en tombant tandis qu'elle se laissait aller à une chose si douce qu'elle en réclamait plus, les hanches incapables de tenir en place.

En un halètement de joie, Megan sentit Gabe en elle. Il lui était alors impossible de nier que faire l'amour avec Gabe était incroyable, tout comme il lui était impossible de ne pas l'attirer à elle, ses bras autour de son cou, ses jambes autour de sa taille tandis qu'il se penchait sur elle.

À l'approche de l'orgasme, cambrée contre lui sous l'assaut d'un de ses baisers sur son sein,

Megan dut se rendre à l'évidence : être avec lui ce matin-là était tout simplement différent.

Ce n'est que du sexe.

Non, c'était plus fort.

Et plus terrifiant.

Trop terrifiant pour y faire face.

— S'il te plaît, hoqueta-t-elle.

— Oui, tout ce que tu veux, lui répondit Gabe, immobile, la voix aussi enrouée que la sienne.

Mais il ne pouvait pas lui donner tout ce qu'elle voulait. Il n'aurait jamais un travail de bureau, ne lui promettrait jamais de revenir chaque soir en un seul morceau.

Et elle ne pourrait jamais lui demander une telle chose.

Tout ce qu'elle pouvait demander, c'était cet instant de plaisir avec lui.

— Gabe, souffla-t-elle en passant sa main sur sa joue, le berçant comme s'il avait été le centre de son univers, de son désir le plus profond.

Ils ne vivraient plus d'instants pareils. Ces derniers instants de perfection étaient tout ce qu'il leur restait.

— J'ai besoin que tu sois là avec moi, acheva-t-elle.

— Moi aussi.

Ces mots résonnaient comme une caresse qui la menait vers les tréfonds d'un plaisir dont elle imaginait avec peine ce qu'il contenait.

Pour la première – et dernière – fois, Megan s'offrit à Gabe, brisant ses dernières défenses et le laissa s'infiltrer en elle jusqu'à ce qu'il découvre des recoins dont elle n'avait pas conscience jusque-là. Jusqu'à atteindre son âme.

Gabe se pressa contre elle, s'enfonça en elle. Ses bras puissants, son pouls stable, ses baisers doux et exigeants à la fois s'accentuèrent au moment où leurs orgasmes s'unirent.

Personne ne m'a jamais aimé comme ça, fut la dernière pensée de Megan avant que les barreaux n'emprisonnent à nouveau son cœur.

14

Megan avait tout simplement bluffé Gabe. À tel point que, bien qu'étant conscient d'être sans doute en train de l'écraser, il ne parvenait pas à bouger le moindre muscle, demeurant étendu là, respirant lourdement au creux de son cou.

Megan haletait elle aussi, ce qui n'était guère surprenant compte tenu de la façon dont ils avaient fait l'amour, avec autant d'intensité que s'il y avait eu un incendie à éteindre.

S'occuper du feu, c'était son truc. Gabe adorait son travail et c'est avec satisfaction qu'il s'y rendait chaque matin. Mais aucun incendie ne l'avait laissé aussi épuisé.

Aussi, peu importait le nombre de fois où il avait tâché de se résoudre à l'idée d'une seule – et unique – nuit avec Megan car celle-ci n'arrivait pas à faire son chemin dans son esprit.

Il n'avait pas oublié ce qu'ils s'étaient promis chez Megan, mais il n'allait pas faire comme si ce qui s'était passé cette nuit ne comptait pas.

Surplombant ses merveilleuses courbes, il plongea ses yeux dans les siens, les sens encore confus.

— Bonjour, dit-il en souriant à cette femme dont il ne pourrait jamais se lasser.

Un seul mot et le corps de Megan passa de détendu à crispé.

L'homme des cavernes en Gabe ne rêvait que de rester ainsi, allongé sur elle. Pourtant, c'est à contrecœur qu'il la laissa échapper à son emprise.

Megan attrapa le premier vêtement qu'elle put trouver. Elle ne se rendit pas compte que c'était sa chemise à lui qu'elle venait d'attraper et qu'elle enfilait déjà. En revanche, ce que Gabe comprit, c'est que Megan semblait n'avoir qu'une envie : partir d'ici au plus vite.

Depuis une décennie que Gabe couchait avec des femmes, c'était la première fois qu'on montrait tant d'empressement à le fuir. D'ordinaire, elles trouvaient toutes sortes de prétextes pour passer plus de temps avec lui, dans le but de le séduire. Certaines avaient même espéré se voir passer la bague au doigt.

Mais aucune n'avait jamais voulu fuir.

Jusqu'à maintenant.

Une fois de l'autre côté de la pièce, le dos au mur, toujours enveloppée dans sa chemise, Megan s'arrêta soudain et le dévisagea d'un regard affolé.

— Ça ne doit plus jamais se produire, dit-elle en secouant la tête, ses cheveux dans lesquels il reposait il y a quelques instants se balançant sur ses épaules, telle de la soie froissée. Plus jamais.

Pour se donner le temps de réfléchir, Gabe sauta du lit et enfila son boxer. En repensant à leur conversation chez elle, il se rappela que rester loin l'un de l'autre avait semblé évident. Parfaitement évident.

Mais maintenant... Il était certain qu'il n'y avait rien d'*évident* à garder ses distances.

Une fois son jean enfilé, il se retourna vers la merveilleuse Megan, qui le dévisagea.

— Jamais, dit-il. Ça va faire long... surtout après...

Il pointa le lit du menton.

— Donc avant de dire « jamais », peut-être devrait-on discuter de certaines choses, insista-t-il.

Il préférait la voir choquée qu'effrayée.

— Qu'y a-t-il à discuter, Gabe ?

La façon dont elle avait prononcé son prénom, loin des prières extatiques qu'elle avait psalmodiées lorsqu'il la surplombait, lui déplut fortement.

— Beaucoup de choses, apparemment, Megan.

Elle vacilla à peine au son de son prénom. C'était comme une caresse, comme celles échangées plus tôt au lit, bien avant qu'ils ne se retrouvent chacun à un bout de la pièce à se balancer des « jamais » à la figure.

— Non, dit-elle, les mains toujours crispées sur sa chemise. Ce n'est pas parce que nous...

Cette fois, ce fut elle qui jeta un œil vers le lit.

— Ça ne change rien.

— Ça change tout, au contraire, répliqua-t-il sans avoir envie de lui forcer la main, mais elle ne lui laissait pas le choix.

— Bien. OK. D'accord.

Chaque mot avait jailli d'entre ses lèvres toujours enflées par leurs baisers.

— On a couché ensemble, c'était génial, mais...

— Plus que génial.

— Tu marques un point, reconnut-elle d'une voix agressive, comme s'ils se livraient une guerre au lieu d'essayer d'arranger les choses. C'était plus que génial mais ça ne change rien. Je suis toujours moi, et tu es toujours toi. Ce qui veut dire que cela ne doit plus jamais se produire.

Elle ne cherchait que son approbation. Il le voyait. Et il lui avait promis tout ce qu'elle voulait il y a quelques minutes de cela en lui faisant l'amour.

Mais comment être d'accord sur le « jamais » ?

— Parle-moi d'elle, avança-t-elle soudain. De cette victime que tu as sauvée. Celle avec qui tu es sorti et avec qui ça n'a pas marché. Comment s'appelait-elle ? Quel était son métier ? La couleur de ses cheveux ?

Gabe voyait clair dans son jeu. Elle essayait de lui rappeler les raisons pour lesquelles il l'avait repoussée la première fois. Avant qu'elle ne lui ait rappelé les siennes – son mari mort dans un accident, qui les avait laissées seules, elle et sa fille.

— Kate. Sans profession. Noirs.

En répondant, Gabe ne cessa de scruter Megan. Elle avait beau prétendre vouloir le sortir de sa vie, elle ne supportait pas l'idée de l'imaginer avec une de ses ex. Tout comme lui détestait l'imaginer elle et Summer dans les bras de cet homme disparu, encore plus jaloux d'un mort maintenant qu'il savait à quel point Megan pouvait être chaleureuse, douce et passionnée.

— Que s'est-il passé ? Comment l'as-tu sauvée ?

— Son appartement a pris feu.

— Comme le mien ?

— Non, pas aussi violemment que le tien, dit-il en secouant la tête, tout en se rappelant Kate pleurant, tremblant de peur au point qu'il avait dû la garder dans ses bras jusqu'à l'arrivée de l'ambulance.

— Comment êtes-vous sortis ensemble ?

Gabe ne voulait pas dire la vérité mais sa mère ne l'avait pas élevé à mentir.

— Elle est passée à la caserne. Pour dire merci.

— Bien sûr, j'aurais dû le deviner, fit Megan en virant au rouge.

— Rien à voir avec toi.

— Bien, dit-elle de la même voix pincée, tellement tranchante par rapport au ton qu'elle avait adopté plus tôt dans la soirée. Cela semble pourtant bien familier.

En lui posant la question suivante, ses yeux se mirent à briller.

— Elle était mère aussi ?

— Non, elle était très jeune. Vingt ans. Étudiante.

— Jolie ? demanda-t-elle avant de lever la main. Non, ne me dis rien. Elle l'était sans doute. Et donc, que s'est-il passé ? insista-t-elle après avoir repris son souffle.

— On a rompu.

La jeune femme repartit à l'assaut :

— Tu m'as dit, et je te cite, « ça ne marche jamais ». Donc je te demande : pourquoi ?

— Elle était jeune. Moi aussi.

— Pour ça, je te crois, rétorqua-t-elle. Mais je suis sûre que toute cette histoire de pompier-victime a bien plus d'importance que Kate, toi, ou encore l'âge que vous aviez.

En prononçant le nom de son ex, Megan fit une grimace de dégoût, comme si elle avait croqué dans un fruit avarié.

— Explique-moi en quoi te mettre en couple avec une fille que tu as sauvée est une si mauvaise chose. Je veux que tu me dises pourquoi ça n'a pas marché.

C'est le problème avec les femmes intelligentes : elles savent comment mettre un homme au pied du mur.

— Sais-tu pourquoi j'en suis venu à exercer ce métier ?

— Sûrement parce que tu aimes aider les gens, répondit-elle avant de le toiser d'un air de défi. Et que tu aimes le frisson du danger.

— Une fois que les gens apprennent ce que je fais dans la vie, ils ne voient plus que ça. Le pompier.

Bon sang, il ne voulait pas lui avouer tout ça, surtout en sachant parfaitement ce qu'elle ferait de ces informations.

— Quand la vie de quelqu'un est en jeu, la seule chose qu'ils voient, c'est...

— C'est tout ce qu'ils ne verront jamais.

— C'est ça. Mais personne ne peut être un héros 24 heures sur 24, dit-il, peu surpris par sa compréhension.

— Bien sûr que tu ne peux pas.

Gabe aurait dû se rendre compte qu'elle comprenait tout ce qu'il lui cachait. Autrement, si elle voulait qu'il s'éloigne d'elle, Megan ne serait pas en train de boire ses paroles à propos de son ex.

— Il y a autre chose, n'est-ce pas ?

Merde. Il n'avait aucune envie qu'elle l'apprenne. Même sa famille ne savait pas à propos de Kate. À part Zach, qui avait été présent lorsqu'on l'avait retrouvée.

— Disons qu'elle n'a pas bien pris notre rupture.

Megan écarquilla les yeux et pendant un instant, il crut qu'elle allait venir à lui. Au lieu de quoi, elle le questionna de nouveau :

— Que s'est-il passé, Gabe ?

Il déglutit, les images de Kate baignant dans son sang sous son propre toit lui revenaient à l'esprit, comme si cinq minutes s'étaient écoulées depuis ce drame, cinq ans plus tôt.

— Elle disait qu'elle ne pouvait pas vivre sans moi. Que j'étais sa seule raison d'être. Je l'ai trouvée chez moi, juste à temps. Elle saignait. Elle s'était ouvert les veines, lâcha Gabe avant de déglutir, ses souvenirs surgissant à son esprit. C'était moche… et pas un jour ne passe sans que je souhaite revenir en arrière pour y voir plus clair et l'empêcher de faire ça, ajouta-t-il en prenant une inspiration qui le fit trembler. Après ça, elle a reçu de l'aide, mais encore aujourd'hui, j'aimerais pouvoir remonter le temps, ne jamais me rendre à ce premier rencard afin qu'elle ne se fasse pas d'illusion sur la nature de mes sentiments.

— Mon Dieu, Gabe, dit Megan d'un ton étrangement creux. Comment a-t-elle pu te faire ça ?

Comment avait-il pu comparer cette femme merveilleuse qui lui faisait face à la fille avec qui il était stupidement sorti cinq ans auparavant ?

— Tu n'as rien en commun avec elle, Megan, lui dit-il, toujours un peu plus persuadé. Tu es forte. Pas elle. Tu sais te débrouiller seule. Je crois que…

Il marqua une pause, tournant sept fois sa langue dans sa bouche avant de poursuivre :

— C'est tout ce qu'elle attendait de moi.

— Je suis tellement désolée, Gabe, si désolée que tu aies dû vivre ça, assura-t-elle en secouant la tête. Je comprends maintenant pourquoi tu ne veux pas sortir avec d'anciennes victimes. Si j'avais établi la même règle, je ne la contournerai pour rien au monde.

— Megan, commença-t-il, sans être bien sûr de ce qu'il avait à dire, sauf d'espérer qu'elle arrête de tout voir de façon manichéenne.

Megan fit bouger sa main contre sa chemise.

— Le fait est que tu m'as sauvé la vie. Et celle de ma fille. Jamais je n'oublierai ce que tu as fait pour nous. Je ne te ferai jamais subir une telle chose. Mais comment pourrais-je ne pas te voir comme le héros que tu es ?

Devant son immobilité, Megan baissa la main.

— Pour moi, tu seras toujours ce grand et beau pompier inaccessible qui a risqué sa vie pour moi !

Mince, tout ce qu'elle disait était logique. Même quand ils ne parlaient pas, tout l'était. C'était tellement logique que Gabe avait encore un peu de mal à focaliser son esprit sur les étincelles qui jaillissaient entre eux.

— Tu dois sortir avec une personne qui t'acceptera pour ce que tu es, continua-t-elle avec une boule dans la gorge. Et moi, je mérite un homme qui ne passera pas sa vie à se moquer du danger. Je ne veux pas revivre ce que j'ai vécu avec David. Je ne peux pas, alors s'il te plaît, ne rends pas les choses plus difficiles qu'elles ne le sont déjà.

Cette nuit et une partie de cette matinée ont été incroyables.

Elle jeta un œil vers la fenêtre puis se retourna vers lui.

— Je dois libérer la chambre et aller chercher Summer.

— Tu pars aujourd'hui ?

— Oui, dès que j'aurai récupéré Summer.

— J'ai le droit à un au revoir ?

— Au revoir, dit-elle, faisant exprès de ne pas comprendre.

Gabe avait à maintes reprises entendu parler de « cœur brisé », mais c'était la première fois qu'il en faisait l'expérience.

Rien qu'à s'imaginer passer le reste de la journée à Lake Tahoe sans Megan et Summer, il avait l'impression que sa poitrine allait se déchirer.

— Summer va se poser des questions.

— Ne te sers pas de ma fille pour me faire changer d'avis, avança-t-elle d'une voix calme, tu vaux mieux que ça.

Vaux-tu vraiment mieux que ça ?

À quelles règles n'obéirais-tu pas pour avoir la chance d'être avec cette femme ?

Les tiennes ?

Celles de Megan ?

Toutes ?

Soudain, Megan se rendit compte qu'elle portait la chemise de Gabe. Un son consterné s'échappa de sa bouche pendant qu'elle se crispait davantage sur le vêtement.

— Tu vas avoir besoin de ça.

Gabe aurait voulu lui dire qu'il n'en avait pas besoin pour retourner jusqu'à sa chambre. Il n'avait qu'à se retourner et la laisser s'habiller en paix.

Mais qu'importe le nombre de fois où on l'avait traité en héros, en ce moment même, il n'était plus qu'un homme comme les autres.

Et si son destin était de sortir de sa vie, si « jamais » était le fin mot de leur histoire, il voulait avoir le droit de la contempler une dernière fois. Le droit de graver dans sa mémoire la vision de cette femme, la plus belle qu'il ait jamais rencontrée.

— Si je m'en vais, oui, je vais en avoir besoin.

Telle une biche prise dans les phares d'une voiture, elle cligna les yeux.

— Je ne m'étais pas rendu compte que je l'avais.

À l'idée de se retrouver à nouveau nue face à lui, Megan se mordit la lèvre, priant pour qu'il ne pense pas qu'elle l'ait fait exprès pour prolonger l'instant.

— C'était le seul vêtement que j'avais sous la main, se justifia-t-elle.

Une dizaine de pensées traversèrent l'esprit de Gabe.

Il voulait l'attirer à lui, la mener jusqu'au lit afin de lui rappeler comme ils allaient de pair.

Rien n'était réglé et il aurait aimé lui rappeler que toute cette situation n'avait aucun sens ni pour l'un ni pour l'autre.

Il aurait voulu ramener son mari décédé à la vie, chasser ce fantôme et pouvoir au moins rivaliser avec.

Et s'il avait fallu, il aurait même enfilé le costume du parfait comptable, cravate, bureau et ordinateur en prime.

Mais tandis que Megan s'approchait de lui, Gabe se retrouva comme pétrifié, incapable de détacher ses yeux d'elle, mémorisant chacun des traits de son visage. Malgré ses yeux trop brillants, elle gardait la tête haute.

Depuis le premier instant où il l'avait vue, Gabe avait perçu sa force. Depuis, rien n'avait changé entre eux, à part sa découverte de la douceur de Megan, sa générosité, qui allait de pair avec toute cette force de caractère.

La jeune femme ouvrit la chemise et la laissa glisser le long de ses épaules, légèrement hagarde, la bouche entrouverte, la peau rougie.

Des étincelles jaillirent à nouveau entre eux, et tous les « jamais » du monde ne purent altérer cette alchimie qui les unissait.

— Tiens, dit-elle, totalement nue, en lui tendant le vêtement.

Leurs doigts se frôlèrent. Gabe voulait qu'elle se retourne, prenne des vêtements ou n'importe quoi et se couvre.

Au lieu de quoi, elle resta là, face à lui.

— Jamais, dit-il en tournant le mot à son avantage, jamais je n'ai vu une femme aussi belle que toi.

— S'il te plaît, supplia-t-elle, les deux mains contre son cœur comme pour y conserver quelque chose.

Jamais un mot n'avait eu autant de signification à lui seul. Gabe se retrouvait désormais dos au mur, sans comprendre ce qu'impliquait ce « s'il te plaît » ? Rester ou partir ?

Sa carrière de pompier lui avait appris quand foncer tête baissée dans les flammes et quand en rester éloigné.

Gabe se força donc à enfiler sa chemise, à se diriger vers la porte puis à quitter la pièce.

Il refusa cependant de dire au revoir.

Elle avait fait le bon choix.

Le choix le plus juste.

Le seul possible en tant que mère responsable qui avait déjà eu à subir la perte d'un être cher.

Mais aucune de ces pensées ne rendait le départ de Gabe plus supportable.

Surtout en sachant que la chose la plus stupide qu'elle ait pu faire était de coucher avec lui ... Désormais, elle en était réduite au même statut que toutes ces groupies qui ne rêvaient que de passer une nuit avec un pompier.

Megan ne sut combien de temps elle resta ainsi, nue et perdue au milieu de sa chambre d'hôtel.

Vide.

Le bruit d'eau coulant dans la chambre voisine la sortit de ses pensées.

Finie sa nuit de rêve. Les fantasmes, c'était comme les desserts. Délicieux, certes, mais quand on se gave de chocolat et de crème fouettée, on en devient malade.

Megan se passa la main dans les cheveux. Il était temps de revenir à la réalité, à une vie qu'elle adorait, avec une petite fille qui lui permettait de garder les pieds sur terre. Tout en prenant sa douche, elle se dit que tout irait pour le mieux, que tout redeviendrait comme avant.

Plus important encore, maintenant qu'elle avait pris cette décision très difficile de s'éloigner de

Gabe, son cœur et celui de Summer seraient tous deux à l'abri.

Une heure plus tard, Megan sonnait chez Julie, en frissonnant dans le froid.

— Bonjour, Megan, pile à l'heure ! Entrez, nous prenions le petit déjeuner !

— Merci, dit-elle en simulant un sourire, incapable d'avaler quoi que ce soit.

Elle pénétra dans le chalet, toujours frigorifiée malgré la chaleur du lieu.

Ce n'est qu'en apercevant Summer, suspendue à l'échelle qui menait à la mezzanine que le cœur de Megan se regonfla d'amour.

— Salut, maman ! Je me suis trop amusée hier soir !

Cette fois-ci, la jeune mère parvint à se convaincre qu'elle avait bien agi… et que tout irait pour le mieux.

Sans Gabe Sullivan.

15

Les jours passèrent comme dans un blizzard pour Gabe, qui menait son corps vers les limites de son endurance. Même la tempête de neige qui l'avait retenu dans un refuge au pied de la montagne ne l'avait pas empêché de sortir. Gabe ne pouvait s'empêcher de penser à la détermination de Megan de ne plus le revoir.

Les femmes avec lesquelles il couchait essayaient toujours de prolonger les choses, de parler.

Pas Megan.

Bien sûr, au départ, Gabe n'avait rien voulu savoir. Oui, sortir avec elle aurait été comme rejoindre le côté obscur. Mais c'était avant qu'il la connaisse plus, qu'il se rende compte qu'elle n'avait rien à voir avec Kate… et avant qu'il goûte à ses lèvres et que leurs corps se perdent dans le plus merveilleux des plaisirs.

Toutefois, au matin, Gabe avait été seul à vouloir repenser leur « arrangement ».

Là où Megan s'obstinait avec des « Jamais » et des « Non ».

Gabe n'était pas habitué à ce qu'on lui dise non. Surtout de la part des femmes. Se rendait-elle compte de ce qu'un tel comportement pouvait avoir comme effet sur un homme tel que lui ? Qu'elle aurait tout aussi bien pu le gifler avec un gant ?

— Comment était la neige ?

Pour la première fois depuis deux jours, le ciel était dégagé et le soleil brillait. Zach avait décidé de passer en chasse-neige chercher son frère pour une partie de pêche sur glace.

— Bien.

Ils n'avaient pas échangé d'autres mots durant le trajet jusqu'au lac gelé. C'était un des avantages des balades entre frères : nul besoin de se parler constamment. De plus, lorsque l'un d'entre eux se sentait de mauvaise humeur, l'autre savait toujours comment lui remonter le moral… et quand reculer avant de se prendre un poing dans la figure.

Après avoir pris deux chaises pliantes, des cannes et l'équipement, les deux frères se dirigèrent vers la glace. Ils découpèrent deux trous dans la banquise et s'installèrent devant, avant de plonger leurs lignes dans l'eau glacée.

Pour la première fois depuis des jours, Gabe se sentit oppressé par le silence environnant. Il avait pourtant toujours aimé la montagne en hiver, allant jusqu'à s'y balader par grand vent. Mais il aurait encore plus apprécié être avec une petite fille qui ne cessait de jacasser… et sa merveilleuse maman.

— Comment va-t-elle ?

Depuis quand est-ce que cet égocentrique de Zach pouvait-il lire les pensées ?

Gabe n'avait pas oublié la manière dont Zach avait ouvertement flirté avec Megan à la fête et le fait qu'il était allé chez elle changer son pneu.

— C'est pas tes oignons.

Zach parut amusé et s'enfonça davantage dans sa chaise, avec l'envie d'éprouver la patience de son frère.

— Tu ne sais pas, avoue, lui dit-il, en secouant la tête. J'espère au moins que tu te l'es faite avant qu'elle te jette...

Gabe se leva si brusquement de son siège qu'il fut presque surpris de se voir frapper son frère qui tomba du sien. Le bruit qu'émit Zach en chutant sur la glace était une des meilleures choses qu'il avait entendues depuis des jours.

— Reparle d'elle comme ça et je te réduis en bouillie, lui promit-il d'une voix menaçante.

Zach tenait la forme mais Gabe avait un physique bien plus puissant que le sien.

— Pouce.

Une fois que Gabe se fut rassis, Zach se mit à grogner.

— Vous pétez tous les plombs ! D'abord Chase qui se fiance, puis Marcus qui s'engage auprès de Nicola, au point de partir en tournée avec elle, j'aurais dû me douter que tu serais le suivant !

— Reste loin de Megan, menaça Gabe. Tu l'oublies.

Zach se remit doucement debout et lui adressa un rictus.

— J'en étais sûr, dit-il. En vous voyant à la fête chez maman, j'ai tout de suite compris. Et je te comprends, elle est vraiment chaude, la Megan.

Bien que Zach ait commencé sa carrière avec une vieille voiture cassée et transformé le garage Sullivan en une véritable entreprise, l'entendre parler de la sorte de Megan lui donnait l'air d'un parfait idiot.

— Je t'ai prévenu, fit Gabe en faisant craquer ses jointures, décidé à refaire le portrait de son frère.

— Je blague, c'est tout ! cria Zach, les mains devant le visage, avant de lancer un regard sérieux à Gabe. Je n'aurais jamais cru que tu remettrais le couvert avec une de tes victimes. Surtout pas après ce qui s'est passé avec l'autre, là...

Jusqu'ici, Gabe s'était figuré que seul David les séparait. Mais le fantôme de Kate était bel et bien présent.

Zach reprit la parole.

— Quand Marcus a vécu toutes ces histoires avec Nicola il y a quelques mois, il me semblait qu'on était tous tombés d'accord. Mieux vaut la jouer tranquille, niveau relations. Surtout toi, après cette nana qui a essayé de se tuer sous ton propre toit.

Gabe vit bien que Zach débitait tout cela par pure honnêteté, et que quelques semaines plus tôt, lui-même aurait été dans son sens.

— Megan est différente.

— Et un autre mord la poussière, s'exclama Zach, d'un air dégoûté, imitant le bruit d'un avion qui s'écrase.

Gabe le regarda sans le voir.

Était-ce ainsi qu'était mort le mari de Megan ? Qui lui avait appris ? Quand ? Comment ?

Et comment l'avait-elle annoncé à Summer ? Gabe devait en savoir plus. Pas seulement sur la mort de son mari mais aussi ce qu'elle aimait manger au petit déjeuner, si elle préférait marcher ou conduire, si elle avait des frères et sœurs, où vivaient ses parents et si elle s'entendait bien avec eux.

Oui, Megan l'avait viré de cette chambre ce matin-là, mais Gabe était tout aussi responsable qu'elle de leur échec à communiquer. Tout comme il avait eu du mal à la détailler à travers la fumée noire lors de l'incendie, et bien qu'il l'ait revue plusieurs fois depuis, il ne s'était jamais autorisé à la voir telle qu'elle était vraiment. Au lieu de cela, Gabe avait préféré la considérer au travers d'un épais nuage créé de toutes pièces par la folie de son ex.

Il était incapable d'oublier ce que Megan lui avait dit durant leur nuit à l'hôtel. « Aime-moi, par pitié. » Était-ce de simples mots prononcés dans l'euphorie du moment ou… une supplication sincère, venue de très loin déchirer le voile de son passé ?

Et celui de Megan ?

Gabe plia sa chaise, ramassa son matériel et se dirigea vers sa camionnette.

— Je dois y aller.

— Mais on vient d'arriver ! Pourquoi partir déjà ?

Gabe fit chauffer le moteur et Zach dut se dépêcher de le rejoindre après avoir jeté son équipement à la va-vite dans le coffre.

Pendant que son frère marmonnait un tas de choses à propos de l'amour qui rendait les gens fous, Gabe se repassait le fil de l'histoire. Megan avait lancé sa ligne et décidé de ne pas bouger. Il comprenait très bien ce qu'elle avait traversé. Il l'avait vécu à son côté.

Mais Gabe n'avait pas l'intention de tirer sur la ligne qu'il avait lui-même lancée.

Du moins pas avant qu'il comprenne – et que son frère l'aide à voir ce qu'il refusait de voir lui-même – que la glace commençait déjà à se craqueler.

Personne n'avait jamais tourné le dos à Gabe de cette façon. Bien sûr, son ego en avait pris un coup. Impossible de nier que récupérer Megan était un défi. Mais Gabe était du genre à les aimer et à les relever là où la plupart des gens auraient fui. Non, définitivement, Megan était bien plus qu'un simple défi.

C'était une femme de chair et de sang, que non seulement il désirait, mais admirait... et appréciait beaucoup.

Plus qu'il n'avait jamais apprécié quiconque.

Il l'appréciait tellement que Zach avait probablement vu juste et que le terme « apprécier » n'était plus vraiment approprié.

La camionnette prit un virage serré sur le sol gelé et Zach dut s'accrocher à la portière pour ne pas se cogner contre la vitre, jurant de toutes ses forces.

Gabe sourit, se sentant vivant pour la première fois depuis qu'il avait quitté la chambre de Megan.

Il savait maintenant avec certitude que son histoire avec elle était complètement différente de celle avec Kate.

Il ne lui restait plus qu'à la convaincre qu'il n'avait rien de commun avec son défunt mari.

Il fallait combattre le feu par le feu.

En songeant à ce cliché de pompier, Gabe sourit encore davantage au moment où il se gara violemment devant le chalet de Zach puis le jeta hors de la camionnette.

Megan et Summer lui manquaient déjà terriblement... Ce qui signifiait qu'il était plus que temps de mettre son nouveau plan à exécution.

16

Megan était absolument ravie que Gabe ne l'ait pas contactée. Pendant un moment, après qu'il eut demandé à discuter de certaines choses, elle avait vraiment cru qu'il voulait prolonger leur nuit. Parler relation de couple.

Une fois l'effervescence de leur nuit retombée, il avait sûrement fini par reprendre ses esprits.

Un gars pareil, ça devait être habitué à des nuits comme celle-là. Pas comme elle. Car même si elle avait insisté pour que ce qui s'était passé entre eux ne se reproduise plus jamais, impossible de ne pas se rejouer le film dans sa tête. En boucle. De jour comme de nuit, sous la couette, elle ne cessait de songer à Gabe, à sa bouche, ses mains, son…

— Maman, tu m'écoutes ?

La jeune mère regarda sa fille la dévisager de ses grands yeux verts, visiblement agacée de ne pas avoir obtenu l'attention voulue.

— Désolée, ma chérie. Tu veux que je t'aide à faire ta valise ? Prends des vêtements chauds au cas où il ferait froid à Los Angeles.

Comme chaque Nouvel An, les grands-parents de Summer emmenaient la petite à Disneyland. Megan les aurait bien accompagnés – les montagnes russes étaient encore la seule chose qui lui procurait quelques frissons de plaisir, étant donné qu'elle savait ces machines sécurisées –, mais elle avait encore quelques clients en attente, dont elle n'avait pas pu gérer le dossier depuis l'incendie et le déménagement. Se plonger corps et âme dans le travail et le sommeil était pile ce qui lui fallait afin de remettre convenablement le pied à l'étrier et démarrer l'année sur de bonnes bases.

Là encore, elle remercia le ciel que Gabe ne l'ait pas harcelée. Tout ce dont Megan avait besoin, c'était un nouveau départ, tant professionnel qu'amoureux.

Non pas que l'amour ait eu quoi que ce soit à voir avec leur histoire. Il n'avait été question que de sexe entre eux, rien d'autre.

— Je pensais à papa.

Les pensées de Megan se focalisèrent sur sa fille. Elle lui sourit et l'installa sur le bord du lit.

— À quoi pensais-tu, mon cœur ?

Devant le silence de Summer, Megan poursuivit :

— Tu sais, il adorait te faire des bisous là, sur le bidon.

Là-dessus, elle plongea sur sa fille hilare pour l'embrasser avant que cette dernière puisse s'enfuir.

— Ça, je sais, fit la petite fille. Mais est-ce qu'il était grand et fort ?

— Tu sais à quoi il ressemblait, répondit Megan en la dévisageant. Oui, il était grand et fort.

Elles avaient souvent regardé de vieux albums photo toutes les deux.

— Tu crois qu'il m'aurait appris le snowboard comme Gabe ?

Megan dut lutter pour faire bonne figure. Elle n'était pas la seule à comparer les deux hommes.

— Bien sûr qu'il l'aurait fait. Et il aurait été tout aussi fier que nous de te voir apprendre si vite.

Megan comprit trop tard qu'elle venait de dire « nous » au lieu d'un simple « moi ».

Elle regarda sa fille réfléchir durant quelques secondes.

— Tu crois que papi et mamie vont me laisser aller sur la Tour de la Terreur cette année ?

Depuis le temps, Megan aurait dû être habituée à la façon dont les enfants de sept ans passaient du coq à l'âne en un instant, mais elle fut prise de court et sa réponse tarda à venir.

— Tu trouveras bien un moyen de les convaincre, lui dit-elle avant de quitter le lit. Je vais aller vérifier que leur avion est bien prévu à l'heure.

Megan avait besoin de s'isoler pour digérer le fait qu'un lien s'était déjà établi entre sa fille et le pompier qu'elle avait si récemment balayé de leurs vies.

Avant même que Megan ne revienne dans la chambre, Summer avait déjà vidé le placard pour bourrer de vêtements sa valise déjà pleine à craquer.

Une heure plus tard, elles retrouvèrent les parents de Megan à l'aéroport international de San Francisco. En les étreignant, la jeune femme souhaita soudain avoir pu obtenir des jours de congé supplémentaires afin de partir à Disneyland en famille.

Mais elle était bien trop occupée pour s'amuser, n'est-ce pas ?

— Tu es superbe, ma chérie.

Sa mère la tint par les épaules et l'examina, puis le petit quatuor se dirigea vers le restaurant italien dans lequel ils avaient prévu de déjeuner avant de prendre l'avion pour Los Angeles.

— As-tu rencontré quelqu'un ? lui demanda sa mère.

Megan vit l'espoir emplir les yeux de sa mère qui, à l'époque, n'avait pas très bien accueilli son mariage à un si jeune âge. Mais elle pensait aussi que sa fille était encore bien trop jeune pour vivre seule. Elle voulait qu'elle se trouve un autre mari, un père idéal pour Summer, voire pour d'autres petits enfants. De préférence dans leur banlieue natale de Minneapolis où elle pourrait veiller sur eux.

— Non.

Megan sentit l'œil par trop perspicace de sa mère sur elle, et elle aurait posé davantage de questions si Summer n'était pas intervenue.

— Maman t'a dit qu'on avait appris à faire du snowboard la semaine dernière ? C'était trop bien !

Megan fit un sourire forcé.

— Trop bien pour Summer, en tout cas ! Je vais me contenter des skis à partir de maintenant.

— Gabe a dit que tu avais juste besoin d'entraînement, tempéra Summer avant d'emmener son grand-père vers une boutique qui vendait une très belle peluche.

— Qui est Gabe ? demanda sa mère en haussant un sourcil.

— C'est le pompier qui nous a tirées de l'incendie, répondit Megan le plus spontanément du monde.

Le second sourcil de sa mère vint rejoindre l'autre et elle prit les mains de sa fille dans les siennes, fermant les yeux comme en prière de n'avoir pas perdu Megan et Summer dans cette tragédie. Lorsqu'elle rouvrit les yeux, ils brillaient de larmes.

— J'aime ce pompier de tout mon cœur.

— Maman ! Tu ne le connais même pas !

Une dizaine de personnes s'étaient retournées en l'entendant tonner ainsi.

— Je sais la seule chose qui compte. Il a sauvé mes bébés.

C'était comme Gabe l'avait dit, les gens ne le voyaient qu'en héros... pas comme l'homme qu'il était.

Merveilleux. Charmant. Attentionné. Drôle. Sans parler de ses prouesses au lit.

— Et donc vous êtes allés faire du snowboard ? intervint sa mère, interrompant ses rêveries.

— Non ! dit-elle avant de se reprendre. Enfin, si, mais c'était un accident.

Elle jeta un œil vers sa fille qui éclatait de rire.

— Summer a plus ou moins manigancé tout ça.

— Ça, c'est ma petite fille, fit la grand-mère de Summer avec fierté.

— Je ne...

Megan fit une pause.

— Nous ne le voyons plus.

— Pourquoi cela ? fit sa mère d'un air interrogateur. Il n'est pas beau garçon ?

— Si, rétorqua Megan en rougissant.

— Il est méchant ?

— Non, loin de là.

— Il n'aime pas les enfants, c'est ça ?

— Tu plaisantes ? Il les adore.

Les mots étaient sortis sans que Megan s'en rende compte.

— Écoute, c'est compliqué. Nous ne sommes pas faits l'un pour l'autre.

Sa mère l'étudia attentivement.

— Ma chérie, je sais que nous ne sommes pas toujours d'accord, mais puis-je te donner un conseil ?

— Vas-y, souffla Megan à demi-mot.

— Je sais que la perte de David a été extrêmement difficile mais tu as été assez forte pour y faire face. Bien assez pour refuser de revenir à la maison quand nous te l'avons proposé.

Megan s'apprêtait à ouvrir la bouche pour protester, lui rappeler que San Francisco était sa maison à elle.

— Je sais que tu te sens chez toi, ici, anticipa sa mère en souriant, bien qu'elle n'en pensât pas moins. Mais je ne t'ai jamais connue ainsi. Même avec David.

La culpabilité devait se lire sur le visage de Megan car sa mère la prit immédiatement par le bras.

— Le père de Summer était un homme bien, mais ce n'est pas le seul. Il n'est plus là, Megan. Il est temps d'avancer, tu ne crois pas ? Ne mérites-tu pas de connaître de nouveau l'amour ?

Megan regarda sa mère, le visage impassible. Que pouvait-elle répondre à ça ?

Eh bien, maman, merci pour ce gentil conseil, mais après une folle partie de jambes en l'air à Lake Tahoe, je l'ai envoyé promener.

Par chance, le père de Megan revint avec Summer qui brandit une peluche rose toute neuve avant de l'enfourner dans son sac. Ils se dirigèrent vers le restaurant pour manger des spaghettis et écouter les histoires que Summer avait à leur raconter.

17

« *Tout est une question de temps.* »
— *Code du pompier n° 101*

Jamais Gabe Sullivan ne serait un amateur de vins comme Marcus. Jamais il ne prendrait d'aussi belles photos que Chase ou ne lancerait de balle aussi loin que Ryan. Et jamais il ne tournerait dans un film de plusieurs millions de dollars comme Smith en avait l'habitude.

Mais il y a une chose que Gabe savait mieux faire que les autres.

Être un pompier.

Il était grand temps qu'il applique son code de conduite professionnel à sa vie quotidienne.

En particulier concernant la femme à laquelle il pensait sans arrêt depuis une semaine.

On était le 31 décembre. Dernier jour de l'année. Un bon jour.

Mais Gabe se préparait à ce que la nouvelle année soit encore meilleure.

Le talent – et l'intelligence – avaient toujours été les deux atouts maîtres de sa brillante carrière.

Mais il aurait été stupide d'écarter le facteur chance. Ainsi que son instinct qui lui dictait quand persévérer et quand renoncer.

Gabe se gara devant l'appartement de Megan et Summer. Un ciel bleu le surplombait, une nuit parfaite pour un feu d'artifice… Et pour déployer la première étape de son plan. Il ne s'était pas donné la peine d'appeler pour savoir si elles étaient là mais il avait un bon pressentiment à ce sujet.

Il fallait s'attendre à ce que Megan se montre farouche et il affûtait déjà ses arguments pour la faire changer d'avis. Ce qui ne serait pas chose aisée.

Tout en se remémorant en souriant leur merveilleuse nuit d'amour à Lake Tahoe, Gabe se dit qu'un peu d'appréhension ne faisait jamais de mal.

Il gravit les marches deux à deux jusqu'à l'entrée de l'immeuble ; ses longues enjambées le menèrent très vite devant la porte de l'appartement. Il s'apprêtait à sonner lorsque la porte s'ouvrit.

Bon Dieu, songea-t-il en repensant à cette journée où elle était venue le voir à l'hôpital. *Qu'elle est belle !*

— Gabe ? s'exclama Megan, une main sur le cœur comme pour l'empêcher de battre, son pouls visible sur son cou. Qu'est-ce que tu fais là ?

Au lieu de répondre à la question, Gabe se contenta de désigner le panier qu'elle tenait entre ses mains.

— Ta lessive ?

— Tu viens faire ma lessive ? lui demanda-t-elle, confuse face à un Gabe ravi de constater qu'il lui faisait perdre ses moyens.

Il lui sourit, la trouvant adorable avec sa queue-de-cheval, son sweat et son jean, ce qui la fit rougir.

— Oh, tu parlais de moi ? Oui, je dois faire ma lessive.

C'est alors qu'elle regarda son panier à linge. En la voyant virer au cramoisi, Gabe suivit son regard sur ce qui semblait être un bout de tissu rose. Megan jeta précipitamment un tee-shirt sur ses culottes mais Gabe eut le temps d'ajouter mentalement une autre priorité à sa liste : voir Megan dans ces sous-vêtements lorsqu'il la porterait jusqu'au lit.

Elle croisa son regard et Gabe enfourna ses mains dans ses poches pour s'empêcher de la prendre dans ses bras afin d'embrasser ses merveilleuses lèvres.

— Je suis venu vous voir, toi et Summer.

Elle passa sa langue sur ses lèvres, visiblement nerveuse face à cette visite impromptue. Comme il aimait sa témérité… au moins autant que la nervosité qu'il suscitait en elle.

Voilà pourquoi il voulait la surprendre, pour jauger sa réaction en arrivant sans crier gare, plutôt que d'arranger un rendez-vous auquel elle se serait préparée.

Tout est une question de temps, avait-il appris à l'école de pompiers.

— Summer n'est pas là, elle est à Disneyland avec ses grands-parents.

Gabe n'avait pas prévu ça pour son plan de ce soir. La petite fille lui manquerait mais il n'allait pas bouder à l'idée d'une soirée seul avec sa mère.

— Elle doit bien s'amuser !

Megan serra davantage le panier contre elle, comme une sorte de bouclier.

— Oui, elle s'amuse. Je l'ai eue au téléphone à l'instant. Elle a rencontré Mickey et Dingo ce matin ! D'habitude, je vais avec eux mais j'avais du travail.

Gabe continuait de lui sourire, provoquant une nouvelle accélération du pouls de Megan.

— Tu es nerveuse de me voir ?

Elle secoua la tête avec un peu trop d'empressement.

— C'est une surprise, lui dit-elle en évitant de le regarder dans les yeux.

— Eh bien, surprise !

Leurs regards se croisèrent et Gabe aurait juré la voir trembler au son de sa voix, avant qu'elle ne se crispe de nouveau.

— On a déjà parlé de ça, à Lake Tahoe.

— Non, lui rappela-t-il. Nous n'avons parlé de *rien*.

— Bien, dit-elle. Parlons-en alors. Puis tu pourras y aller.

En quittant l'appartement, Gabe fut agréablement surpris lorsqu'elle claqua la porte et qu'il la suivit au sous-sol, admirant ses hanches onduler de façon indécente au moment où elle ouvrit la porte de la buanderie d'un coup d'épaule avant de la laisser lui revenir au visage.

Gabe avait envie de rire mais il avait peur qu'elle le prenne mal. Il appréciait sa fougue, incapable de s'imaginer avec une partenaire soumise. Gabe avait toujours pris ses fuites comme une façon de lui faire comprendre qu'il lui était aussi essentiel que le soleil.

Megan ouvrit grande la machine à laver, y jeta ses vêtements et y versa ce qui semblait être une demi-bouteille de détergent. Une fois la machine – bruyamment – lancée, Megan se tourna vers Gabe, les bras croisés.

— Je t'écoute. Discutons.

— Tu es très belle, Megan.

Devant ce compliment, elle écarquilla les yeux de plaisir un quart de seconde avant de se reprendre.

— J'ai du travail.

Elle tenta de passer devant lui et Gabe comprit qu'il n'avait pas d'autre choix que de la retenir. Il lui prit la main et l'attira contre lui.

— Donne-moi une chance.

Elle se raidit contre lui, mais ne tenta pas de se défaire de son étreinte.

— Je ne peux pas et tu sais pourquoi.

— Non, lui dit-il doucement. Je ne le sais pas.

Avant qu'elle ait pu protester, il ajouta :

— Tu sais tout de mon passé, Megan. Maintenant, je veux en savoir plus sur le tien.

Gabe voyait bien son obstination s'afficher au coin de ses lèvres. Elle n'appréciait pas de se retrouver au pied du mur. Elle se disait que ça n'était pas juste.

Mais s'il y avait bien une chose que Gabe savait, c'était que jouer selon les règles n'avait jamais été dans les habitudes d'un pompier. Même s'il ne pouvait pas la réclamer pour lui à bras ouverts

– pas encore, du moins –, Gabe pouvait au moins essayer d'effacer le mot « jamais » de son vocabulaire.

Megan ôta sa main de la sienne.

— Très bien, je vais satisfaire ta curiosité maladive. Mais pas ici, prévint-elle en désignant la sortie. Après toi.

Il eut un rictus, se figurant que Megan avait dû deviner ses regards lorsqu'ils avaient descendu les marches. Elle ne se doutait pas que cette attitude était en train de l'exciter.

Il attendit qu'elle les conduise à son appartement. Tout comme la première fois qu'il y était entré, Gabe se sentit chez lui.

Après avoir une nouvelle fois claqué la porte et s'être lourdement laissée tomber dans un fauteuil, Megan prit la parole :

— Que veux-tu savoir ?

— Comment s'est passée ta semaine ?

— Bien. Et toi ? ajouta-t-elle par pure politesse.

— La neige, ce n'est pas pareil sans toi et Summer.

Megan eut une moue légère et involontaire. Un instant plus tard, elle s'avachissait dans le fauteuil, une main sur le visage. Pendant un instant, Gabe se sentit coupable d'être revenu si brutalement dans sa vie. Elle semblait épuisée, comme si elle n'avait pas dormi depuis des jours.

Lui non plus… Pas depuis la nuit qu'ils avaient partagée.

— Je veux savoir comment ton mari est mort.

— Je te l'ai déjà dit. Accident d'avion.

Mais Gabe sentait bien qu'elle tentait de minimiser l'histoire. Megan se leva, les épaules lâches.

Bien qu'il se fût promis d'y aller doucement, Gabe ne put s'empêcher d'aller vers elle, de la prendre dans ses bras et d'amener sa tête contre son torse.

— Tout va bien, Megan.

Elle murmura quelque chose contre son biceps. Gabe sentit les muscles de son ventre se crisper au contact de son souffle sur sa peau et se retrouva à court de mots pour la soulager.

Doucement, il l'écarta de ses bras et fut surpris de constater la colère dans ses yeux.

— Non, tout ne va pas bien ! Il ne se battait pas pour son pays ! Il n'était pas en mission ! Il faisait l'idiot sur une aire de vol privée, au beau milieu de la nuit !

En la sentant se raidir contre lui, Gabe, d'instinct, se mit à lui masser le bas du dos.

— Ils m'ont dit que ses instruments ne répondaient plus et qu'il faisait trop sombre pour se poser convenablement. Tout le monde le prenait pour un héros ; je suis tellement en colère contre lui d'avoir été si stupide ! ajouta-t-elle, le regard sombre et plein de haine.

Sans jamais cesser ses caresses sur son dos, sa peau vibrant sous sa main, Gabe acquiesça.

— Oui, c'était stupide.

Ses mots semblèrent lui attirer l'attention de Megan. Elle se força à quitter son étreinte, et il la laissa faire.

— Je n'ai jamais parlé de ça à personne.

— Je te remercie de me l'avoir confié.

Pendant un instant, Megan sembla être à court de mots... Comme si toute sa colère l'en avait privée.

— C'est tout ce que tu voulais savoir ?

— En partie.

— Quoi d'autre ? demanda-t-elle, confuse.

— Qu'est-ce que tu manges au petit déjeuner ?

Cette fois, la frustration céda la place à l'étonnement.

— Pain aux raisins. Toasté.

Gabe enregistra l'information dans un coin de sa tête. Avec un peu de chance, il pourrait lui préparer un petit déjeuner.

— Tu aimes la marche ?

— Oui mais pas les collines.

— Et le vélo ? demanda-t-il à la seule fille de San Francisco qui semblait ne pas aimer les collines.

— Pas tellement, je préfère la marche. Ou le bateau.

— Tu as des frères et sœurs ?

— Non, fit-elle d'un air de plus en plus amusé.

— Où as-tu grandi ?

— Dans une petite ville près de Minneapolis. Mes parents y vivent encore. Ils essayent même de m'y faire revenir.

Gabe se rebella intérieurement à l'idée que Megan puisse partir dans une autre région.

— C'est chez toi, ici.

Tout en semblant un brin agacée, Megan acquiesça.

— C'est ce que je n'arrête pas de leur dire.

— Tu t'entends bien avec eux ?

— Oui, fit-elle en grimaçant. Sauf quand ce n'est pas le cas.

Gabe rit en entendant sa réponse. Au lit ou pas, aucune femme ne lui avait jamais autant plu.

Megan lutta contre son envie de rire et Gabe s'amusa de la voir ainsi tiraillée, jusqu'à ce qu'elle secoue la tête, comme déçue par son propre comportement.

— Tu as faim ? Soif ?

À son offre, Gabe sentit sa poitrine se serrer. Elle n'avait encore rien décidé mais elle ne le rejetait pas non plus.

— Toujours, répondit-il.

— Pourquoi ça ne me surprend pas ? fit-elle, avec un franc sourire.

Se rendait-elle compte qu'elle flirtait avec lui ? Gabe espérait bien que non. Autrement, elle allait se forcer à arrêter.

— Je n'ai pas grand-chose. Sans Summer, je n'ai pas tellement de raisons de faire les courses.

— Et pourquoi est-ce que je n'irais pas récupérer ta lessive pendant que tu prépares un petit quelque chose, lui proposa-t-il en la voyant ouvrir le réfrigérateur.

— Non, fit-elle vivement, la gêne lui faisant perdre le fil de ses pensées alors que l'image de petites culottes roses s'imposait à leurs esprits. Je vais m'en charger. Toi, tu restes ici, je reviens tout de suite.

À la caserne, les gars prenaient toujours une rapide pause déjeuner lorsqu'ils étaient de service. Donc même si Gabe n'était pas le plus fin des cordons-bleus, il connaissait suffisamment de recettes rapides pour s'en sortir.

Un instant plus tard, il déposa sur le comptoir les ingrédients nécessaires à une bonne omelette. Megan revenait de la buanderie au moment même où il versait les œufs dans la poêle chaude.

— Gabe, fit-elle, abasourdie de le voir aux fourneaux. Tu n'étais pas obligé de cuisiner.

Il lui tendit un verre de jus de fruits qu'il lui avait préparé.

— J'adore cuisiner.

Il jeta un rapide coup d'œil vers le bureau de Megan, recouvert de piles de papiers divers et d'énormes calculettes.

— Tu n'as pas chômé, on dirait.

Megan acquiesça, l'air toujours plus fatiguée.

— Je suis toujours sur des dossiers en retard. Heureusement, j'ai presque fini.

— Bien, conclut-il, gardant pour lui tout ce qu'il lui restait à lui dire.

Tout est une question de temps.

Il fit glisser l'omelette dans une assiette, beurra le pain aux raisins tout juste sorti du grille-pain, prit deux fourchettes et rejoignit Megan au comptoir.

— Merci, dit-elle d'une voix douce. À part Summer, je ne me rappelle plus depuis quand on m'a fait à déjeuner.

— Ses muffins sont super.

— Oh oui, reconnut-elle. Mais je pense que je vais devoir lui apprendre à faire les omelettes, maintenant.

Megan regarda Gabe, un sourire épanoui sur le visage.

— Le pain est délicieux, aussi.

Il ne parvint que difficilement à détacher ses yeux de la femme magnifique en face de lui et à planter sa fourchette dans son assiette. Elle fit de même et à peine eut-elle avalé sa première bouchée qu'elle émit un de ces petits gémissements qui le rendaient fou.

— Oh, mon Dieu, c'est délicieux ! s'exclama-t-elle sans reprendre son souffle.

Étrangement, la voir apprécier ses œufs et ses toasts lui apportait autant de satisfaction que s'il venait d'éteindre un feu incontrôlable à lui tout seul.

— C'est gentil de le dire, dit-il, et pendant qu'il la tenait sous le charme de ses prouesses culinaires, Gabe décida que le moment était propice.

— Tu as des plans pour le Nouvel An ?

Pendant un instant, Megan sembla sous le choc.

— On est déjà le 31 décembre ? !

— Je prends ça pour un non, conclut-il en un sourire.

— Effectivement, je n'ai pas de projet.

Les yeux de Megan s'écarquillèrent au fur et à mesure qu'elle comprenait où il voulait en venir.

— Tu n'insinues pas que nous…

Elle le pointa du doigt.

— Avec toi… ensemble ?

— Hé, c'est une bonne idée !

— Non, c'est une très mauvaise idée.

— Tu aimes les feux d'artifice ?

— Aucun rapport.

— Mais tu aimes, n'est-ce pas ? insista-t-il en souriant. Je suis même sûr que tu adores les très grands feux d'artifice !

La façon dont elle rougit parlait d'elle-même.

— Viens le regarder avec moi depuis mon toit.

— Je ne devrais pas, conclut-elle, l'air pourtant très attirée.

Mais ils savaient tous deux que « devoir » n'est pas « pouvoir ».

— Mais tu voudrais, n'est-ce pas ?

Megan afficha à nouveau cet air exaspéré mais adorable.

— Bien sûr que oui !

Gabe ne tenta même pas de dissimuler sa joie.

— Et si je te promets de ne pas t'embrasser jusqu'à l'année prochaine ?

L'étincelle entre eux s'embrasa.

— Bien essayé, dit-elle. J'ai quelques heures de répit donc.

— Si ça avait été plus long, je n'aurais pas pu tenir ma promesse, lui fit-il remarquer, en remettant en place une de ses mèches de cheveux qui lui tombait sur la joue. Et je ne veux plus jamais manquer à ma parole, Megan.

18

Megan connaissait la réponse à donner, en trois lettres : *N. O. N.* C'était tout ce dont elle avait besoin pour le faire partir.

Mais après deux merveilleux jours passés à Lake Tahoe avec lui – et cette incroyable nuit – Gabe lui avait manqué.

De même que son humour, son sourire, sa chaleur.

Même cette petite aura de danger qui l'entourait.

Et le voilà qui apparaissait sur son palier comme par magie. Megan avait bien essayé de se montrer distante et désobligeante pour le décourager mais il n'avait fait qu'en rire… et l'avait finalement réconfortée en voyant ses vieilles blessures se rouvrir.

Après qu'il lui eut tout avoué concernant Kate, c'était un juste retour des choses qu'elle lui parle de David. Mais elle aurait pu se contenter des faits au lieu d'y mêler sa colère qui – à sa grande surprise – l'habitait encore. En l'enlaçant, Gabe avait été si présent, si stable, si chaleureux qu'elle n'avait pu retenir ses larmes.

Pas plus qu'elle n'avait pu s'empêcher de faire l'amour avec.

Alors comment diable allait-elle pouvoir se retenir de dire : « Oui j'irai voir le feu d'artifice avec toi » ?

Le plus grand des sourires s'était dessiné sur le visage de Gabe. Et comme Megan adorait le voir ainsi !

Comme si elle était le centre de son univers.

À part Summer, personne ne l'avait jamais contemplée de la sorte, mais étant donné que la petite fille grandissait à vue d'œil, ce genre de regard était devenu de plus en plus rare.

Ils finirent leur omelette sans un mot de plus et Megan fut surprise de le voir débarrasser et faire la vaisselle.

— Je pourrais m'habituer à ce genre de chose, dit-elle sans vraiment réfléchir, ce qui semblait devenir une habitude en sa compagnie.

— Ah oui ? fit Gabe, en se retournant pour la regarder chaleureusement.

Megan se garda de tout commentaire, malgré ses jambes tremblantes d'excitation. Aucun moyen pour Gabe de voir sous le comptoir, alors pourquoi est-ce que cela semblait être le cas lorsqu'il dit :

— Dans certains pays, c'est déjà la nouvelle année, tu sais ?

Le grondement dans la voix de Gabe résonnait comme une caresse aux oreilles de Megan. Elle aussi voulait qu'il l'embrasse.

— Je vais voir si la lessive est finie, lança-t-elle en repoussant son tabouret.

— Je vais t'aider, réagit-il en remettant le chiffon sur le crochet.

Au temps pour l'échappatoire.

Même de loin, difficile de trouver la buanderie sexy. Pourtant, en y retournant et en rangeant ses affaires, Megan n'avait rien d'autre en tête que le sexe. Rougissant à l'idée de Gabe en train de plier ses sous-vêtements, elle les chercha dans le tambour.

— Besoin d'aide ?

La tête enfoncée dans la machine, elle avait décelé de l'amusement dans sa voix. Dieu seul savait à quel point ses cheveux allaient en pâtir. L'humidité dans sa chevelure était reconnue pour faire peur aux petits comme aux grands.

— Non, assura-t-elle d'une voix trop enjouée. Je cherche juste un truc.

— Tu veux dire ça ?

Megan sortit finalement la tête du tambour pour tomber nez à nez avec Gabe, un morceau de tissu rose se balançant au bout du doigt. En le voyant manipuler l'étoffe, Megan sentit soudain un autre genre d'humidité l'envahir.

— Où as-tu trouvé ça ?

— Coincé dans une serviette, répondit-il en pointant du doigt le linge déjà plié.

— Ça arrive, oui.

Megan se voyait plantée là, telle une idiote aux cheveux frisés, à marmonner des choses sans importance. Pourquoi perdait-elle ses moyens avec lui ? Impossible d'être calme et réfléchie.

Elle savait très bien pourquoi.

Elle ne pensait qu'à son baiser.

Ou plutôt à l'heure dite de minuit une et à l'interdiction de l'embrasser d'ici là.

Elle ne tiendrait jamais. Pas si elle voulait conserver sa santé mentale.

— Je songeais à une chose, enchérit-elle en pliant nonchalamment une des robes de Summer. Le Nouvel An, c'est un peu surfait. Les gens en font tout un plat mais c'est un jour comme un autre.

Elle sentait son regard sur elle, tandis qu'il pliait une autre serviette.

— Et tu as raison, continua-t-elle sur un ton qu'elle espérait le plus détaché possible. Il y a des pays dans lesquels il est déjà minuit passé. Paris, par exemple. Ils ont déjà eu leurs feux d'artifice.

Megan attendit patiemment en retenant son souffle que Gabe la prenne par la taille et lui donne ce baiser que son corps réclamait tant. Mais il se contenta de lui prendre le linge des mains. En quelques secondes, non seulement la robe de Summer était pliée convenablement, mais le reste également.

Il savait tout faire : Cuisiner, ranger, laver… et embrasser comme personne, jusqu'à lui faire tourner la tête.

— Remontons tout ça, dit-il en prenant le panier à linge bleu dans ses bras comme si de rien n'était. Ensuite on pourra aller chez moi.

Megan était à deux doigts de lui arracher le panier des mains pour se jeter sur lui. C'était une chose que Gabe lui fasse la cour en promettant un baiser après minuit, mais c'en était une autre si elle commençait à les réclamer…

Surtout que rien n'avait évolué. Elle ne pouvait pas se permettre de tomber amoureuse. Ni de laisser Summer s'attacher à lui.

Aimer un homme tel que Gabe pour ensuite le perdre... Megan se sentait incapable de s'en remettre. Qu'importe à quel point sa mère – et les autres – la croyait forte.

Par chance, les autres résidents de son immeuble seraient là ce soir pour regarder le feu d'artifice. Parce qu'elle avait beau dire, elle ne se sentait pas assez forte pour résister à Gabe si elle restait seule avec lui.

Ils regarderaient les lumières exploser dans le ciel, ils s'embrasseraient au milieu de la foule puis elle rentrerait chez elle. Dans son lit.

Et seule, merci.

19

« Ne pas céder à la panique. »
— Code du pompier n° 101

Trente minutes plus tard, Megan sortait de l'ascenseur qui donnait directement dans le grand appartement de Gabe, situé en plein Potreto Hill. Elle resta bouche bée, tellement accaparée par toutes les fenêtres qu'elle ne fit même pas attention à lui lorsqu'il la débarrassa de son manteau.

— Tu as une vue incroyable, s'exclama-t-elle en se tournant vers lui. Comment arrives-tu à faire autre chose que regarder dehors ?

— J'ai pensé que tu apprécierais, avoua-t-il en avançant à ses côtés. En hiver, c'est assez dégagé mais en été…

— Ça doit être comme de nager dans les nuages !

Depuis qu'ils avaient pénétré dans l'appartement, Gabe avait eu envie de l'embrasser au moins mille fois. Et maintenant qu'elle était là, dans son salon, à s'émerveiller de la vue, Gabe devait lutter encore davantage pour tenir sa promesse.

Megan semblait tellement bien ici. À sa place. Malgré la modernité de l'immeuble, la vue et le quartier, Gabe avait toujours trouvé que quelque chose y manquait.

Maintenant, il savait quoi.

Qu'y aurait-il de si différent si Summer et Megan venaient vivre avec lui ? Est-ce que les couleurs de leur appartement seraient d'un bel effet ici ? Et leurs vêtements dans ses placards, les dessins de la fillette sur son réfrigérateur ?

Comprenant qu'il se montait tout un film autour des feux d'artifice, Gabe se força à s'éloigner de la seule femme qui lui ait jamais fait perdre les pédales.

— L'omelette me semble déjà loin, lui dit-il. Que dirais-tu d'un traiteur thaï ? Ils livrent en deux minutes !

— J'adore ce type de cuisine, lui répondit-elle en le regardant.

Bon sang, Gabe n'était pas que jaloux d'un mort – le voilà qui enviait la nourriture thaïe, aussi.

— Je vais commander un peu de tout, en attendant, mets-toi à l'aise.

— Super, fit-elle en rigolant, mais elle ne quitta pas la fenêtre des yeux pendant qu'il passait le coup de fil.

Gabe se doutait bien que Megan devait rêver d'avoir une vue pareille depuis que son appartement donnant sur la ville avait brûlé.

Gabe raccrocha. Megan était tellement abasourdie par le paysage qui s'offrait à elle qu'elle ne remarqua pas les deux verres de vin rouge qu'il avait déposés devant eux.

— Excuse-moi, dit-il une minute plus tard.

Megan fut stupéfaite de le voir s'approcher avec un énorme fauteuil rembourré qu'il portait à bout de bras.

— C'est pour quoi faire, ça ?

— C'est pour que tu sois plus à l'aise.

Et peut-être aussi pour se faire mousser un peu, même si ses biceps étaient maintenant endoloris par l'effort.

— Assieds-toi avec moi, lui demanda-t-il en lui tendant la main.

— Il n'est pas assez large pour deux, protesta-t-elle, mais il l'avait déjà assise sur sa cuisse.

— Il me semble parfait, moi.

Dieu, ce qu'il aimait son parfum, un vrai champ de fleurs, teinté d'une touche d'excitation féminine.

— Gabe, nous ne devrions…

— Ne t'en fais pas, murmura-t-il à son oreille, je vais tenir ma parole.

Avait-il vu sa déception au moment où elle avait détourné le visage vers une fenêtre ? Gabe s'assura de bien cacher son rictus en lui tendant un des deux verres de vin.

— Le plus grand cru des vignes Sullivan.

Megan prit le verre et en huma le contenu.

— Ça reste entre nous mais j'étais déjà une fan des vins Sullivan avant de te rencontrer.

— C'est un excellent cru, affirma-t-il.

Elle acquiesça et poursuivit :

— Je sais que je ne l'ai pas rencontré mais ton frère Smith…

Elle s'arrêta soudain, comme si elle comprenait en avoir trop dit.

— Peu importe, assura-t-elle en prenant une gorgée de vin. Délicieux !

— Quoi, Smith ? Tu veux aussi me faire savoir que tu adores ses films ?

Megan se lécha les lèvres et haussa les épaules.

— J'admets qu'ils sont bons.

Nouvelle pause. Nouvelle gorgée.

— Comme ce vin.

Elle pointa la fenêtre du doigt.

— Ce n'est pas le stade de base-ball, là-bas ?

— Fan de base-ball également, j'imagine ? lança-t-il, le regard aiguisé.

— Plains-toi à Summer, repartit-elle, d'un air innocent. Son père l'emmenait voir des matchs. Ryan est son lanceur favori, elle était aux anges de l'avoir rencontré à la fête !

Pourquoi devait-il avoir autant de frères ? Il manqua briser son verre en serrant la main dessus.

Les yeux de Megan passèrent d'un mur à l'autre avant de s'arrêter sur un paysage africain.

— C'est une photo de Chase, ça ?

— Oui, convint-il d'un ton un peu plus sec qu'il ne l'aurait voulu.

C'est là qu'il la vit sourire par-dessus son verre et comprit que ce n'était finalement pas lui qui menait la danse, ce soir. Il s'était bercé d'illusions.

En quelques phrases seulement, Megan l'avait amené exactement là où elle le souhaitait : au bord de la jalousie.

Encore.

Bien décidé à obtenir une petite compensation, Gabe l'attira à lui, contre son torse.

— Je suis content que tu sois là, Megan.

Elle s'était légèrement raidie et il pensa qu'elle allait tenter de se dégager de cette étreinte mais il la sentit finalement se détendre contre lui, posant sa tête sous son menton.

— Moi aussi.

Gabe aurait pu rester là toute la nuit, plongé dans le silence, à contempler les lumières de la ville. Car bien que sa volonté ne tienne qu'à un fil, les hanches de Megan calées contre lui, Gabe ne s'était jamais senti aussi bien avec une autre personne. Pas même quelqu'un de sa famille.

Quel dommage que le livreur thaï n'arrête pas de sonner à la porte.

Megan n'accueillit pas mieux cette interruption.

— J'imagine que l'un d'entre nous devrait aller ouvrir.

Il ne l'embrassa pas, mais il enfonça son visage dans ses cheveux juste un instant avant de la prendre par la taille pour la relever.

— Tu y vas. Je mets le couvert.

Ce qu'elle était belle, en allant ouvrir la porte, discutant avec le jeune livreur – qui la dévorait des yeux. Gabe avait déjà eu des relations avec des femmes qui savaient en imposer avec les hommes.

Megan, elle, n'était que pure sensualité de tout son corps et le plus naturellement du monde.

Il était tellement sous le charme qu'il comprit trop tard qu'elle s'était elle-même occupée du pourboire. Le gamin était lui aussi tellement accaparé par Megan qu'il aurait oublié de prendre l'argent si Gabe n'était pas intervenu, se raclant la gorge pour le faire partir.

Megan prit les sacs et les amena dans le salon.

— Ça sent tellement bon !

— Le pauvre gars n'arrivait pas à aligner deux mots face à toi !

— De quoi tu parles ? s'enquit Megan, le regardant comme s'il était fou.

— De toi. De ta beauté.

Elle fut tellement surprise qu'il se dépêcha de lui prendre les sacs des mains avant qu'elle ne les laisse tomber par terre.

La surprise céda la place à la timidité. Et à la méfiance.

— Tu dis tout le temps ça.

— Parce que c'est ce que je ressens chaque fois que je te vois. Que je pense à toi.

Megan le regarda.

— Je n'ai jamais rencontré quelqu'un comme toi, Gabe, commença-t-elle avant de baisser les yeux un court instant. Je suis heureuse que ce soit toi qui nous aies trouvées, Summer et moi.

La jeune mère reprit son souffle.

— Et je suis heureuse qu'elle ait insisté pour t'apporter des muffins, avoua-t-elle en se mordant la lèvre. Et je suis ravie qu'elle ait monté ce traquenard à Lake Tahoe.

Si Gabe craquait maintenant, non seulement il briserait sa promesse de ne pas l'embrasser avant minuit mais il allait la prendre, ici, au milieu du salon.

Il lui installa une chaise.

— Viens. Mangeons.

Gabe espérait – priait, même – pour qu'elle ait besoin de force pour plus tard.

Soudain, le téléphone de Megan vibra, au son de *You Are My Sunshine*[1]. Gabe s'assit à son tour pendant qu'elle décrochait.

— Salut, mon cœur, comment va Mickey ?

Gabe adorait voir son visage s'illuminer quand elle parlait avec sa fille. Sa propre mère avait toujours été là pour lui et ses frères et sœurs. Adulte, il prenait conscience de la chance qu'il avait eue.

Tout comme Summer.

— Waouh, on dirait que vous avez droit à un beau feu d'artifice là-bas ! J'ai hâte que tu me racontes tout le défilé et les couleurs dans l'eau quand tu rentreras !

Pendant qu'elle riait aux histoires de Summer, Gabe la servit en salade et hors-d'œuvre thaï. Mais elle s'arrêta soudain de rire.

— Ce que je fais ce soir ? répéta Megan en prenant son verre de vin pour en boire une gorgée. Comme toi, mon chou, je regarde le feu d'artifice.

Gabe cessa de remplir les assiettes. Il voulait entendre ce que Megan répondrait à Summer. Lui avouerait-elle qu'ils étaient ensemble ?

— Non, chérie, pas toute seule, avec un ami.

Gabe n'appréciait guère la façon dont Megan évitait son regard, mais il se rappela qu'il fallait se montrer patient. La soirée se passait très bien, au-delà de ses espérances même. Le souci était que Gabe n'avait jamais autant désiré une femme.

Et il la désirait *maintenant*.

---

1. Chanson de 1939, écrite par Charles Mitchell et popularisée par Johnny Cash. (*N.d.T.*)

Finalement, Megan leva les yeux vers lui.

— Je le regarde avec Gabe.

Gabe pouvait entendre les piaillements de joie de Summer depuis l'autre bout du fil.

— Je ne suis pas sûr qu'il puisse...

Elle s'interrompit au moment où Gabe tendit la main pour prendre le combiné.

— Tiens, je te le passe.

En prenant l'appel, il ne put déchiffrer l'expression de Megan.

— Hey, jolie princesse ! Alors, on a fait des manèges qui font peur ? demanda-t-il à Summer avant d'écouter sa réponse, riant aux descriptions de la petite fille. Maman n'a jamais essayé celui-là ? s'insurgea-t-il en adressant une œillade à Megan. Tu es très courageuse, on dirait ! Allez, je te la repasse !

Gabe riait encore en lui tendant le téléphone.

— Oui, moi aussi j'aimerais que tu sois là, assura-t-elle, ses cheveux lui tombant sur le visage. Tu me manques beaucoup aussi, mon cœur. Surtout amuse-toi bien avec mamie et papi, d'accord ? J'ai hâte de te voir demain ! Oui, je t'aime.

Elle posa le téléphone mais garda la main dessus.

Gabe voulut lui demander pourquoi elle avait hésité à dire qu'ils se trouvaient ensemble ce soir. Mais il le savait déjà, n'est-ce pas ? Et il ne souhaitait pas le lui rappeler. De plus, il n'aimait pas du tout cet air triste qui était le sien depuis qu'elle avait raccroché.

Gabe prit sa fourchette et s'empressa d'embrayer sur comment lui et Ryan s'était cachés la nuit dans l'attraction l'Île de Tom Sawyer et avaient failli y rester enfermés.

— Tu l'aurais vu, rit-il. On aurait dit un bébé appelant sa mère !

Elle sourit.

— Pourtant, ça n'a pas trop l'air d'être le genre pleurnichard.

— Tu l'as déjà vu se faire avoir en première base ?

Gabe regarda sa cuisse pour indiquer l'endroit où la balle était supposée avoir atterri.

— C'est vraiment arrivé ?

Il sourit à son tour.

— Plus d'une fois ! Et même si ses copines criaient, tu peux être sûre que lui, il pleurait !

Gabe s'était attaché à Megan dès leur deuxième rencontre à l'hôpital. Mais il avait beau être en train de compter les secondes qui les séparaient de leur baiser du Nouvel An, il prit tant de plaisir à la voir rire qu'il comprit qu'il l'avait dans la peau.

Ce rire ne résonnait pas qu'à son cœur. Il venait de conquérir son âme.

20

Ils montèrent finalement sur le toit aux alentours de minuit moins le quart. En arrivant, Megan crispa les doigts sur les couvertures que Gabe lui avait données. Les lieux étaient complètement déserts.

— Où sont les autres résidents ?

— Tu pensais qu'il y aurait d'autres gens avec nous ? s'étonna-t-il en la regardant de biais.

— C'est un grand immeuble.

— En effet, acquiesça-t-il. Mais je suis propriétaire de cet étage. Le toit m'appartient.

— Oh.

Quelle idiote elle faisait ! Monter ici avec lui ! Même entourée de monde, elle n'aurait pu se préserver. Après ces quelques heures passées en sa merveilleuse compagnie, elle commençait à l'accepter.

Mais seule ici ?

Elle était foutue.

— Je passe une superbe soirée avec toi, lui dit-il en la dévisageant avec prudence, s'attendant sûrement à ce qu'elle prenne ses jambes à son cou comme la lâche – raisonnable et protectrice – qu'elle était.

— Moi aussi, Gabe, affirma-t-elle, en se forçant à avancer davantage sur le toit.

C'est là qu'elle remarqua les belles lumières et les couvertures recouvertes de coussins de toutes les couleurs. Ainsi que la bouteille de champagne, les deux flûtes et le plateau recouvert de chocolats. Mais ce n'était pas tout : il y avait également une bouteille de jus de pomme pétillant et des verres en plastique décorés de papillons.

Le cœur de Megan se mit à fondre.

— C'est toi qui as fait tout ça ? demanda-t-elle avant de se pointer du doigt. Pour Summer et moi ?

— Je ne me voyais pas passer le Nouvel An avec qui que ce soit d'autre.

Il lui prit les couvertures et elle se sentit soudain nue. Comme si son chargement avait fait office de bouclier contre la présence de cet homme adorable – et irrésistible – qui lui faisait face.

— C'est...

Elle balaya de la main la scène qui s'offrait à elle.

— Magique !

— Viens donc jeter un œil à la vue, lança-t-il d'un ton joyeux, joueur... et sensuel. C'est encore plus impressionnant que depuis mes fenêtres.

Il lui prit la main, dans une attitude chaude et rassurante pour l'attirer au bord du toit, mais Megan n'avait plus d'yeux pour la vue, désormais.

— Ce n'est pas du jeu, tu sais ?

Megan pouvait presque sentir venir son baiser, mais il se contenta de l'attirer encore plus près de lui.

— Merci d'être venue ce soir, Megan. Et d'être restée.

Les lèvres de Gabe frôlèrent son front, et peut-être qu'il brisait un peu sa promesse, mais Megan avait tellement envie de sa bouche et de ses mains sur elle qu'elle en tremblait d'impatience.

Elle resta dans ses bras, les yeux clos, se laissant aller à la joie de sa présence, frissonnant au contact de sa chaleur, de sa force et des regards qu'il portait sur elle.

— Tu as froid.

Elle n'eut pas le temps de lui dire que ce n'était pas de froid qu'elle tremblait qu'il l'avait déjà entraînée sur les couvertures, l'asseyant au milieu des coussins avec lui. Gabe les y enroula tous deux et ouvrit la bouteille de champagne.

Megan s'emmitoufla, frôlée par la cuisse de Gabe alors que le bruit du bouchon se fit entendre.

— Essaierais-tu de me saouler ? lança Megan, tandis que Gabe remplissait son verre.

Elle adorait le voir sourire si spontanément. Avec lui, elle souriait facilement aussi, comprit-elle. Seule Summer lui faisait cet effet-là d'ordinaire, lui faisait oublier son travail, les factures, le réfrigérateur à remplir.

Et puis elle avait rencontré Gabe…

Peut-être était-ce dû à la proximité de cet homme sous une couverture, sur ce toit romantique donnant sur la ville, mais toutes ses pensées n'étaient tournées que vers une seule et unique chose : l'embrasser !

Cela venait peut-être aussi de sa façon de toujours tout prévoir pour trois, pas comme si Summer n'existait pas.

Peut-être était-il après tout ce héros qu'il avait si peur d'incarner.

Mais cela pouvait aussi être le côté fou de Megan qui refaisait surface, cette envie d'expérimenter des folies comme faire l'amour sur le toit, avec cette petite pointe d'appréhension que quelqu'un puisse les surprendre depuis une fenêtre.

Quoi qu'il en soit, après plusieurs heures de flirt, Megan se fichait éperdument de ses émotions.

Tout ce qu'elle savait, c'est que les cinq minutes qui les séparaient de minuit étaient *bien trop longues* !

La réponse de Gabe à propos de l'alcool arriva finalement.

— Ai-je besoin de te saouler ?

Se sentant rougir, Megan porta le verre à ses lèvres et rejeta la tête en arrière, la nervosité la poussant à boire cul sec plutôt qu'à savourer. Un peu de champagne coula sur son cou.

Pas de raison de se sentir embarrassée à cause de l'alcool. Gabe essuya du pouce les quelques gouttes qui l'avaient éclaboussée. Il s'apprêta à porter son doigt à sa bouche lorsque Megan lui prit la main.

— Non, c'est mon verre.

Le désir le prit si fort qu'il manqua rejeter violemment les couvertures.

Tout en peinant à croire ce qu'elle était en train de faire – alors même à l'agonie si elle ne goûtait pas d'autres parties de lui dans les cinq prochaines secondes –, elle porta le pouce de Gabe à sa bouche.

Et le suça.

Elle ne sut dire qui gémit le premier, elle ou lui, pendant qu'elle passait sa langue sur le plat de son pouce pour y lécher le champagne et surtout ce petit goût cendré sur sa peau.

Un goût impossible à oublier, depuis Lake Tahoe.

— Je tiens ma promesse, fit Gabe d'une voix rauque, penchant la tête sur le cou de Megan. Pas de baiser, conclut-il avant qu'elle ne sente un frôlement de langue contre son pouls.

Elle se cambra à ce contact, mordillant légèrement le pouce du pompier au passage.

Gabe la regarda droit dans les yeux et ce simple regard lui fit tourner la tête. Il retira doucement son pouce de sa bouche et passa sa main au creux de ses hanches, l'installant sur ses genoux.

Elle sentit son érection contre elle.

— Dieu, ce que tu es douce, souffla Gabe.

Un instant plus tard, les premières gerbes de couleur envahirent le ciel, rejointes par la liesse de la foule dans les rues, mais tout ce que cela signifiait pour Megan, c'est qu'il était temps pour Gabe de *l'embrasser*.

Elle ne lui en laissa pas le loisir, ses mains étant déjà en train de lui masser les cheveux, puis elle l'embrassa avec une fougue dont elle ne se savait pas capable. Il lui rendit son baiser, leurs langues se rencontrant en un souffle impatient, retenues depuis trop longtemps, progressant de conserve avec les feux d'artifice et les exclamations du public.

— Maintenant, prévint Megan en le repoussant, je te veux maintenant.

Elle saisit son sweat-shirt et l'ôta ; son tee-shirt à manches longues suivit dans la foulée. Elle se précipita sur le premier bouton de son jean, tremblante d'excitation à la simple idée de se retrouver nue avec cet homme.

Megan n'avait jamais été le genre de femme à se laisser aller, à arracher ses vêtements. Mais ça, c'était avant de rencontrer Gabe, n'est-ce pas ?

Et de toute façon, comment résister à ces muscles ? À cette force, lorsqu'il l'enlaçait ? L'embrassait ? S'oubliait ?

— Vite, ordonna-t-elle en se jetant sur Gabe, s'attaquant à ses propres habits, son tee-shirt rejoignant bientôt celui du pompier sur le sol.

Elle avait bien sûr oublié que pour le déshabillage, il était bien plus doué qu'elle, et Megan en était encore aux chaussettes que lui était…

Nu.

— Waouh, lâcha-t-elle, les mains crispées tandis qu'elle parcourait son corps des yeux. Des tas de femmes paieraient très cher pour voir ça.

— Si je cherche à me reconvertir, j'y songerai.

Se rendant compte qu'elle venait de parler sans réfléchir, Megan ne parvint plus à contrôler ses mains. Gabe restait là, agenouillé devant elle, la déchaussant et lui ôtant son jean.

Megan enleva sa culotte au moment même où il défit son soutien-gorge et en un rien de temps, elle fut nue à son tour, les yeux de Gabe rivés sur elle.

— Tu es à moi, gronda-t-il en la surplombant, la pressant contre les coussins. Tu es toute à moi, Megan.

— Oui, murmura-t-elle avant que leurs lèvres se rencontrent à nouveau.

Elle était toute à lui.

21

« Savoir travailler en équipe. »
— Code du pompier n° 101

En fomentant son plan, Gabe s'était juré d'y aller doucement si tout se passait comme il l'escomptait. Il savourerait chaque instant passé contre Megan et s'assurerait de la mener aux portes de l'extase encore et encore au point qu'elle ne pourrait plus nier le lien qui les unissait.

Mais il n'avait pas songé à leur besoin primal d'être ensemble.

Gabe chercha de la main le préservatif qu'il avait déposé sur la couverture, mais Megan avait anticipé et l'avait déjà ouvert avec les dents. Il le rattrapa avant qu'elle le fasse tomber puis l'enfila sur son membre érigé ; Gabe dut serrer les dents, à deux doigts de l'explosion.

Puis d'une main dans les cheveux, elle l'attira à elle, leurs lèvres se rencontrant au moment même où il s'immisça en elle. Elle hoqueta au creux de sa bouche, et Gabe la maintint par les hanches pour la posséder encore plus profondément.

Il était un homme puissant et il avait toujours pris garde à ne pas blesser ses partenaires. Mais alors que Megan se resserrait contre son sexe, le plaisir qu'il éprouva à être de nouveau avec elle fut si intense qu'il perdit pied, se livrant complètement à cette femme qui gémissait sous son étreinte.

Il prit l'un de ses tétons entre ses lèvres, le suça avidement. Megan se cambra sous lui. Les feux d'artifice continuaient d'exploser au-dessus d'eux tandis que Megan luttait contre l'orgasme, ondulant du bassin, ses mains toujours enfouies dans les cheveux de Gabe.

Il luttait pour se retenir, ses mains agrippant les hanches de Megan plus fort encore. Se détachant de l'étreinte de la jeune femme, Gabe se mit à genoux, lui saisit les chevilles et les cala contre ses épaules.

Il fallait qu'il la pénètre plus profondément.

— Oh, Seigneur, murmura-t-elle, les yeux clos, c'est si bon, si bon !

Sa tête retombait en arrière, ses mains sur sa poitrine tandis qu'elle prenait tout ce que Gabe lui donnait, en suppliant.

— Encore, Gabe, encore !

— Il n'aurait pas pensé pouvoir être plus excité que cela, mais les supplications de Megan, se caressant tout en faisant l'amour avec lui, lui faisaient ressentir une myriade de sensations.

— Mon cœur, lui dit-il en grondant, et cet échange physique se chargea encore plus d'émotion. Ne me laisse pas venir seul.

Mais alors que Megan ouvrait les yeux, croisant les siens, que sa bouche s'ouvrait sur un cri silencieux, que le corps de Gabe la suivait sur la voie de l'extase, Gabe comprit qu'il ne lui avait pas seulement demandé de jouir avec elle.

Non, il demandait plus que du sexe, plus que le meilleur orgasme de sa vie.

Gabe ne réclamait pas que le corps de Megan, mais son cœur aussi. Il voulait connaître – *aimer* – chaque partie de son être.

Car à chaque moment qu'ils passaient ensemble, il voyait à quel point cette femme était une aventurière. Elle aimait la hauteur et n'avait pas hésité une seconde à faire l'amour dehors.

Depuis combien de temps est-ce que cette magnifique femme reniait-elle sa véritable nature ? Depuis la mort de son mari ?

Ou bien avant ?

Megan n'avait plus la force de faire autre chose que d'enfoncer sa tête au creux de l'épaule de Gabe. Elle était essoufflée, incapable de mettre de l'ordre dans ses pensées.

Il s'était installé de telle manière que les coussins ne servaient plus à rien. C'était lui l'oreiller. Megan adorait le sentir près d'elle, en elle. Elle ne se lasserait jamais de lui, même si elle devait vivre mille ans.

Le choc – la pensée d'un avenir qu'elle refusait de vivre avec lui – lui fit ouvrir grands les yeux, balayant le brouillard de plaisir qui lui embuait encore l'esprit.

Oh, mon Dieu, elle avait fait l'amour sur un toit !

Un toit !

Pas question de trop s'attarder sur ce qu'ils venaient de faire. Pas si cela confortait le baiser de Gabe. En jetant un regard circulaire sur les autres immeubles qui les entouraient, Megan se dit que les probabilités pour qu'on les ait vus devaient être assez élevées.

Elle se couvrit rapidement d'une couette, toujours en proie à une légère envie d'exhibitionnisme.

De sous les couvertures, Gabe passa sa main sur la courbe de ses fesses.

— Tu crois qu'on a fait passer un bon Nouvel An à quelqu'un ?

— J'espère que non, rétorqua-t-elle, souhaitant pouvoir être choquée par son ton cavalier.

Mais bien qu'elle ait pris un ton outré, Megan ressentit un petit pincement au creux de son ventre à l'idée d'un couple venant voir un feu d'artifice... et les surprenant à la place. Le genre de pensées qu'elle ne s'accordait que dans ses fantasmes les plus secrets.

Pire encore, elle ne pouvait pas blâmer Gabe pour ça. C'était elle qui avait arraché ses propres vêtements aux yeux de tout le voisinage, le suppliant de la prendre au plus vite.

Le rire de Gabe était plein de chaleur.

— Je te taquine, mon cœur. L'immeuble le plus proche est bien trop petit pour qu'on puisse nous voir, même avec une bonne paire de jumelles, assura-t-il en prenant son menton entre ses doigts. Summer n'est pas la seule casse-cou de la famille, on dirait.

Faire l'amour avec Gabe était une chose très intime. Mais boire ses paroles, comme s'il connaissait tous ses secrets, l'était encore plus. À croire que son regard perçait chaque mur qu'elle avait érigé autour d'elle – et de Summer – pour se protéger.

Elle frissonna et Gabe la recouvrit immédiatement de son corps, couverture comprise.

— C'est l'heure de te réchauffer.

Megan aurait dû le remercier pour le feu d'artifice – même si la seule chose qu'elle avait pu apercevoir était ces étincelles entre eux – et lui dire qu'elle devait rentrer chez elle, mais elle avait déjà manqué à sa parole une seconde fois. Et depuis que Summer était partie, elle menait une lutte perpétuelle. Megan était épuisée.

Mais plus que tout, être tenue par lui de cette manière, même quelques secondes, n'avait pas de prix.

Gabe l'embrassa sur les cheveux, le front, la joue, et il dut lui prendre le visage en coupe pour avoir accès à ses lèvres. Une fois qu'ils furent levés et à mi-chemin des marches de son appartement, il l'embrassa, la privant du peu d'air qu'il lui restait.

— Bonne année.

— Bonne année à toi aussi, répondit-elle, passant sa langue contre sa lèvre inférieure.

Megan s'attendit à ce qu'il l'emmène jusqu'à sa chambre mais il ne s'arrêta pas devant le grand lit recouvert d'une literie bleue. Il se dirigea vers la salle de bains.

— Que dirais-tu d'un bain pour démarrer la nouvelle année ?

La pensée coquine de se retrouver nue dans l'eau avec Gabe, glissant contre lui dans sa gigantesque baignoire, la plongea dans une réflexion intense.

Car depuis l'incendie, impossible de rentrer dans une baignoire.

— Pourquoi pas une douche, plutôt ?

Elle se tourna vers lui en quête d'un baiser, mais, futé, il avait tout de suite vu clair dans son jeu.

— Je veux prendre un bain avec toi, Megan.

Bon sang. Elle prit une grande inspiration.

— Je peux essayer.

Gabe écarta une mèche de cheveux de devant son visage, scrutant son esprit plus profondément qu'elle ne l'aurait voulu.

— C'est à cause de la baignoire où je t'ai trouvée ?

S'il s'était agi de quelqu'un d'autre que Gabe, si elle s'était sentie moins en sécurité, elle aurait nié. Mais comment mentir à cet homme ?

— J'ai cru que nous allions mourir dans cet endroit.

— Je ne l'aurais pas permis.

Megan ne put retenir la question qui la hantait depuis plus de deux mois.

— Mais si tu n'étais pas arrivé à temps ?

— Pas de mais, murmura-t-il en posant la main de la jeune femme contre son cœur. Pas ce soir, insista-t-il en se penchant vers elle pour déposer un baiser sur ses lèvres. Ne laisse pas le feu te prendre plus qu'il ne t'a déjà pris, mon cœur.

Ne voyait-il pas qu'elle était prisonnière d'une spirale d'interrogations ? Pas qu'à propos du feu mais d'eux aussi, de Summer, de son avenir et…

Elle leva les yeux au ciel, maudissant son comportement.

— Tu sais quoi ?

— Dis-moi, Megan.

Elle prit une grande inspiration
— C'est le Nouvel An. Un nouveau départ. Il est temps de dire au revoir au passé.

Megan était bien assez sage et suffisamment adulte pour savoir qu'on ne se refaisait pas en une nuit. Mais elle pouvait toutefois faire un premier pas et commencer à ôter un peu de poids de ses épaules.

Surtout si ce premier pas la menait vers un bain avec un homme dont les yeux promettaient mille et un plaisirs.

— Fais couler ce bain, Gabe.

Tout en la tenant fermement d'une main, Gabe tâtonna de l'autre pour ouvrir les robinets. Tandis que la baignoire se remplissait d'eau chaude, Megan se mit sur la pointe des pieds pour pouvoir caresser du doigt la cicatrice qui barrait le front de cet homme magnifique qui lui faisait face.

— Je regrette tellement que tu aies été blessé, Gabe.

Il ferma les yeux à son contact.

— L'autre jour, à l'hôpital…

Il la regarda, de l'émotion plein les yeux.

— J'ai été un imbécile, je suis désolé.

Il lui prit la main et posa un baiser sur sa paume.

— Quand je t'ai vue entrer dans la chambre, sans toute cette fumée et ces flammes, j'ai su que tu étais spéciale.

— Tu as failli mourir en nous sauvant, murmura-t-elle. Ton attitude était compréhensible.

— J'étais estomaqué par les sentiments que je développais déjà pour toi, expliqua-t-il en secouant la tête. Ça n'excuse en rien mon comportement.

Megan s'était sentie au chaud chez lui, mais maintenant qu'ils s'avouaient leurs sentiments, elle eut de nouveau froid, oblitérant ce à quoi elle ne voulait pas penser. Pas encore, du moins.

Consciente que Gabe devait avoir noté son malaise, elle le sentit faire un mouvement, plaquant sa bouche contre la peau si sensible de sa main.

— Je n'ai pas pris le temps de te déshabiller comme il se doit, sur le toit, dit-il en ôtant la couverture.

— Tu t'en es très bien sorti, susurra-t-elle en se penchant pour embrasser son superbe torse.

Megan fut ravie qu'il se laisse aller à ce genre d'émotions mais un peu déçue aussi.

— Juste très bien ? demanda-t-il d'une voix rauque, en faisant passer un pouce sur son sein ; le même pouce qu'elle avait mordu et suçoté.

— Mmm, fit-elle pour seule réponse, avant qu'il la soulève et la dépose avec lui dans la baignoire.

Megan n'avait jamais rien connu d'aussi romantique et sexy que ce bain. Ils avaient accompli certaines choses plutôt excitantes sur le toit mais plonger dans cette eau chaude, la tête et le dos contre le torse de Gabe la fit soupirer de plaisir. En une nuit, tous ses désirs semblaient comblés.

Gabe prit de l'eau dans ses mains et la fit couler sur la peau de Megan, mouillant chaque partie de son corps, même ses cheveux. Être choyée ainsi relevait du luxe, plus que du sexe ou du désir.

Il était avec elle, il n'avait pas besoin de faire tout ça. Mais il le faisait quand même.

Elle se pressa contre son biceps, l'embrassant pendant qu'il prenait le savon.

— Tu essaies de me distraire ?

— Non, répondit-elle avec honnêteté. Il fallait que je t'embrasse.

Tout en agrippant les cheveux de Megan, il tourna doucement mais fermement le visagc de la jeune femme vers lui et imprima ses lèvres d'un doux baiser.

Il ne la laissa respirer qu'après un long moment.

— Pareil.

Le savon avait glissé de sa main durant leur baiser, et il dut partir à sa recherche, lâchant la hanche de Megan.

— Pas là, dit-il en bougeant ses pieds à la recherche du savon. Là non plus.

— Moi, je sais où il est.

— Où ça ? s'étonna-t-il, les yeux rivés sur ses lèvres.

Megan prit sa main et la plaça sur son ventre.

— Tu brûles.

Il déplaça sa main plus bas.

— Tu y es presque.

Elle retint son souffle au moment où il posa sa main sur son intimité, sa grande paume couvrant sa peau humide. La tête renversée contre lui, Megan hoqueta de plaisir.

Elle ne put s'empêcher de se cambrer contre lui et, Dieu merci, elle sentit bien vite deux doigts s'immiscer entre ses lèvres tandis qu'il titillait son clitoris de l'autre main.

Sa langue et ses dents trouvèrent son lobe d'oreille et malgré l'eau chaude et la chaleur de son corps derrière elle, Megan frémissait.

— Tu es si belle, mon cœur. Si belle ! s'exclama Gabe dont la langue titilla l'endroit le plus sensible de son oreille. Viens pour moi, je veux te voir jouir !

Elle était déjà au bord de la jouissance, pantelante et cambrée entre ses mains, les tremblements qui assaillaient son bas-ventre se muant en véritables séismes.

— Gabe !

Il l'aida à atteindre l'orgasme, les deux mains toujours actives. Et lorsque Megan retomba au fond de la baignoire, elle prit conscience de l'intensité de l'excitation de Gabe contre elle.

Il était prêt au moment où Megan saisit un préservatif sur le dessus de la couverture. Sans savoir exactement ce que Gabe en pensait, Megan ne prit pas la peine de poser la question et ouvrit l'emballage – avec ses mains cette fois, pas ses dents, même si cela avait été plutôt drôle et un peu fou – avant que Gabe la soulève légèrement par les hanches en dehors de l'eau afin qu'elle puisse l'enfiler sur son membre glorieux.

— Je sais qu'on s'était promis « pas de mais » ce soir, mais justement je ne peux pas m'empêcher de me demander…

Elle se mordit la lèvre.

— Est-ce que tu me ferais vivre un de mes fantasmes ?

Megan voulut soudain revendiquer et la baignoire et cette chance d'avenir, plutôt que de s'appesantir sur le passé et la peur.

Sous l'eau, Gabe caressa ses cuisses, ses genoux.

— Quel genre de fantasme ?

Le ton grave de sa voix fit craquer Megan, qui s'appuya sur son genou.

— C'est la première fois que je me baigne avec un homme.

— Parfait.

Megan sourit devant sa possessivité. Elle était aussi ravie de pouvoir vivre ses fantasmes pour la première fois avec Gabe comme partenaire.

— Mais parfois quand je suis seule, je...

Elle marqua une pause, peu habituée à dire ce genre de choses à haute voix.

— Tu te caresses ?

Elle acquiesça.

— Parfois, je pense à ce genre de baignoire et...

Elle se mordit la lèvre inférieure, ce qui fit gronder Gabe.

— Si tu n'arrêtes pas de t'interrompre, nous n'expérimenterons jamais ce fantasme.

Megan écarquilla les yeux, quittant sa lèvre.

— Oh, fit-elle, tentée de se mordre à nouveau mais se retenant au dernier moment. D'accord.

— Megan, entendit-elle Gabe dire d'une voix sensuelle. Quel est ce fantasme ?

Mais elle savait qu'elle n'arriverait jamais à le définir, aussi devait-elle lui montrer.

Avec toute l'application qu'elle put démontrer vu son état d'excitation, elle déplaça ses jambes sous l'eau de façon à ne plus faire face à Gabe. Le regardant par-dessus son épaule, elle se mit à genoux, les mains à plat.

— Comme ça, murmura-t-elle, le son de sa voix presque étouffé par le bruit de l'eau. Voilà mon fantasme.

Le gémissement de Gabe résonna contre les murs carrelés et, Dieu merci, il se mit en position à son tour, prenant le fessier de Megan entre ses mains. Tout en sachant qu'elle s'engageait dans un jeu dangereux, Megan fut choquée lorsque Gabe posa un baiser sur l'une de ses fesses, puis sur l'autre. Puis il progressa sur son corps jusqu'à mordiller son épaule.

— C'est donc ça ton fantasme, Megan ?

Elle resta bouche ouverte, seulement capable d'acquiescer et de s'accrocher au rebord de la baignoire, plaquant ses fesses contre le bassin de Gabe. De l'eau éclaboussa le sol tandis qu'il la pénétrait par-derrière. Et il la posséda sauvagement, si profondément que Megan en perdit l'esprit, ne sachant plus différencier leurs deux corps.

Il avait posé une main sur ses seins, l'autre entre ses cuisses, et sa langue lui léchait le creux du cou. Megan s'écroula alors dans les bras de Gabe.

22

« Toujours gérer les hauts et les bas. »
— Code du pompier n° 101

Gabe adorait regarder Megan dormir, se blottir contre lui avec un petit sourire au coin des lèvres. Il se sentait comblé, la chambre baignée par le soleil du Nouvel An.

Bien que ses sœurs l'aient souvent défini comme étant irrécupérable, Gabe savait très bien qu'il y avait de fortes chances pour que Megan se réveille à nouveau aussi énervée qu'elle l'avait été le matin de leur première fois à Lake Tahoe.

Malgré ses beaux discours sur la nouvelle année et le passé qu'on met de côté.

Ce n'est pas parce qu'il avait fait son choix qu'elle avait fait de même.

Elle s'étira et ouvrit lentement les yeux.

— Salut, beauté.

Gabe fut soulagé en ne la voyant pas paniquer comme la dernière fois. Elle passa une main dans ses cheveux.

— Salut.

Mais avant même que Gabe ne puisse se bercer d'illusions, Megan sauta du lit.

— Summer rentre aujourd'hui, je dois préparer certaines choses.

Gabe aurait voulu la ramener directement auprès de lui mais il savait qu'il fallait considérer son attitude comme une évolution par rapport à Lake Tahoe. Elle ne s'éloignait pas, ne prononçait pas le mot « jamais ».

D'ailleurs, c'était une chance qu'il n'ait pas été appelé en urgence à la caserne, cette nuit. Son tour de garde ne commençait que dans quelques heures, ce qui lui laissait suffisamment de temps pour faire l'amour à Megan une nouvelle fois, pour passer sa langue sur chaque parcelle de sa peau et pour…

Tiens-t'en au plan, imbécile !

Bien décidé à ne pas occulter cette petite voix de la raison, Gabe dit :

— Pourquoi n'irais-tu pas prendre une douche pendant que je vais récupérer tes vêtements là-haut ?

Megan le dévisagea, surprise de le voir accepter avec autant de facilité ses projets. Dont il ne faisait pas partie.

— D'accord, répondit-elle, en lui souriant bêtement. Merci.

Il lui rendit son sourire en la regardant partir vers la salle de bains, magnifiquement nue. Elle ferma la porte derrière elle. Avec un peu de chance, elle passerait un bon moment sous la douche, à se faire à l'idée de ce qu'ils avaient expérimenté hier dans la baignoire.

Gabe enfila un jean délavé, monta récupérer les affaires de Megan et les déposa sur le lit à son attention avant d'aller préparer le petit déjeuner.

Quelques minutes plus tard, elle le rejoignit, ses cheveux mouillés lui tombant sur les épaules, avec une expression timide sur le visage.

— J'ai senti le bacon depuis la salle de bains.

Gabe ne voulait pas forcer sa chance, mais il y a certaines choses dont on ne peut pas s'empêcher, comme prendre la femme adorée dans ses bras et l'embrasser. Une fois tous deux à bout de souffle, il recula d'un pas.

— J'aime me réveiller près de toi le matin, susurra-t-il en la prenant par la main pour l'asseoir à sa place. Et te regarder manger, aussi.

Mais avant même qu'il n'ait pu prendre une bouchée, son portable sonna. Il y jeta un rapide coup d'œil.

Megan fronça les sourcils lorsqu'il la regarda.

— Il faut que tu y ailles ?

— Non pas tout de suite. Je prends mon tour dans quelques heures. C'était juste un rappel pour un de mes collègues qui prend son quart, aussi.

— Combien de temps dure ta garde ?

— D'habitude, quarante-huit heures. Là, elle sera de soixante-douze heures.

Megan sembla choquée de ces horaires.

— Tu dormiras à la caserne ?

— Si j'ai le temps.

Elle sembla plus consternée que jamais.

— J'aimerais que les choses soient différentes, Gabe, mais elles ne le sont pas. Cette nuit était géniale mais…

Elle prit une grande inspiration et le regarda droit dans les yeux.

— Ça ne change rien.

Ces mots tombèrent tel un pavé de ciment sur le ventre de Gabe et il eut du mal à garder son calme.

— Tu déjeunes avec moi. Ça, c'est un changement. Un gros.

Megan se leva de table, mit son téléphone dans sa poche et récupéra son sac sur le divan avant de filer vers la porte.

— Je dois y aller.

Gabe voulait la supplier de rester, la forcer à faire face à ses sentiments, lui faire admettre qu'ils ne s'en iraient pas comme ça, juste parce qu'elle avait peur de ses erreurs passées.

Au lieu de cela, il termina son assiette et la mit sous vide avant de prendre ses clés.

— Je te ramène.

— Je préfère marcher.

À son air buté, Gabe comprit qu'elle était déterminée à partir d'ici – loin de lui – aussi vite que possible. Et malgré toute sa crédulité masculine, il savait qu'il valait mieux éviter de la pousser davantage dans ses retranchements.

— Merci d'avoir passé ce Nouvel An avec moi.

Elle le dévisagea, presque surprise de ne pas le voir insister. Ou peut-être s'attendait-elle à ce qu'il essaie de l'embrasser encore pour la forcer à rester à déjeuner ? Était-elle déçue de cela ? Ne comprenait-elle pas qu'il ne la forcerait à rien ? Qu'il ne le souhaitait pas ?

Finalement, elle prit la parole, si faiblement qu'il aurait pu ne pas l'entendre :

— Je me suis bien amusée.

Elle s'apprêta à partir mais, au dernier moment, elle se retourna vers lui. Cette fois, ce fut Gabe qui fut surpris de la voir prendre son petit déjeuner sous vide.

— Merci pour le petit dej, lança-t-elle avant de lui donner un baiser sur la joue.

Ça n'avait aucun sens. Megan était assez grande pour faire la part des choses, savoir quand se préserver d'une chute. Alors à quoi jouait-elle, à coucher de nouveau avec Gabe ?

Elle acceptait qu'aucune femme au monde ne puisse lui résister. Impossible de s'imaginer quelqu'un qui ne l'aime pas. Mais apprécier quelqu'un pour ses qualités, rire et manger avec – tout cela était très différent d'un baiser.

Et elle avait plus que supplié pour un baiser. Bien plus. Elle avait arraché ses vêtements, ruiné ceux de Gabe. Et peut-être que faire l'amour avec lui sur un toit avait été inévitable étant donné qu'elle avait passé la semaine à penser à lui, malgré ses activités et Summer.

Mais ce bain... Rien que le fait d'y penser lui coupait le souffle, ne serait-ce que la façon dont elle avait cédé à son fantasme.

Et comment il y avait été réactif.

Megan gravissait une côte. À l'aube de ce nouveau jour – de cette nouvelle année – elle ne pouvait plus se mentir à elle-même.

Ce n'était pas que le fait de monter une rue en pente qui lui coupait le souffle. Mais aussi de penser à Gabe.

Ce qui n'était pas la seule chose sur laquelle elle se voilait la face.

Elle était totalement sous son charme, corps et âme.

Tout en marchant, Megan tenait fermement le plat que Gabe avait préparé. Le paysage vu d'ici lui coupait le souffle tout autant que le reste et elle dut s'arrêter quelques instants pour respirer. Quel bonheur ce serait de pouvoir profiter de cette vue avec quelqu'un !

Avec Gabe.

Un camion de pompier passa pile à ce moment-là, et Megan prêta une attention toute particulière aux pompiers qui conduisaient. Étaient-ils mariés ? Pères ? Avaient-ils des frères et sœurs ? Comment tous ces gens qu'ils aimaient arrivaient à gérer la situation, pouvaient supporter l'idée qu'ils puissent périr dans les flammes ou sous une poutre ?

Lorsqu'elle avait vingt ans et qu'elle sortait avec David, se retrouver enceinte avait été un grand choc. Elle ne connaissait rien des peurs relatives à son métier de pilote, trop occupée par l'angoisse de l'accouchement et ce petit être qui dépendrait bientôt d'elle. Bien sûr, il fallait se faire à l'idée de son futur mariage.

Elle s'était dit, comme n'importe quelle fille de vingt ans le ferait, qu'elle aurait le temps de trouver son chevalier en armure, et qu'elle sortirait avec d'autres hommes le temps de trouver le bon.

Rien ne s'était déroulé selon le plan. Rien ne l'avait préparée à perdre un mari inattendu.

Ni à être mère.

Et durant ses moments de doute, jamais elle n'aurait songé à trouver son chevalier et l'amour dans une baignoire, avec Summer, à l'abri du feu qui les entourait.

L'amour.

Oh, Seigneur. Elle lâcha son petit déjeuner, qui s'écrasa bruyamment sur le sol.

Elle perdait la tête à la façon dont Gabe riait, l'embrassait et la caressait.

Mais l'amour...

Non, s'insurgea-t-elle en ramassant le plat par terre. Plus question de se mentir à elle-même. Elle souhaitait réellement un nouveau départ pour cette année. Et elle savait au moins une chose, une chose que n'aurait jamais pu comprendre une jeune innocente de vingt ans, prête à prendre le taureau par les cornes.

Parfois, lorsqu'il est trop difficile d'affronter la vérité, le mieux est de la laisser de côté.

Car parfois, faire comme si de rien n'était est le meilleur moyen d'avancer.

23

Faire comme si de rien n'était, c'était une chose. Garder la face devant Summer, en était une autre. Surtout quand la question favorite de sa fille restait :

— Quand est-ce qu'on revoit Gabe ?

Par chance, le pompier était de garde pour plusieurs jours. Summer quémandait tous les jours une visite à la caserne mais sa mère ne cédait pas.

— S'il ne travaille pas, il est sûrement en train de dormir. On ne doit pas le déranger.

Une fois Summer à l'école, Megan reçut un coup de fil de Sophie, qui lui proposa de déjeuner. Elle avait très envie de voir son amie, mais si mentir à Summer avait été difficile, cela s'avérerait presque impossible face à la sœur de Gabe.

Or, en retrouvant Sophie devant le petit bistro où elles s'étaient donné rendez-vous, le sourire de la jeune femme la détendit immédiatement.

— Tu es radieuse !

— Toi aussi !

Et pourtant, Megan ne se sentait pas aussi chic que son amie. Au lieu de la tenue jean et tee-shirt basique de la clientèle, Sophie arborait une très belle robe en coton qui dansait autour de ses chevilles à chacun de ses pas. Megan se remémora leur dernière conversation dans la remise, le soir où Sophie avait semblé préoccupée. Par un homme.

Qui que ce soit, il devait porter une belle paire d'œillères pour ne pas remarquer la beauté de la jeune femme.

Une fois la commande passée, Sophie demanda :

— Qu'est-ce que tu as fait de beau avec Summer pendant les vacances scolaires ?

Megan faillit se trahir. Elle ne souhaitait pas lui mentir mais d'un autre côté, elle ne savait pas par où commencer. Ses sentiments lui nouaient l'estomac.

— Nous sommes allées à la neige pendant quelques jours. On a fait quelques balades, du dessin et on a aussi regardé l'intégrale des *iCarly*[1] à la télé. Et ses grands-parents l'ont pourrie gâtée. Et toi ? Quoi de neuf, ces dernières semaines ?

En guise de réponse, Sophie sortit un classeur de son sac.

— J'ai achevé ça ! Dernier script avant impression.

— *Les plus grandes histoires d'amour de tous les temps : Bibliographie annotée*, lut Megan à haute voix. Maintenant disponible. Compilé et édité par Sophie Sullivan.

Elle lui sourit.

---

1. Série américaine contant les déboires d'une jeune adolescente. (*N.d.T.*)

— C'est formidable ! Félicitations !

— Merci, fit Sophie, une expression étrange sur le visage. Je suis très contente même si je pense que le titre est un peu trompeur.

— Pourquoi ?

— Toutes ces histoires n'ont pas une fin heureuse. Ça ne les rend pas moins intéressantes, bien sûr.

— Non, juste plus crédibles, enchérit Megan d'un ton calme.

— Il doit beaucoup te manquer, dit Sophie en rangeant son ouvrage.

Cette fois, Megan ne parvint pas à dissimuler son embarras. Oh, Seigneur, elle savait pour Gabe ! Megan resta bouche bée, cherchant une explication à donner pour faire comprendre la situation à Sophie ; elle n'avait pas voulu la blesser. Mais avant d'avoir pu dire quoi que ce soit, Sophie poursuivit :

— J'aurais aimé pouvoir rencontrer ton mari.

Megan fut si soulagée qu'elle s'enfonça dans son siège.

Sophie interpréta à la hâte cette réaction.

— Je suis désolée, je n'aurais pas dû en parler ! J'oublie parfois que ma mère n'a jamais aimé que mon père.

— Il est décédé quand tu étais petite, c'est ça ? interrogea Megan.

— Oui, j'avais deux ans.

Megan fit un rapide calcul mental. Plus de vingt ans. Une bien longue période pour rester seule. Trop longue. Surtout quand le cadet des Sullivan avait quitté le nid il y avait cinq ans de cela.

— Ta mère a bien eu des rencards, non ?

— Non, répondit Sophie en faisant la moue. Pas que je sache.

— Pourquoi ? Est-ce que ton père n'aurait pas voulu qu'elle soit heureuse ?

— Je ne sais pas. Mais vu comment Smith et Marcus en parlent, je ne pense pas qu'il ait été ce genre d'homme.

Là-dessus, Sophie la regarda d'une façon si similaire à Gabe que Megan en lâcha presque sa fourchette.

— Peut-être a-t-elle eu peur de perdre de nouveau quelqu'un.

— Elle semble pourtant si pleine de vie avec vous tous à ses côtés. Même avec Gabe, qui fait un métier si dangereux.

Tout en parlant, Megan sut pourquoi Mary Sullivan respectait les choix de vie de ses enfants.

— Avant, je regardais Summer au parc grimper jusqu'en haut de la cage à écureuils et je me rongeais les sangs. Elle était plus petite que les autres enfants mais elle n'avait peur de rien. Elle n'a toujours peur de rien. C'est moi qui ai peur qu'elle vienne un jour m'annoncer son envie de devenir tireuse d'élite ou pilote de course.

Sophie rit en entendant cette histoire et même si Megan ne se sentait pas encore de dévoiler ses sentiments à sa vieille amie, il y avait une chose qu'elle devait savoir.

— Comment arrives-tu à supporter l'idée que Gabe puisse ne pas revenir vivant, un jour ?

Sophie réfléchit pendant quelques instants.

— Au lieu de faire pousser des raisins, Marcus aurait pu faire pousser des pommes. Chase pourrait peindre au lieu de prendre des photos.

Elle secoua la tête.

— Mais quand nous étions petits, tout ce en quoi Gabe voulait être déguisé pour Halloween, c'était en pompier.

— Vraiment ? fit Megan en haussant un sourcil. Chaque année ?

— C'est un obsessionnel, sourit Sophie.

Megan se sentit rougir. Pour être obsessionnel, il l'était ! Et c'était merveilleux qu'il le soit avec elle.

Sophie la regarda, un sourire mélancolique sur le visage.

— Et honnêtement, cela peut sembler étrange, mais je sais qu'il a statistiquement plus de risques de mourir écrasé par une voiture qu'en service. Et on le sait tous prudent en voiture, pas vrai ?

— J'imagine, oui.

Les arguments de Sophie tenaient la route. Mais un fossé séparait encore ce que l'esprit de Sophie comprenait… et ce que son cœur ressentait.

— Puis-je te demander quelque chose ? lâcha Sophie, qui ne la quittait des yeux.

— Bien sûr, dit Megan, l'air de rien.

— Est-ce que tu as revu Gabe depuis la fête ?

— Oui, avoua-t-elle.

— Bien, fit Sophie en lui adressant un sourire.

Megan supplia silencieusement son amie de se montrer plus curieuse. Au lieu de quoi, Sophie se contenta de dire :

— Tu veux une part de gâteau au chocolat ?

— Bien sûr que je veux !

Les deux jeunes femmes se sourirent et à peine Sophie avait-elle hélé le serveur que ce dernier se précipita vers leur table afin de prendre la commande de la plus jolie fille de la terrasse.

Megan était sidérée que son amie ne se doute pas de l'attention que les hommes lui portaient.

Pendant un moment, Megan pensa à son habitude de ne pas se mêler de la vie amoureuse de ses amies. Mais quel genre d'amie voulait-elle être, en ce cas ? De plus, Sophie, elle, ne s'était-elle pas déjà immiscée dans son histoire avec Gabe ?

Le serveur apporta le gâteau au chocolat et tandis qu'elles y plantaient leurs fourchettes de part et d'autre, Megan reprit la conversation :

— Du nouveau à propos de ce qui t'a entraînée dans la remise ?

— La remise ? répéta Sophie, l'air surprise, avant de finalement secouer la tête, les joues en feu. Non. Je crois qu'il ne faut pas s'attendre à du nouveau de sitôt.

Megan leva les sourcils.

— Est-ce que tu sors avec quelqu'un ?

— Pas vraiment, répondit Sophie. Je reçois quelques propositions mais je ne suis pas intéressée.

De toute évidence, l'amie de Megan se protégeait de quelque chose. Il aurait été plus sage de changer de sujet, de parler météo ou projets du week-end.

Mais Megan en avait assez des simples connaissances. Elle voulait une vraie amitié, des femmes avec qui rire et pleurer, des gens à qui se confier.

Peut-être était-il temps de faire un pas dans cette direction.

— Cet homme, il en vaut la peine au moins ?

Avec sa main, Sophie se cacha les yeux et émit un son à mi-chemin entre le rire et le sanglot.

Son regard était si triste que Megan en eut l'estomac noué.

— Parfois, j'aime à le croire mais... je me demande si je ne me mens pas à moi-même.

De voir son amie prisonnière d'un amour à sens unique pour un homme qui ne la méritait sûrement pas brisait le cœur de Megan.

Mais en poussant l'assiette un peu plus près de Sophie pour que toutes deux continuent à noyer leur chagrin sous des cuillerées de chocolat, Megan ne put s'empêcher d'avoir une pensée pour Gabe.

Lui en valait *définitivement* la peine.

Summer était en train de jouer dans la cour de récréation quand Megan vint la chercher.

— Tu es contente d'être retournée à l'école ? dit-elle à sa fille, en lui caressant les cheveux.

— Devine où on est allés !

Megan tenta de se rappeler la permission de sortie qu'elle avait signée quelques mois plus tôt. Avant même d'avoir pu répondre, elle vit Summer sortir un casque de pompier en plastique de son sac.

— Oh, fit-elle, la bouche soudain sèche. Waouh, ça devait être chouette !

— Gabe était là et il nous a tout montré ! On a glissé sur les rampes, puis on a été dans les ambulances et dans les camions aussi !

Sur le chemin du retour, Summer régala sa mère d'histoires de pompier. En préparant un goûter composé de fromage et de quartiers de pomme, Megan n'avait qu'un mot en tête.

Destin.

Elle n'avait jamais vraiment cru à ces choses-là. Pour elle, seul un dur labeur et de solides décisions faisaient pencher la balance. Et cela avait souvent été le cas.

Mais là, c'était à croire que l'univers tout entier lui hurlait d'ouvrir les yeux !

— Et Gabe m'a demandé si toi aussi tu aimais les montagnes russes, comme moi !

Megan émergea de ses rêveries en entendant la dernière phrase de Summer.

— Qu'est-ce que tu lui as dit ?

— Que oui, et que tu n'as peur de rien.

Megan posa son couteau et prit sa fille dans ses bras.

— Merci, mon cœur.

Sa fille lui rendit son étreinte, si fort que ses bras en tremblèrent, avant de porter ses beaux yeux verts sur sa mère.

— Pour quoi ?

— Pour être comme tu es.

Et pour croire en moi quand j'oublie de le faire.

Quelques minutes plus tard, pendant que Summer mangeait son goûter en dessinant dans la cuisine, Megan prit le téléphone sans fil et s'enferma dans sa chambre.

En tombant sur le répondeur, elle lutta pour ne pas raccrocher.

— Salut, Gabe, c'est Megan. Je sais que tu es en service mais quand tu rentreras, est-ce que tu…

Elle dut faire une pause, respirer et se rappeler très fort les paroles de Summer. « Tu n'as peur de rien. »

— J'adorerais qu'on se voie. Peut-être qu'on pourrait déjeuner ensemble dans la semaine ? À bientôt, j'espère.

Puis elle raccrocha.

24

Tout en sachant que Summer serait à l'école, Gabe frappa à la porte de Megan. Lorsqu'il avait reçu son message, il était en intervention médicale. Une fois rentré à la caserne et la paperasse remplie, il mit en place une surprise à son attention. Une surprise qu'il espérait réussie.

Elle lui manquait follement depuis quelques jours. Il s'était retenu de l'appeler au moins une centaine de fois. Mais il ne fallait pas la brusquer ni la faire fuir pour de bon. Tout en attendant qu'elle l'appelle, Gabe se rappela qu'elle ne lui avait même pas dit au revoir.

Elle lui avait juste dit qu'elle s'était amusée… et était partie en l'embrassant sur la joue.

Entendre sa voix au téléphone avait été un véritable soulagement. Mais rien en comparaison de cet instant où elle lui ouvrit la porte, en jean et sweat-shirt. C'était comme entrer en territoire inconnu. Gabe comprit alors.

Il était amoureux.

Submergé par la vague d'émotions que déclenchait en lui cette femme magnifique, il serait sûrement resté en pâmoison si Megan ne l'avait pas attrapé par le col de son tee-shirt pour l'entraîner à l'intérieur.

Il réagit enfin, attirant Megan à lui pendant qu'elle le taquinait avec la bouche. Ils s'embrassèrent comme s'ils ne s'étaient pas vus depuis des années, leurs vêtements volant à travers la pièce, comme trois jours auparavant sur le toit.

Le sexe n'avait jamais semblé aussi essentiel, avant. C'était comme un besoin vital, au même titre que respirer, manger, boire. Mais ce n'était pas uniquement le désir qui les fit trébucher jusqu'au lit, lui fit arracher les sous-vêtements de Megan, puis tomber à genoux face à ses cuisses.

Il ne s'agissait pas que de lui donner du plaisir, d'entendre les petits gémissements si sexy qu'elle émettait quand il plongeait ses doigts en elle.

C'était bien plus que cette sensation de vertige qui la prit alors que la langue de Gabe allait et venait sur son clitoris pour la rendre folle.

Encore plus que cet instant où il la souleva, son membre déjà enveloppé d'un préservatif, la plaquant contre lui pour la pénétrer. C'était bien plus que tout cela.

Il ne s'agissait pas que du plaisir physique d'être avec la femme aimée.

Car pour la première fois de sa vie, tandis que Megan se cambrait, la tête renversée en arrière, les jambes resserrées autour de lui, les mains plaquées contre les siennes, avant qu'ils ne jouissent dans les bras l'un de l'autre, Gabe eut un aperçu de ce que cela faisait d'être dans la peau d'Adam.

Et du besoin de réclamer Eve pour *sienne*.

Gabe regarda Megan assise près de lui dans sa camionnette. Même s'ils avaient fait l'amour il y a seulement un quart d'heure, il avait encore envie d'elle. Il avait été très tenté de passer l'après-midi au lit à son côté, mais il savait qu'elle adorerait sa surprise. Et il espérait qu'il y aurait bien d'autres jours – et nuits – tels qu'aujourd'hui à l'avenir.

— Je suis content que tu aies appelé, lui confia-t-il avant de lui prendre la main, leurs doigts entrecroisés.

— Moi aussi, le rassura-t-elle, en regardant par la vitre. Même si c'est moi qui t'ai proposé d'aller déjeuner et que c'est toi qui te retrouves à m'emmener quelque part.

Face au ton impatient de la jeune femme, Gabe sut qu'elle appréciait qu'on la surprenne. Comment réagirait-elle s'il prenait la commande, la prochaine fois qu'ils feraient l'amour ? S'il lui susurrait ce qu'il avait l'intention de faire, lui laissant deviner la façon dont il la ferait jouir ?

Ils se garèrent dans un parking poussiéreux. Gabe ouvrit la portière à Megan et la fit descendre, sa main autour de sa taille, réjoui par le contact de ses courbes, s'assurant qu'elle se collait contre lui.

Tout comme il n'avait pu s'empêcher de lui tenir la main en conduisant, il ne se retint pas de l'embrasser. Leurs bouches se rencontrèrent, avides, et Megan passa ses mains autour du cou de Gabe, puis dans ses cheveux.

Ils s'étaient déjà embrassés avant mais cette fois, c'était différent. Gabe avait toujours senti le désir que Megan éprouvait pour lui, mais en cet instant, c'était comme si un cadenas avait cédé en elle. Elle avait toujours eu l'air désemparée face à leurs baisers mais cette fois-ci, elle semblait en avoir *envie*.

— J'adore t'embrasser, Gabe, lui susurra-t-elle, après qu'ils se furent enfin décidés à prendre une bouffée d'air.

Il ne lui en fallut pas plus pour l'embrasser à nouveau. Le bruit d'un klaxon les rappela à la réalité et au parking public dans lequel ils s'étaient garés, près d'une grande tente blanche.

— Où sommes-nous ? demanda Megan.

— Tu le sauras bien assez tôt, lui répondit-il en la prenant par la main, un sourire mystérieux sur le visage.

Quelques secondes plus tard, Megan avait les yeux écarquillés de surprise.

— Je pensais que ce cirque n'était plus là ! Ils en ont fait la pub la semaine dernière !

— C'est la dernière représentation. Tu aimes ?

— Tu rigoles ? s'exclama-t-elle d'un air qui lui rappela Summer. J'adore le cirque. Summer se moque même de moi à ce sujet. Il paraît que je suis pire qu'une gosse devant les acrobates, les trapézistes et les animaux ! Quand j'étais petite, je rêvais de faire partie d'une troupe ! Je voulais être la petite fille qui danserait sur le dos de l'éléphant.

Gabe avait déjà acheté deux billets VIP. Ils se dirigèrent vers les places les plus au centre, aux premières loges. Gabe adorait cet aspect de Megan, quand elle se laissait aller, oubliant ses défenses, lui donnant la chance de la voir telle qu'elle était vraiment. Pas juste la super maman ou la comptable intelligente… mais la femme aventureuse, avide d'adrénaline, d'excitation.

Tout autant que lui.

Après qu'il eut apporté du pop-corn, de la barbe à papa et des cacahuètes grillées, Megan se pencha vers lui.

— Si Summer apprend que je me suis goinfrée sans elle, je suis bonne pour le peloton d'exécution !

— Ce n'est pas supposé être l'inverse ? se moqua Gabe. N'est-ce pas toi qui es censée lui dire d'éviter les sucreries ?

— À l'école, on leur apprend la nutrition mais au cas où tu te poserais la question, ceci…

Elle fit une pause et lui montra un gros bout de barbe à papa.

— … ne fait pas grandir.

— Ça m'a fait plaisir de voir Summer à la caserne, lui dit-il, sans vouloir alarmer la jeune femme toujours en pleine réflexion concernant leur relation, mais il fallait qu'elle sache. Elle m'a manqué.

— Tu lui as manqué aussi, Gabe, fit Megan, en le regardant tendrement. Tu sais, je pensais…

Avant qu'elle n'ait pu finir sa phrase, les lumières s'éteignirent dans la salle et les projecteurs illuminèrent la piste. Gabe aurait voulu emmener Megan dehors pour entendre la fin de sa phrase.

À quoi pensait-elle ?

À se mettre en couple avec lui ?

Ou pas ?

Megan fut immédiatement captivée par le spectacle mais Gabe, lui, n'avait d'yeux que pour elle.

Megan profita de chaque instant. Elle s'était presque caché les yeux devant les cabrioles des acrobates, avait retenu son souffle quand les fauves étaient apparus, avait ri à gorge déployée aux farces des clowns.

Et pourtant, malgré cette déferlante de bonne humeur, elle ne fit que penser à l'homme assis près d'elle. On ne l'avait encore jamais emmenée au cirque. Ses rencards n'avaient toujours été constitués que de nappes blanches et de conversations à voix basse à propos de travail ou d'investissements bancaires. Jamais elle n'avait laissé un homme s'approcher aussi près de ses rêves et de ses envies, de ce qui la faisait rire ou pleurer.

Mais bien qu'elle ait essayé de repousser Gabe à plusieurs reprises pour se prémunir contre lui, il l'avait percée à jour. Du feu d'artifice sur son toit jusqu'à cet après-midi d'innocence au cirque, il la comblait.

Sans parler de la façon merveilleuse dont il lui faisait l'amour.

Une fois le spectacle terminé, elle bondit sur ses pieds et applaudit frénétiquement.

— Merci infiniment, Gabe ! C'était…

Elle dut s'interrompre pour trouver le mot juste, citant finalement une des expressions favorites de Summer :

— D'enfer ! Complètement d'enfer !

Elle acheta une ou deux babioles à offrir à Summer. Elle se retourna vers Gabe qui semblait ravi de la voir s'amuser autant. Il semblait également vaguement inquiet.

— Tu ne t'es pas amusé ?

— Si, bien que pour être honnête, te voir si émerveillée m'a bien plus amusé que tous les cirques que j'ai pu voir.

Megan rougit devant l'intensité de son regard. Se tenir près de Gabe rendait tout plus beau et plus attrayant. Elle n'avait jamais pris conscience de tout ce qui l'entourait avant qu'il ne fasse irruption dans sa vie.

Tandis qu'ils marchaient vers le parking, Megan prit un rare plaisir à le tenir par la main et à se lover contre lui. Gabe posa un baiser sur son front et tout lui sembla alors parfait.

— Quand dois-tu récupérer Summer ?

— Dans environ une heure, répondit-elle en regardant sa montre.

Megan se sentit alors entraînée loin de la camionnette, vers l'océan. Quelques minutes plus tard, ils étaient tous les deux assis face à la baie, avec vue sur le Golden Gate Bridge.

Gabe reprit son air sérieux.

— Gabe, quelque chose ne va pas ? Tu avais déjà ce regard la dernière fois.

— Non, tout va bien, du moins je crois, commença-t-il, se passant une main dans les cheveux, ce qui lui donna un air négligé et sexy à la fois. Quand on parlait de Summer tout à l'heure, tu disais avoir pensé à quelque chose.

Le sang de Megan ne fit qu'un tour. Elle avait été tellement accaparée par le spectacle qu'elle avait parlé sans réfléchir.

À présent, elle était nerveuse. Elle aurait voulu obéir à son instinct et fuir Gabe aussi loin que possible.

Rester là et faire face à cet homme et à ses propres peurs était extrêmement difficile.

— Je pensais beaucoup à nous deux, dit-elle, à court de mots.

Megan chercha la main de Gabe pour se donner du courage. Il était calme, chaud, comme il l'avait toujours été. Rien de ce qu'ils auraient à se dire ne serait simple. Mais ce n'était pas une excuse pour ne pas en parler ni pour cacher ses sentiments.

— Je n'ai jamais eu l'intention de te laisser entrer ainsi dans ma vie, avança-t-elle péniblement mais avec honnêteté.

— Je sais, mon cœur.

— Tu ne l'escomptais pas non plus, je sais, fit-elle, surprise de le voir réagir en souriant légèrement. Tu as lutté contre tes sentiments tout comme moi.

— Jusqu'à ce que je comprenne que je n'avais pas à les freiner. On s'est rencontrés grâce à l'incendie. Rien de plus.

Ses mots ouvrirent quelque chose dans le cœur de Megan, cette partie d'elle qui s'inquiétait que Gabe ne la voie que comme cette victime qui l'idolâtrait.

— Gabe, le fait est que tout était – est – fabuleux avec toi, pas que le sexe, continua-t-elle doucement, avant qu'il n'avance ses doigts vers son visage, caressant sa joue du dos de la main, ce qui la fit trembler. Faire l'amour avec toi, c'est…

Elle passa sa langue sur ses lèvres.

— C'est incroyable, mais juste parler, rire, faire du snowboard… J'aime chaque minute qu'on passe ensemble.

— Moi aussi.

Il fallait qu'il comprenne.

— Je ne me refrénais pas qu'à cause de mon passé, tu sais. Mais aussi à cause de Summer. J'avais trop peur qu'elle se prenne d'affection pour toi et que tu deviennes son héros encore plus que tu ne l'étais déjà. J'avais peur que tu lui brises le cœur davantage en partant.

— Je ne vais nulle part.

— Comment peux-tu en être si sûr ? s'inquiéta-t-elle, prise de court.

En un rien de temps, Gabe l'avait soulevée et posée sur ses genoux. Il était si robuste qu'elle se sentait légère et féminine en étant dans ses bras, en sécurité.

— Voilà comment je le sais, dit-il en l'embrassant. Parce que je t'aime, Megan, ajouta-t-il.

Megan en eut le souffle coupé. Elle ne s'y attendait pas et n'avait jamais vu Gabe comme elle le voyait à présent.

Incapable de croire ce qu'il venait de dire, elle réagit sans réfléchir.

— Tu m'aimes ?

— Je t'aime, mon cœur… Tu es la personne la plus courageuse que je connaisse. Ce jour-là, dans ton immeuble en feu, l'amour que tu as montré pour ta fille a fait la différence entre la vie et la mort. Ça m'a beaucoup ému.

— Je me suis toujours vue forte, murmura-t-elle, sa voix couvrant à peine le remous. Mais j'ai eu peur bien trop longtemps. J'avais peur même avant la mort de David.

Plus question de cacher quoi que ce soit à Gabe. Ou à elle-même.

— Lui et moi, on s'est rencontrés quand j'avais vingt ans. Je n'étais jamais vraiment sortie avec quelqu'un avant lui. Il était plus âgé et je trouvais ça grisant. Il ne m'a jamais forcée à faire quelque chose contre mon gré, et après quelques mois, ça m'a semblé naturel de coucher avec lui.

Elle sentit Gabe se crisper en entendant cela.

— Je suis désolée, je sais que tu ne veux pas entendre ça, surtout maintenant que tu m'as dit...

— Je t'aime, Megan, répéta-t-il, comblant le vide, tandis qu'elle tiquait à ces mots.

— Je suis désolée de te dire ça maintenant mais j'ai besoin que tu saches, insista-t-elle en lui prenant la main, si heureuse de pouvoir se tenir à lui. Être plus intime avec David ne m'a pas semblé une mauvaise chose sur le coup. À la fac, on vivait tous ce genre de chose. Mais tout le monde ne se retrouve pas enceinte le jour de ses vingt ans, lâcha Megan après une pause.

Cette fois, ce fut Gabe qui lui pressa la main.

— J'étais terrifiée. Terrifiée d'avoir à épouser un homme que je n'étais même pas sûre d'aimer. Je crois que c'est à ce moment-là que j'ai décidé de vivre une vie sans risque, pour me protéger de ce sentiment-là. Sa mort n'a fait que renforcer ma décision.

Elle se força à lui faire face pour admettre la suite.

— Être avec toi est une chose risquée sur bien des points. Pas seulement pour moi mais aussi pour ma fille.

— Je ne peux même pas imaginer à quel point cela a dû être dur pour toi de gérer tout ça si jeune, déclara-t-il, d'un air doux. Mais quand je vous vois, toi et Summer...

Il s'interrompit, souriant en songeant à la petite fille.

— ... je sais qu'elle est la plus belle chose qui te soit jamais arrivée.

— Elle l'est, confirma-t-elle, les larmes dans ses yeux menaçant de couler.

— N'es-tu pas contente d'avoir fait ces choix, au final ? Ils t'ont apporté Summer.

Personne ne lui avait fait voir les choses sous cet angle. Et il avait raison. Megan traverserait une nouvelle fois tous ces terribles moments si cela signifiait pouvoir tenir sa fille dans ses bras, la voir rire et grandir jusqu'à devenir une femme.

— Dis-le-moi encore, Gabe, s'il te plaît.

Il prit son visage en coupe, fort et doux à la fois, ses pouces caressant ses joues.

— Je t'aime.

Ses lèvres trouvèrent les siennes et sa déclaration fut ponctuée par un baiser qui en disait tout autant.

Une fois séparés et malgré les papillonnements dans son ventre, Megan n'arriva pas à prononcer à son tour ces deux mots. Toutefois, elle lui dit :

— Je voudrais essayer. Toi. Moi. Moi et Summer. Je veux nous donner une chance.

Et il y avait un moyen de le prouver à Gabe.

— Tu aurais le temps de passer la prendre à l'école ?

— Oui, dit-il, en affichant une expression de confiance. J'adorerais.

Après avoir conduit jusque chez Megan et s'être garé devant l'immeuble, Gabe ne lâcha pas la main de la jeune femme pendant les cinq pâtés de maisons qui les séparaient de l'école. Summer était folle de joie de le voir. Megan resta en retrait, l'observant pendant que les enfants se rassemblaient autour de lui dans un véritable brouhaha.

Elle avait fait montre d'assez de bravoure pour aujourd'hui. Elle avait avoué des choses à Gabe qu'elle n'avait jamais dites à personne, notamment qu'elle avait épousé David par peur de ne pas pouvoir avancer autrement que portée par l'amour.

Pour autant, Megan n'avait pas encore tout dit à Gabe.

Il avait prononcé les mots « je t'aime » si facilement. Et comme elle voulait les lui dire aussi ! Mais elle ne le pouvait pas. Pas encore. Pas avant d'être plus à l'aise et sûre de sa décision.

Gabe et Summer la rejoignirent, main dans la main. Summer s'était muée en véritable moulin à paroles, Gabe suivant son rythme sans souci. La douce chaleur qui naquit au creux de la poitrine de Megan n'avait rien à voir avec une quelconque décision.

Elle avait tout à voir avec la douce possibilité d'un avenir plein d'amour.

25

— Oh, maman, regarde ! C'est Justin Bieber ! Je veux une photo avec lui !

Summer se précipita vers la statue de cire dont la ressemblance avec la jeune pop star était troublante. Megan sortit son appareil et prit un ou deux clichés rapides. En se retournant, impossible de trouver Gabe, pas même près de la statue de Kim Kardashian autour de laquelle la plupart des hommes aimaient à traîner.

Megan, Summer et Gabe avaient profité d'un agréable vendredi soir pour se rendre à Fischerman's Wharf afin de déguster de la soupe de palourdes avec du pain au levain, mais avaient finalement échoué au musée de cire local. Étonnamment, aucun d'entre eux n'y était venu auparavant, pensant qu'il s'agissait d'une attraction pour touristes. Megan ne se souvint pourtant pas avoir jamais autant ri, au point où elle en eut mal aux joues et que ses abdominaux s'en souviendraient le lendemain matin.

Pour autant, elle ne s'attendait pas à retrouver Gabe dans la pièce voisine, accompagné de son frère... ou plutôt, la version Smith Sullivan en cire.

— Il nous avait caché ça, dit Gabe en souriant malicieusement. On ne va pas le louper, ça c'est sûr ! Tu peux me prendre en photo avec lui ?

Gabe passa son bras musclé autour des épaules de la statue et Megan remarqua que plusieurs visiteurs s'étaient arrêtés pour observer la scène. Surtout après que Summer se fut exclamée « Hé, Gabe, ça serait pas ton frère, ça ? »

— Eh oui, petit chou. Et regarde-le, il est tout recouvert de cire d'oreille ! C'est dégoûtant !

Tandis que Summer rigolait, Megan se dit que, bien que chaque fils du clan Sullivan était unique en son genre, ils partageaient tous une sorte de... beauté primaire. Même en cire, Smith Sullivan suintait la virilité.

Rien en comparaison d'un Gabe Sullivan en chair et en os, bien sûr.

Quelques minutes plus tard, ils tombèrent nez à nez avec une version de Nicola en cire, dans un coin de la pièce.

— On l'a vue chez ta maman ! s'exclama Summer, toute fière. Pas besoin de photo avec elle, je la connais ! Quand est-ce qu'on voit Smith, Gabe ?

— La prochaine fois qu'il est en ville ! répondit Gabe, en lui ébouriffant les cheveux. Il te paiera une glace !

— Cool !

Summer s'éloigna et Megan sentit sa poitrine se serrer. C'était bien ce qu'elle craignait. Que ces petites sorties ensemble ne signifient pour

Summer que sa mère et le jeune pompier resteraient ensemble pour toujours. En tout cas assez longtemps pour aller manger une glace avec Smith Sullivan *en personne*.

Megan sentait bien que Gabe la regardait. Ses bras furent bientôt autour de sa taille, la rapprochant un peu plus près de lui.

— J'ai cru comprendre que si on boude, on nous demande de quitter le musée.

Megan enfouit son visage au creux de son cou, enveloppée par son parfum cendré, jusqu'à ce qu'elle laisse ses peurs s'envoler. Il ne la lâcha pas une seconde, lui caressant le dos d'une main puissante.

— Je m'amuse bien, Gabe. Summer aussi.

— Alors, nous sommes trois.

Il la prit par la main et ils rejoignirent Summer devant les statues de superhéros, les espoirs et les rêves de Megan bercés par la désinvolture apparente de Gabe.

Alors, nous sommes trois.

Oh, comme elle souhaitait que cela soit vrai ! Un mari, une famille pour sa fille, sans lutte ni douleur.

Juste de l'amour.

Mais comment cela pourrait-il advenir avec un pompier ? Un pompier sans peur, capable de se précipiter dans un incendie tête la première, si la vie de quelqu'un en dépendait.

Arrête ça. Elle avait promis – à Gabe, comme à elle-même – d'essayer. Ce qui impliquait de laisser de côté ses inquiétudes et de profiter de l'instant.

Une heure plus tard, Gabe les déposa toutes les deux devant chez elles avant de se rendre à la caserne pour son tour de garde. Une fois celle-ci terminée, il avait promis qu'il passerait pour le dîner dimanche soir. Megan se sentait déjà seule sans lui.

De plus, cela faisait des heures qu'il lui tenait la main, lui caressait le visage, le dos, les hanches. Elle brûlait littéralement de désir pour lui, mais avec Summer dans les parages, impossible de se laisser aller à ses désirs.

Désirs auxquels elle craignait d'être devenue complètement accro.

— Merci pour ce magnifique après-midi, dit-elle d'une voix légèrement enrouée.

Elle allait lui ouvrir la porte, mais Summer intervint :

— Vous vous faites pas un bisou d'au revoir ?

Megan émit un rire étranglé, et en regardant Gabe, elle le vit aux prises avec la même envie qu'elle.

— Bien sûr que si, se réjouit-il.

Un instant plus tard, ses lèvres étaient sur les siennes, douces et délicieuses. Un baiser qui aiguisa l'appétit de Megan au point qu'elle se sentit étourdie une fois leur étreinte achevée.

Summer leur sourit, manifestement très contente que ses petites manipulations aient porté leurs fruits.

— À dimanche, Gabe, c'était très amusant !

Le dimanche soir, ils étaient tous trois assis sur le tapis du salon, en pleine compétition de Docteur Maboul.

Compétition entre Gabe et Summer, du moins. Les mains de Megan étaient si tremblantes près de Gabe qu'il lui était impossible de participer à ce jeu. La jeune maman ne cessait de faire sonner le buzzer en essayant d'extraire un os avec ses pincettes.

Summer et Gabe se trouvaient à égalité, chacun avec leur petit tas d'os et d'organes fraîchement extraits, quand Summer éclata soudain.

— C'est pas du jeu, tu fais ça tous les jours à ton travail, moi je suis qu'une enfant !

Megan surveilla attentivement la réaction de Gabe, mais il sourcilla à peine.

— Je suis aide-soignant, pas chirurgien.

— C'est presque pareil, insista Summer en faisant la grimace.

— Pas du tout, mais bien essayé, petite.

Même si Summer lança un « à ton tour ! » d'un ton joyeux, Megan savait que sa petite fille n'avait pas encore utilisé toutes les cordes à son arc pour tenter de gagner la partie.

Gabe prit ses pincettes et s'apprêta à extraire le cerveau du plateau de jeu lorsque Summer lâcha un cri strident.

— Oh là là ! Là, une grosse bête !

— Quelle bête, Summer ? tiqua Megan, le crâne vrillé par le cri de sa fille.

Mais Summer était bien trop occupée à regarder la main de Gabe, la main ferme au-dessus du plateau, concentré et bien décidé à gagner la partie.

Megan ne put s'empêcher de rire.

— Il mène huit à un, mon cœur. Je crois qu'il va falloir utiliser autre chose pour le déconcentrer !

En une seconde, Gabe avait saisi le petit cerveau et tentait de l'extraire quand les pincettes frôlèrent les bords du plateau. Le buzzer vira au rouge et Summer saisit ses pincettes pour extraire le cerveau elle-même.

— J'ai gagné !

— Bien joué, Summer !

Megan n'arrivait pas à s'imaginer un seul de ses ex jouer à ça avec Summer et y prendre du plaisir. Sans parler de gérer ses singeries.

— C'est l'heure d'aller au lit, il y a école demain, déclara Megan. Brosse-toi les dents, mets-toi en pyjama et je viens te raconter une histoire.

— Gabe, tu peux me la lire ?

Megan n'aurait pas dû se montrer choquée par la demande de sa fille, mais elle le fut. Personne à part elle n'avait jamais lu d'histoire à Summer, pas même son père qui préférait de loin sortir dehors pour jouer avec elle, plutôt que de perdre son temps, un livre sur les genoux.

— Megan ?

Au lieu de répondre à la question de Summer, Gabe scrutait la jeune mère, l'interrogeant du regard : *Est-ce que c'est d'accord ?*

Plus ils passaient de temps tous ensemble, plus Gabe et Summer se rapprochaient. Ils appréciaient réellement de se retrouver.

Sa fille avait très bon goût en matière d'homme, rien à redire.

Cela semblait être une nouvelle étape à franchir.

D'abord, la soirée de vendredi à Fischerman's Wharf, comme une vraie sortie en famille. Ensuite, s'embrasser devant Summer. Et maintenant, Gabe qui allait lui lire une histoire.

Et s'il lui arrivait quelque chose ? Si sa fille s'habituait aux jeux, aux histoires et que soudain…

Avant de se laisser aller à la panique, Megan reprit ses esprits.

Je dois essayer. Lui laisser une chance.

— Cela me semble une excellente idée !

Gabe sonda le visage de Megan et y décela son sourire forcé.

— Peut-être, commença-t-il, que nous devrions la lire ensemble ?

Megan fut frappée de soulagement et d'amour. Elle n'aurait jamais imaginé pouvoir rencontrer un homme qui la comprenne si bien, qui lirait en elle sans qu'elle ait à prononcer un seul mot.

Trente minutes plus tard, Summer était dans les bras de Morphée, Gabe et Megan s'en retournaient au salon.

— J'ai adoré ta façon de raconter *La Cabane magique*[1], en faisant toutes ces voix !

Gabe haussa les épaules.

— Pour ce qui est de nous forcer à venir lire des histoires aux tout petits à son travail, Sophie est plutôt douée.

L'image de Gabe, assis sur une petite chaise en plastique en train de lire une histoire à un petit groupe de bambins enchantait Megan… sans parler de l'effet qu'il devait avoir sur les jeunes mamans. Elle ne pouvait qu'imaginer les fantasmes qu'il devait éveiller chez ces femmes pendant qu'elles vivaient les trente plus belles minutes de leur mois.

---

1. Série de romans pour enfants écrits par Mary Pope Osbourne. (*N.d.T.*)

Les mêmes fantasmes qu'il lui inspirait ?

— Prête pour ton histoire ? lui dit-il en l'installant sur ses genoux, sur le canapé.

— Je n'ai pas encore sommeil.

La bouche sensuelle de Gabe se fendit en un tel sourire qu'elle crut pendant un moment qu'il allait l'embrasser. Au lieu de cela, il enfouit son visage dans son cou et la fit frissonner avec sa langue.

— Il était une fois un homme.

— Pas un prince ?

— Non, prévint-il en lui mordillant doucement le menton. C'était un homme tout ce qu'il y a de plus ordinaire. Mais un jour, il eut la chance de rencontrer la plus belle femme du monde.

— Tu es sûr qu'elle n'était pas du genre normale, elle aussi ?

Gabe s'approcha de son lobe d'oreille, ce qui lui donna la chair de poule.

— Je te promets qu'elle était du genre extraordinaire. Et si belle qu'il eut du mal à croire qu'elle lui adressait la parole.

— Se sont-ils embrassés ?

Il rapprocha sa bouche de la sienne.

— Oh oui. Et ces baisers bouleversèrent leur petit monde.

Et enfin – *enfin !* – il l'embrassa, de telle manière que Megan sentit ses orteils se courber sous le poids de la passion. Mais malgré son envie irrépressible de faire l'amour avec lui, Megan n'en oublia pas pour autant que sa fille dormait dans la pièce au bout du couloir.

Megan acceptait que Summer passe du temps avec Gabe, joue et fasse des sorties avec lui ou qu'il lui raconte des histoires. Mais pas moyen que sa fille voie un homme quitter la chambre de sa mère au petit matin. Pas avant que les choses ne soient officialisées, à moins qu'un mariage ne se profile à l'horizon.

Se sachant incapable de lui dire « je t'aime », Megan savait qu'il y avait mieux à faire que d'embrasser cet homme à quelques mètres seulement de la chambre de Summer.

Elle quitta ses genoux.

— Merci d'être venu ce soir.

— Merci de m'avoir invité.

À en juger par le léger renflement de son pantalon et l'excitation qu'affichait son regard, Megan comprit qu'il était tout aussi prêt qu'elle à revivre un moment de sexe fou en sa compagnie.

Avec l'impression d'être la pire des allumeuses, Megan se résigna à dire :

— J'aimerais que tu restes mais...

— Je comprends, Megan, assura Gabe, en posant un doigt sur ses lèvres. Je ne voudrais pas blesser Summer, moi non plus.

À contrecœur, elle le prit par la main et ils se dirigèrent tous les deux vers la porte. Après un formidable baiser d'adieu, et un autre doux « je t'aime » de la part de Gabe, il se retrouva à la moitié du couloir quand elle le rappela.

— Tu ne m'as pas dit comment se finissait l'histoire, lança-t-elle, le souffle court en attente d'une réponse.

Tout l'amour et le désir qu'il ressentait se lisaient dans son regard.

— Elle ne se finit pas.

En conduisant Summer à l'école le lundi matin, Megan était encore épuisée. Son corps s'était contenté des baisers de Gabe mais elle n'était pas parvenue à s'en satisfaire. Ce n'était pas tant d'un orgasme dont elle avait besoin.

Mais de l'homme en lui-même.

Megan n'avait jamais été du genre à traquer la gent masculine. En partie, parce qu'elle s'était mariée très jeune, mais aussi parce que ce n'était tout simplement pas dans sa nature. Mais c'est guidée par son instinct féminin qu'elle prit la direction opposée à son appartement, une fois Summer déposée devant l'école.

Dix minutes plus tard, Megan était devant chez Gabe, sonnant à sa porte, le cœur battant à tout rompre après la course qu'elle s'était imposée pour venir ici au plus vite. Mais pendant qu'elle attendait, elle prit conscience qu'elle n'avait pas la moindre idée de s'il serait là ou pas, s'il était sorti courir ou allé chercher de quoi petit-déjeuner.

Et comme aucune réponse ne vint, elle se sentit presque déçue.

Elle s'apprêtait à partir quand la porte s'ouvrit à la volée.

— Megan ?

L'univers lui faisait clairement une faveur, car non seulement Gabe était chez lui mais il ne portait qu'une serviette pour seul attribut.

— Entre, mon cœur, la pressa-t-il tandis que Megan restait bouche bée devant son corps sculptural.

Il déposa une main chaude sur le bas de son dos.

— Est-ce que tout va bien ?

Elle comprit sur le tard que Gabe était inquiet de la voir débarquer ainsi au petit matin, à bout de souffle.

— Non, répondit-elle en toute honnêteté.

— C'est Summer ?

Sa panique frappa Megan et elle posa immédiatement sa main contre son cœur qui battait à tout rompre, pour le calmer.

— Summer va bien. Je viens de la déposer à l'école.

— Alors, qu'y a-t-il ? demanda-t-il, sa main dans les cheveux de Megan, la rapprochant de lui pour déceler quelque chose sur son visage.

— Tu me manquais, murmura-t-elle, baissant timidement les yeux devant son propre aveu. Vendredi soir. Dimanche soir.

Elle le toisa du regard.

— J'allais devenir folle, conclut-elle en enlaçant Gabe de ses bras, se délectant de sa force.

— J'ai couru en zigzag très tôt ce matin en ville, lui dit-il en détaillant ses lèvres avant de la regarder dans les yeux à nouveau. C'était soit ça, soit utiliser mes outils pour entrer chez toi par effraction et te rejoindre au lit.

En un instant, il l'avait soulevée et l'avait menée jusqu'à sa chambre. Megan était aux anges de le voir aussi avide d'elle qu'elle l'était de lui, de reprendre là où ils s'étaient arrêtés – sans avoir la chance de finir – ce week-end.

— Tu as combien de temps ? lui murmura-t-il à l'oreille, sa langue parcourant le petit espace derrière son lobe.

— Autant qu'il t'en faudra, répondit-elle en l'embrassant dans le cou et au creux de l'épaule.

Les yeux de Gabe la contemplèrent, d'un regard empli non seulement de passion mais de quelque chose de plus fort encore qu'un simple désir physique.

— Toute la vie, Megan.

Ces mots quittèrent sa poitrine pour venir se loger au creux de celle de la sienne.

— Voilà le temps dont je vais avoir besoin, acheva-t-il.

En entendant sa réponse, Megan hoqueta. Elle n'avait songé qu'à faire l'amour, qu'à quelques heures volées avant d'aller au travail. Mais lui répondait comme si tout autre chose était en jeu.

Ce qui était le cas, si elle s'était montrée totalement honnête avec elle-même.

Gabe l'allongea sur son lit et Megan tenta de reprendre son souffle.

Elle avait confiance en son amour ; il avait beau le lui avoir répété plusieurs fois cette semaine, à aucun moment il ne l'avait exhortée à faire de même. Gabe savait qu'elle essayait de faire au mieux et qu'être avec lui représentait le plus gros risque qu'elle ait jamais pris depuis des années. Mais maintenant qu'elle se trouvait sur son lit, sous son corps, qu'il la regardait comme aucun homme ne l'avait fait – comme si elle était la seule chose qui le séparait du soleil et des étoiles – elle désirait plus que tout lui rendre ce qu'il lui avait si facilement donné.

— Je...

Les mots restèrent coincés dans sa gorge, se heurtant aux peurs qu'elle tentait d'occulter, une par une, chaque fois qu'elle voyait Gabe. Non, pas que dans ces moments-là. Chaque fois qu'elle pensait à lui. Chaque fois que Summer prononçait son nom en souriant.

Megan passa sa langue sur ses lèvres et réessaya.

— Gabe, je…

Il couvrit sa bouche de la sienne, Megan perdit de nouveau le fil, sous ce baiser chargé de compréhension et d'une vérité simple : il n'irait nulle part. Elle se laissa aller à son amour, serrant davantage ses bras et ses jambes autour de lui, pressée par l'envie de le sentir contre elle.

— J'attendrai, Megan, autant qu'il le faudra.

Par chance, il ne la laissa pas répondre ni ne laissa de silence gêné s'installer entre eux. Au lieu de cela, il saisit le bord de son haut et le lui ôta.

— Le rose, ma nouvelle couleur préférée, minauda-t-il en contemplant son soutien-gorge.

Elle avait, sans le faire exprès, mis le sous-vêtement qui allait avec la petite culotte qu'il avait vue le jour de sa lessive. Elle n'eut pas le temps de s'avouer qu'elle l'avait mise exprès – dans l'espoir de cette réaction – que Gabe était déjà penché sur elle, passant sa langue sur un de ses seins, puis sur l'autre, là où le tissu laissait place à sa peau si sensible.

Au moment où il releva la tête, Megan était déjà cambrée et pantelante entre ses mains.

— Tu sais que j'ai eu plus d'un fantasme à propos de ces sous-vêtements ?

— Et moi donc, murmura-t-elle.

Les mains de Gabe tremblèrent légèrement en atteignant les premiers boutons du jean de Megan. Une seconde plus tard, il l'avait défait et l'avait fait glisser de ses jambes, emportant chaussures et chaussettes au passage.

— Dis-m'en un, dit-il de cette voix grave et sensuelle qui ne manquait jamais d'éveiller le désir de Megan, depuis son ventre jusqu'à l'irradiation complète de son corps.

Toutefois, elle avait déjà eu maintes occasions de lui révéler ses fantasmes. C'était à son tour, maintenant.

Difficile d'émettre une telle requête avec les mains de Gabe qui vagabondaient sur ses hanches, son ventre et sa poitrine.

— Tu connais déjà un de mes fantasmes. Je veux entendre un des tiens.

Le sourire de Gabe était si sensuel que Megan en perdit presque tout contrôle rien qu'en le regardant, ses mains enveloppant ses seins encore couverts.

— Un de mes fantasmes implique de la surprise, prévint-il en se relevant afin de pouvoir la contempler dans son intégralité. Et de la confiance.

Megan se serait attendue à tout sauf à ça.

Pas à ce qu'il lui demande sa *confiance*.

Bien sûr qu'elle avait confiance. Elle l'avait laissé entrer dans sa vie, dans celle de Summer. Elle avait vécu des moments torrides avec lui ; Megan savait qu'elle n'aurait rien à redouter de ce qu'il pourrait lui faire ou lui demander.

Comme s'il lui avait donné un temps de réflexion pour penser à ce qu'il venait de dire, Gabe descendit du lit et ôta sa serviette. Lorsqu'il lui fit face, il était entièrement nu et son érection était si proéminente qu'elle lui couvrait le ventre.

Il aurait été si facile de l'amener à elle, de ne pas se préoccuper d'une quelconque surprise, d'un quelconque fantasme et de faire tout simplement l'amour sans plus de palabre à propos de confiance. Mais ça ne serait pas que se moquer de son fantasme... Ça serait se moquer d'elle-même, aussi.

— Megan ?

C'était le moment de vérité. Gabe lui avait donné le temps de ruminer, de décider. Il n'avait pas forcé le destin avec le mot « amour » mais il ne comptait manifestement pas badiner avec le mot « confiance ».

Elle acquiesça.

Le sourire de Gabe était aussi rassurant que sexy. Il se retourna vers son armoire, fouilla dedans et en revint quelques secondes plus tard, avec une cravate.

Le pouls de Megan s'accéléra.

— Tu as déjà eu les yeux bandés ?

Elle se mordit la lèvre et secoua la tête.

— Tu en as déjà eu envie ?

Tout en faisant oui de la tête, elle se sentit rougir. Chaque fois qu'elle avait eu ce fantasme, c'était une figure sans visage qui lui bandait les yeux. Gabe était au cœur de tous ses rêves depuis qu'il l'avait sauvée de l'incendie.

Il plaça l'étoffe de velours sur ses yeux, lui souleva la tête afin de l'attacher autour de son crâne.

— Tu vois quelque chose ?

— Non, dit-elle, ne voyant que les lumières filtrer sur les rebords.

— Bien, dit-il, des promesses de plaisir accompagnant ce seul mot. Si tu peux me promettre de rester où tu es, de t'en remettre à moi, nous pourrons envisager de t'attacher au lit pour un autre de mes fantasmes.

Megan fut choquée de se sentir aussi excitée. Sans lui avoir fait part de ses rêves cachés, Gabe semblait les connaître.

Il passa ses mains sur elle, dans son dos pour décrocher son soutien-gorge avant de les poser contre ses seins, ses doigts passant sur ses tétons.

— Ça te plaît, pas vrai ?

Le corps de Megan ayant déjà répondu à sa question, il lui était facile de l'exprimer vocalement.

— Oui, dit-elle en se léchant les lèvres. J'adore ça.

Elle l'entendit gémir doucement, sentant le matelas bouger sous son poids.

— Ma sexy petite aventurière.

Sa surprise d'entendre ces mots fut vite balayée par la sensation de Gabe s'immisçant entre ses jambes, ses mains caressant sa peau, la forçant à s'ouvrir pour lui.

— Si tu pouvais voir comme tu es humide.

Les doigts de Gabe se pressèrent doucement contre le sous-vêtement, qu'elle devinait trempé. Elle avait adoré sa façon de lui parler, depuis le début. Ces mots coquins qu'elle n'aurait jamais cru pouvoir entendre… mais qu'elle avait toujours souhaité connaître.

Une douce chaleur se répandit en elle et elle se cambra sur sa main. Elle était déjà si proche de l'orgasme qu'un rien suffirait à la faire basculer. Et sans la possibilité de voir, chaque caresse, chaque parfum et chaque son prenait un sens nouveau. Bien plus puissant.

Soudain, une chaude moiteur l'envahit, la langue de Gabe la caressant au travers du tissu.

Elle passa sa main dans ses cheveux, imprima son bassin contre ses lèvres. Leurs peaux ne se touchaient pas mais qu'importe. Tout ce qu'elle voulait, c'était encore plus de…

— *Oh, Seigneur* !

Elle lâcha ces mots au moment où il lui ôta sa culotte, sa langue sur elle, en elle.

Ses doigts étaient partout à la fois tandis que sa langue et ses dents parcouraient sa chair la plus intime. Une main caressa ses seins, pinçant à merveilles ses tétons, l'autre la pénétra et pour la première fois de sa vie, Megan cria en jouissant, un son qu'elle n'aurait jamais cru pouvoir émettre, en tout cas si elle avait été en mesure de penser.

Durant un long moment, alors que des vagues de plaisirs la submergeaient une à une, Gabe continua de taquiner son entrejambe, ses seins.

Une fois l'orgasme passé, Megan eut l'impression d'être vidée. Mais en sentant Gabe se frotter contre elle, sa virilité tout contre sa peau, une seconde vie s'empara d'elle.

Il couvrit son corps de baisers, de doux mordillements amoureux qui la firent trembler davantage encore une fois qu'il eut atteint son visage.

— Merci de me faire confiance.

Il enleva le bandeau en même temps qu'il la pénétra et Megan se sut ouverte pour lui comme jamais elle ne l'avait été de sa vie. Les murs qu'elle avait érigés, ces derniers barreaux autour de son cœur, s'écroulèrent sous la douce étreinte de Gabe et ses tendres baisers.

S'il y avait un moment pour prendre un risque, c'était maintenant. S'il y avait bien une personne pour laquelle cela valait le coup, c'était Gabe. Mais avant même qu'elle ait pu former ces mots, ce dernier parla.

— Rejoins l'autre côté avec moi, mon amour.

Et de nouveau, elle se laissa emporter par l'orgasme, qui balaya toute pensée rationnelle, la laissant sans aucune possibilité de s'exprimer.

Tout ce qui restait, c'était son amour débordant pour lui… un amour qui lui revint, lorsqu'elle laissa Gabe l'épandre dans son âme.

26

Megan tenait fermement Gabe dans ses bras, ses mains à plat sur son torse d'où elle pouvait sentir son cœur battre, puissant et régulier.

Ce matin, elle n'était pas venue à lui que pour du sexe, ou pour atteindre des sommets que seul lui pouvait lui faire atteindre.

Elle était venue pour ressentir cette connexion qui les liait.

Et elle en tirait plus de bonheur qu'elle n'en avait escompté.

De *l'amour*.

— Gabe ?

— Mmm ?

Il balaya les cheveux qui collaient à son front et y déposa un baiser. Megan adorait ces petites marques d'affection, qu'il ne soit pas le genre d'homme à tout contenir en lui pour avoir l'air viril ou macho. Elle fut une nouvelle fois subjuguée par la façon dont leur mère avait bien élevé ses fils. Oui, la plupart d'entre eux étaient de véritables coureurs de jupons mais Megan ne pouvait s'imaginer un seul des Sullivan faire volontairement du mal à une femme.

Et, après avoir rencontré Chase et Marcus, elle avait pu se rendre compte, qu'une fois qu'ils tombaient amoureux, c'était vraiment du sérieux. Chloé et Nicola étaient vraiment le centre de l'univers des deux frères. Elle avait perçu une certaine rondeur chez Chloé et elle pensait en avoir deviné la cause. Cela serait si agréable de pouvoir tenir – et gâter – un petit bébé dans un avenir proche.

Tandis qu'elle se délectait de la chaleur des bras et du regard de Gabe sur elle, cette vision de Chloé et Chase avec un bébé commença à se changer en une chose qui aurait dû l'effrayer... mais qui lui fit éprouver encore plus de joie que ce n'était possible.

Gabe serait un père incroyable. Il était déjà un des adultes préférés de Summer. Mais Megan se sentait légèrement partie.

Il fallait d'abord qu'elle sache ce qu'elle ressentait pour lui.

— Il y a une chose que j'aimerais te demander.

— Je t'écoute, mon cœur.

Megan resta silencieuse un moment, heureuse de se rappeler la chance qu'elle avait : Gabe les avait trouvées, elle et Summer, durant cet incendie, ils s'étaient trouvés l'un l'autre, les étincelles avaient jailli entre eux, ils avaient pu outrepasser leurs problèmes et...

— J'ai essayé de te garder éloigné de moi et de Summer. Mais je comprends maintenant que même si j'avais réussi à prendre mes distances, même si je t'ai dit que je ne pouvais pas rester avec toi, ça ne m'aurait pas protégée. Pas une seconde.

Car j'aurais eu la peur au ventre chaque fois que j'aurais allumé la télé ou la radio et entendu des nouvelles d'un incendie en ville. Et je mourrais de savoir qu'il t'est arrivé malheur.

Elle se détestait d'avoir à prononcer ces mots mais il le fallait.

— T'éloigner ne protège personne. La seule chose que ça garantisse, c'est d'oublier la joie qu'on éprouve à être avec toi.

On y était. C'était le moment de le lui dire.

— Je...

Le téléphone de Gabe se mit à sonner au même instant, une sonnerie spéciale, et bien qu'il semblât être particulièrement frustré de cette interruption, il saisit son portable sur la table de nuit.

— Qu'est-ce que c'est, cette sonnerie ?

— Appel d'urgence, expliqua-t-il, le regard assombri.

Megan s'assit sur le lit et couvrit sa nudité, comme si cela la protégeait de ce qui allait suivre.

— C'est mauvais, c'est ça ?

Gabe acquiesça, déjà debout hors du lit pour enfiler ses vêtements.

— Un camion de produits dangereux s'est encastré dans plusieurs magasins de Chinatown.

Mon Dieu, songea-t-elle. *C'est un signe.*

C'en était forcément un.

Toutes les peurs qu'elle avait réussi à dompter s'élevaient soudain vers elle, la suppliant d'écouter leur avertissement.

Qu'es-tu en train de faire ? la réprimandaient-elles. *Va te mettre à l'abri avant qu'il ne soit trop tard.*

Elle s'était leurrée sur le fait de vivre une vraie relation de couple avec lui, de pouvoir surmonter cette peur de le perdre. Chaque fois qu'ils avaient passé du temps ensemble, Gabe n'avait pas une seule fois été appelé en urgence… Et Megan avait évité de demander comment s'étaient déroulées ses gardes car elle n'aurait jamais pu supporter d'entendre qu'il avait couru un danger.

Et elle avait été sur le point de lui confier son amour.

En quelques secondes, Gabe était habillé. Il s'approcha du lit où elle restait prostrée, comme congelée.

— Megan ?

Elle se dégagea des bras de Gabe et se cala contre la tête de lit, le plus loin possible de lui.

— Ton équipe a besoin de toi. Les gens ont besoin de toi. Tu dois y aller.

Elle avait prononcé ces mots avec plus d'agressivité qu'elle ne l'aurait voulu, alors que son cœur criait *j'ai besoin de toi, moi aussi.*

Mais au lieu de partir, Gabe prit le visage de Megan en coupe.

— Megan, je t'aime.

Il l'embrassa tendrement et une fois qu'il se fut éloigné, Megan comprit ce qu'il attendait d'elle. C'était à son tour de prononcer ces mots, d'admettre à quel point elle tenait à lui. Elle allait les lui dire quand l'appel d'urgence avait retenti.

Mais elle n'y arrivait plus. La peur la dévorait de l'intérieur.

Peu importe combien elle voulait Gabe, rien n'aurait pu le forcer à ne pas y aller, à s'enchaîner à elle et Summer, à vivre une vie saine qui le tuerait à petit feu plus vite qu'un grand incendie.

Son portable sonna de nouveau et Megan le prit dans ses bras avant de le repousser et de le laisser faire son travail.

— Tu dois y aller, lui répéta-t-elle, son cerveau bloqué dans une spirale de peur et de mauvais pressentiment.

Pendant un long moment, Gabe la regarda, tous ses sentiments se reflétant dans ses yeux.

— Tu as raison, je dois aller maîtriser ce feu, mais je te promets que je vais revenir. Pour toi. Pour Summer.

Elle secoua la tête. Elle eut des difficultés à respirer.

— Comment peux-tu seulement me le promettre ?

Gabe s'approcha d'elle, lui prit la main et la posa contre son cœur.

— Ai-je jamais rompu une promesse, Megan ?

— Non.

— Je ne vais pas commencer aujourd'hui.

En un dernier baiser, chaud contre ses lèvres froides, il disparut.

En se dirigeant vers le lieu de l'incendie, Gabe comprit qu'il n'avait jamais aimé quelqu'un autant que Megan. Et Summer. Il les voulait dans sa vie, toutes les deux. Il voulait être un mari pour Megan et un père pour Summer.

Fini ses résolutions à propos des victimes du feu. Megan valait bien mieux que ça et à dire vrai, il n'avait jamais vraiment songé à elle en ces termes. En fait, elle était l'antithèse d'une victime.

Il avait pensé que Megan était passée outre à ses propres règles, qu'elle s'était faite à l'idée de ce qu'impliquait son travail... Mais au vu de sa réaction à l'appel d'urgence, elle luttait encore avec les démons que la mort de son mari avait laissés en elle.

Pourtant, Gabe n'avait-il pas gardé secrets les incendies les plus extrêmes auxquels il avait été confronté ? Pas qu'il aime la garder dans l'ignorance, mais parce qu'il n'était pas juste de tout lui jeter à la figure. À en juger par sa réaction, Gabe savait qu'il avait fait le bon choix en ne lui révélant pas le danger qu'il courait quotidiennement.

Mais il comprit aussi qu'il n'avait pas été sincère en tentant de la protéger de la réalité de son quotidien et du futur que cela impliquerait. Ne méritait-elle pas d'avoir toutes les données en mains avant de décider si elle devait l'aimer en retour ?

En l'entendant l'exhorter à partir, son estomac s'était noué. Il avait vu l'incertitude dans ses yeux, comme si son cœur se brisait.

Voyant la fumée s'élever à plusieurs rues de là, Gabe se gara aussi près qu'il put, puis rassembla son matériel avant de se précipiter vers les rues enfumées de Chinatown.

Gabe entendait les fuites de gaz depuis l'endroit où le camion s'était écrasé sur la droite de Grant Street. L'équipe de la station numéro 5 était déjà sur place, vaporisant de l'eau sur les conduites de gaz afin d'éviter qu'elles ne prennent feu.

Voyant bien vite que son équipe était trop accaparée par la fuite de gaz et par les occupants de l'immeuble pour avoir installé une ligne de ravitaillement entre les résidences, Gabe s'approcha de la bouche d'incendie la plus proche, puis s'empara d'un tuyau et mit la ligne en place.

Son chef arriva accompagné d'Eric, le partenaire de Gabe.

— Voyons si on peut sauver quelques-unes de ces boutiques, fit son collègue.

Gabe saisit ses outils, mit son masque sur son visage et prit le tuyau avant de pénétrer dans l'immeuble, talonné de près par son partenaire. Une fois la porte franchie, Gabe ouvrit la vanne et aspergea le plafond jusqu'à ce que les flammes se dissolvent.

Il n'y avait aucune aération et la fumée était épaisse. Si épaisse qu'il dut se mettre à genoux pour atteindre une des fenêtres. Il parvint à l'ouvrir, ce qui ne fit malheureusement presque aucune différence.

Lentement, il progressa au cœur du bâtiment, le tuyau comme repère, Eric sur les talons.

Ce n'était pas bon. Pas bon du tout.

Mais, bon sang, il avait fait une promesse à Megan !

Et il allait la tenir !

À n'importe quel prix.

27

Elle n'y arriverait jamais.

Megan savait depuis le début qu'elle n'aurait pas la force de vivre avec un homme qui risquait sa vie tous les jours. Elle n'avait cessé de le dire à Gabe. Après leur premier baiser, puis à nouveau après leur première nuit ensemble. Elle avait tenté de lui faire comprendre l'impossibilité de la chose, de mettre son cœur à l'abri.

Mais elle voulait être avec lui, connaître le frisson que lui procuraient ses baisers, la chaleur de son sourire, assister à cette relation qu'il entretenait avec Summer. Elle s'était donc donné une chance.

Elle avait vraiment essayé.

Mais vu la panique qui l'avait saisie devant cette histoire de feu et de produits dangereux... Pas moyen qu'elle subisse ce genre de pression jour après jour.

Depuis que Gabe avait quitté son appartement pour Chinatown, Megan était restée prostrée là, dans son lit, enveloppée par son parfum, ses affaires, désireuse de garder intacte cette connexion qui les liait.

Il y a seulement quelques minutes, elle s'apprêtait à prendre le plus gros risque de sa vie en lui avouant son amour, pensant que c'était une chose difficile à faire. Mais il y avait une chose plus dure encore : lui dire adieu.

Pour toujours.

En quittant son appartement, de merveilleux souvenirs des moments passés ensemble la suivirent : assise sur ses genoux face aux lumières de la ville, regarder – et créer – des feux d'artifice depuis son toit, se donner l'un à l'autre dans la baignoire puis dans son lit. Au chaud. Et bien plus à l'abri qu'elle ne l'avait jamais été.

Non, elle ne pouvait pas se permettre de penser à tout cela.

Il fallait qu'elle rentre. Qu'elle se mette au travail. Qu'elle se focalise sur les dossiers de ses clients jusqu'à ce que ce soit l'heure d'aller chercher Summer. Et quand Gabe reviendrait – s'il revenait –, elle s'obligerait à couper définitivement les ponts avec lui.

Elle marchait le long du trottoir d'un pas mal assuré. Sa vie ne serait-elle pas infiniment plus simple si elle n'avait pas rencontré Gabe ? Si elle et Summer avaient été sauvées par un autre pompier, elle aurait tout simplement continué sa vie – rencontré de nouveaux clients, payé ses factures, élevé sa fille du mieux qu'elle pouvait... et serait sortie avec des hommes au quotidien on ne peut plus normal.

Aucun doute, cette normalité c'est ce qui lui fallait.

Mais maintenant qu'elle avait goûté à la joie et à la douceur la plus pure, Megan savait que tout le reste serait terne en comparaison. Ennuyeux.

Oh, bon Dieu, elle était dans le pétrin !

Car même si l'idée de se laisser aller à l'amour avec Gabe la terrifiait, corps et âme, elle ne serait pas davantage en sécurité – ni Summer – en fuyant.

Tout le rationalisme du monde, les calculs et les pronostics de risques et de récompenses n'auraient pu empêcher Megan de se diriger dans le sens contraire… vers les rues enfumées de Chinatown.

C'était pire que tout ce qu'elle avait imaginé. Bien pire. Il n'y avait pas seulement que quelques immeubles en flammes, mais le contenu des vitrines était répandu dans la rue, et de grandes gouttières transportaient l'eau depuis les camions.

En progressant à travers la foule, Megan saisit des bribes de conversations.

— Est-ce qu'ils savent quels produits dangereux étaient dans le camion ?

— J'ai entendu dire qu'il y avait une fuite de gaz qui menaçait d'exploser à tout moment !

— Maman, j'ai peur ! Ils vont bien, les pompiers ?

Une ribambelle de policiers maintenait la foule à l'écart, derrière une rangée de camions de pompiers. Megan n'eut pas la moindre idée de comment ils étaient parvenus à faire entrer ces camions dans une rue si étroite, ordinairement pleine de voitures et de passants.

Un instant plus tard, une explosion de flammes surgit du toit de l'immeuble à côté de là où le camion accidenté s'était encastré.

— Reculez, vous tous !

Megan savait que l'officier de police avait raison, qu'elle devrait reculer. Ce n'était pas juste de demander à Gabe de faire attention et de ne pas faire de même.

Quelques minutes plus tard, à un pâté de maisons de l'accident, Megan vit la camionnette de Gabe garée au coin de la rue. Se frayant un chemin à travers la foule, elle posa sa main sur la portière de métal froid. Il ne l'avait pas fermée. Elle ouvrit donc la portière et grimpa dedans.

L'intérieur était saturé de son parfum, d'une odeur de propreté et de fumée. Ses mains se crispèrent sur le volant tandis qu'elle regardait la fumée de l'incendie s'élever et tourbillonner dans les airs, formant des nuages de cendres dans le ciel bleu azur.

Son cerveau restait bloqué sur une image bien trop réaliste à son goût de Gabe entouré par les flammes, de la même manière qu'elle l'avait vu la première fois.

Ces derniers mois, Megan avait commencé à oublier tout ça, mais à présent, ces visions l'assaillaient de toutes parts. Elle le revoyait au-dessus d'elle, l'exhortant à s'extraire de la baignoire, à le suivre le long des escaliers de son immeuble. Si fort, si calme, l'encourageant à mettre Summer à l'abri.

Et pourtant, bien qu'ils auraient tous pu être tués et que Gabe ait fini à l'hôpital, une poutre sur le coin du front, Megan sut au fond de son cœur que tout ce qu'il avait fait – et tout ce qu'il lui avait demandé de faire ce jour-là – avait été aussi sûr que possible.

Gabe ne s'était pas défilé. Il s'était montré déterminé – futé – et sa parfaite approche du métier de pompier avait permis à Summer et elle de rester en vie.

Megan eut une révélation, si soudainement qu'elle se demanda comment elle avait pu ne pas voir tout cela plus tôt. Aveugle jusqu'au moment où elle avait pris la décision de déclarer sa flamme à Gabe. Elle avait été si obnubilée par ses principes sur le danger et les risques inconsidérés que Gabe prendrait immanquablement qu'il finirait par en mourir.

Bien sûr, Megan avait compris, bien assez tôt, que Gabe était différent de David. Son mari était accro à l'adrénaline. Il se riait du danger et ne voyait jamais au-delà de son propre plaisir, même une fois devenu mari et père. Bien que Gabe vive aussi de ce genre d'excitation dans son travail, il ne le vivait pas juste pour le plaisir de voir s'il pouvait dépasser ses propres limites.

Pour Gabe, être pompier, c'était plus que le frisson d'éteindre des incendies. C'était aussi aider les gens et être un membre actif de la communauté.

Si quelqu'un pouvait faire un métier dangereux avec prudence, c'était bien Gabe. Il n'y avait aucune garantie qu'aucun d'eux ne finisse jamais par tomber malade ou être victime d'un accident. Mais si elle était parvenue à dépasser ses propres peurs plus tôt, Megan aurait compris que Gabe les aimait bien trop pour se mettre volontairement en danger comme David l'avait fait à maintes reprises.

Les pièces du puzzle se mettaient en place. Megan ne souhaitait pas que Summer vive toute sa vie avec cette peur qui avait bien failli la submerger après l'incendie de leur appartement. Elle voulait que sa fille soit quelqu'un de réfléchi. Pas question qu'elle dissimule sa joie de vivre et qu'elle vive dans la peur de prendre des risques.

Tout en sachant que les enfants avaient besoin d'exemple dans la vie, Megan n'avait pas agi dans ce sens. Jusqu'à ce que Gabe entre dans sa vie et lui fasse voir qui elle était réellement.

Son amour avait donné à la jeune femme le courage de prendre à nouveau des risques.

Et maintenant, même sans être assez proche des immeubles en feu pour apercevoir si l'un des pompiers qui en sortait était l'homme de sa vie, Megan, assise dans son véhicule, se sentit aussi bien que s'il avait été là près d'elle.

Ce feu avait été un dur à cuire mais après quelques heures difficiles, Gabe fut satisfait du travail accompli par toutes les équipes sur le périmètre de Chinatown. La fuite de gaz était sous contrôle et, même si les propriétaires des différentes boutiques allaient avoir maille à partir avec leur compagnie d'assurances pour se faire rembourser les dégâts, le feu avait été maîtrisé avant d'avoir pu tout détruire. Quelques nouvelles fenêtres et devantures cacheraient les plus importants dégâts.

Une fois hors du périmètre de sécurité, Gabe se délesta de son masque et de sa veste ignifugée, les pensées déjà tournées vers Megan et sur ce qu'elle avait voulu lui dire avant qu'il ne reçoive l'appel d'urgence.

Il songea aussi à la peur qu'il avait lue dans ses yeux et au fait qu'elle ne l'avait pas cru lorsqu'il avait promis de revenir en vie.

Sa camionnette était là où il l'avait laissée. Il s'apprêtait à enlever le reste de sa tenue et son équipement pour les mettre dans le coffre lorsqu'il eut la plus belle surprise de sa vie.

En un battement de cils, Megan s'était précipitée hors de la cabine et jetée à son cou, les jambes enroulées autour de ses hanches.

— Dieu merci, tu vas bien ! dit-elle en l'embrassant furieusement, une fois, puis deux puis trois, comme pour se persuader qu'il était bien là.

— Je vais plus que bien ! s'exclama-t-il à son tour, reprenant son souffle, sans la laisser s'éloigner, trop heureux de l'avoir dans ses bras.

Megan embrassait ses lèvres, ses joues, son nez, ses paupières, tout ce que sa bouche pouvait croiser.

Gabe se doutait de la peur qu'elle avait dû ressentir, au point de venir directement sur les lieux de l'accident pour s'assurer de son bien-être.

— Je suis désolée d'avoir agi comme je l'ai fait quand tu as reçu l'appel ! lui déclara-t-elle, si vite qu'il ne put l'interrompre. Je suis désolée d'avoir réagi comme ça à l'hôtel après qu'on a fait l'amour, de la façon dont je t'ai supplié de m'aimer avant de te rejeter ! J'étais si perdue. Pendant des années, j'ai ceint mon cœur de barreaux, j'ai construit une muraille tout autour de moi. Mais je savais que si j'essayais de refréner ton côté sauvage, ça serait comme t'enfermer dans ma prison avec moi. Je me suis dit que c'était mieux pour nous deux si je te laissais partir.

Des larmes coulèrent sur ses joues.

— Mais je ne peux pas te laisser partir !

— Tu n'auras pas à le faire, mon cœur.

— Tu n'as pas cessé de me dire combien tu m'aimes et combien tu aimes Summer. J'ai eu tant d'occasions de te rendre la pareille, mais je n'ai jamais saisi ma chance. Et j'ai stupidement pensé que ne pas dire ces mots me gardait à l'abri. Mais non, Gabe. Que j'aie été assez brave ou pas, je t'aime de toute manière. De tout mon cœur. De toute mon âme.

Elle posa ses mains de part et d'autre du visage de Gabe et le regarda, émerveillée.

— Tu n'as pas à choisir entre moi et ton métier. Je sais combien tu l'aimes. Et je te soutiendrai toujours.

Elle l'embrassa.

— Je t'aime, Gabe. Je t'aime tellement.

— J'adore t'entendre le dire, lui sourit-il, si sincère qu'il en fut presque submergé d'émotion. Tu crois que je ne me suis rendu compte de rien ?

Megan écarquilla les yeux devant sa déclaration.

— Ce n'est pas ce que je dis. J'aurais dû t'avouer que je t'aime. J'aurais dû t'avouer que je suis tombée amoureuse de toi après t'avoir vu à l'hôpital. Quand Summer a couru vers toi et que tu l'as prise dans tes bras. J'aurais dû m'avouer à moi-même ces sentiments qui n'ont fait que grandir depuis.

Megan prit à peine le temps de respirer.

— Si quelque chose t'était arrivé aujourd'hui, si tu avais été distrait par ce que j'avais à te dire avant que tu partes…

Gabe posa un doigt sur ses lèvres.

— Jamais je ne me lasserai de t'entendre me dire que tu m'aimes, mais que tu le dises ou non, je le sens à chaque regard que tu poses sur moi. À chaque baiser. Chaque fois que tu viens te blottir dans mes bras et que tu me livres ton cœur, tu me le dis.

Il lui accorda un sourire.

— Tu veux savoir ce que j'ai ressenti aujourd'hui face au feu ?

Megan acquiesça, les yeux brillants.

— Je me suis senti plus fort que jamais. J'avais confiance. J'étais sûr de moi, confia-t-il avant de prendre le menton de Megan entre ses doigts. Je me sentais aimé.

Ils s'embrassèrent et leur baiser fut doux et passionné à la fois.

— Je sais que vous m'avez attendu, Summer et toi, attendu que je revienne sain et sauf. Je ne vous laisserai pas tomber, Megan. Vous méritez une fin heureuse. Laisse-moi être ta fin heureuse, pour toujours.

Des larmes inondèrent les joues de Megan.

— *Pour toujours*, murmura-t-elle, avant que Gabe ne réclame un autre baiser devant les badauds souriant face à l'héroïque pompier et cette belle jeune femme, enlacés au milieu d'une rue des bas quartiers de San Francisco.

Épilogue

Sophie Sullivan s'était installée à la table de la cuisine familiale, entourée de brochures détaillant les diverses surprises qu'elle comptait préparer pour les noces de Chloé et Chase.

Gabe, Megan et Summer l'avaient rejointe, ainsi que sa mère, pour le déjeuner. La petite fille faisait du vélo dans le jardin, sur un engin assez proche de celui que Sophie montait lorsqu'elle était enfant, avec une selle en banane et des petites franges roses accrochées au guidon. En repensant à la fête de décembre dernier, Sophie se sentit mal à l'aise d'avoir joué les entremetteuses en parlant de Lake Tahoe à Summer.

Mais voyez comme cela avait bien tourné !

Sophie était ravie pour son amie et son frère. Ils étaient clairement faits l'un pour l'autre, bien qu'ils aient – stupidement – essayé de nier l'évidence.

La porte s'ouvrit en grand et Gabe surgit dans la cuisine, Megan et Summer sur les talons, main dans la main. La petite fille boitait, un genou en sang.

Sophie vint immédiatement vers elle, et lui fit un câlin le temps que Gabe revienne avec la trousse de premiers soins. Malgré son bronzage, il semblait étrangement pâle en posant Summer sur ses genoux. Tout en rassurant la petite fille, Gabe nettoya la plaie et banda son genou.

Il avait à peine terminé son bandage que Summer bondit de ses genoux.

— Le premier à la cabane a gagné !

— Tu as géré, fit Megan en posant sa main sur l'épaule de Gabe, sous le regard de Sophie.

Gabe souffla péniblement.

— Quand je l'ai vue tomber de vélo sans savoir si elle était blessée, j'ai cru me sentir mal à mon tour.

Megan se pencha sur lui et l'embrassa. Sophie retourna s'asseoir à table pour leur laisser un peu d'intimité. Son cœur s'était serré devant le côté paternel de son frère. C'était si mignon.

Et pourtant, tandis que le couple rejoignait Summer près de la cabane, Sophie soupira. Ces deux-là se regardaient d'une façon dont *personne* ne la regarderait jamais. En particulier…

— Hey, la Gentille !

Elle fit volte-face, surprise de se retrouver nez à nez avec sa mère, flanquée de Jake McCann, sur le tapis persan.

— Qu'est-ce que tu fais là ?

Mary Sullivan leva un sourcil devant le ton de sa fille.

— Jake a proposé de tenir le bar pour les noces de ton frère.

Chase et Chloé avaient beaucoup d'argent – et un bon carnet d'adresses – pour organiser un mariage sans l'aide de personne. Mais on n'en était plus là. Tout le monde voulait apporter sa contribution.

Pourquoi sa mère ne lui avait-elle pas dit que Jake viendrait ? Si elle l'avait su, Sophie aurait porté autre chose que cette banale robe blanche à manches longues.

Non pas que ça aurait eu la moindre importance. Elle aurait pu tout aussi bien être nue, étendue sur la table que Jake n'aurait pas fait attention à elle. D'ailleurs, s'il l'avait vue nue, son premier réflexe aurait été de la couvrir de coussins.

Le téléphone sonna et sa mère s'excusa avant d'aller répondre, laissant Sophie et Jake seuls.

— C'est plutôt dingue tout ça, avança-t-il en regardant Gabe jouer avec Summer et Megan dans le jardin. Tous ces Sullivan qui se casent !

Sa bouche se tordit en un petit rictus mi-moqueur, mi-sexy qui la faisait fondre et faisait monter sa température, ce qui était toujours le cas en sa présence. Qu'il porte un tee-shirt noir sublimant ses avant-bras musclés et tatoués n'arrangeait rien, sans parler de son jean sombre qui rehaussait son…

Non, pas question d'aller jusque-là, c'était sans espoir.

Pathétique.

Sophie avait passé trop de temps à se languir à propos de Jake. Vingt ans, pour être précise. Mais il y avait une différence entre une petite fille de cinq ans amoureuse et une jeune femme de vingt-cinq qui n'arrivait pas à faire l'impasse sur le seul homme qui ne la remarquait même pas.

Il l'appelait « la Gentille », bon sang !

Cela résumait assez négativement la situation, si on partait du principe qu'il n'y avait personne avec qui elle ait plus envie d'être vilaine.

— Je suis heureuse pour eux, finit-elle par déclarer, incapable de ne pas paraître sur la défensive. Chase, Marcus et Gabe ont tous droit au bonheur.

Jake leva les mains, ce qu'elle détestait, sachant qu'il allait sortir une moquerie quelconque.

— Bien sûr qu'ils le méritent. Toi-même, tu as sûrement un amoureux transi quelque part, prêt à te passer la bague au doigt, non ?

Oh comme elle souhaiterait lui dire oui et lui agiter un petit copain canon sous le nez.

Mais comme il n'en avait rien à faire, la victoire ne serait que de courte durée, n'est-ce pas ?

— Nan, répondit-elle en affichant un sourire factice sur son visage. Je préfère m'amuser encore. Tâter le terrain.

Pendant un instant, elle crut voir passer une lueur dans ses yeux noisette mais elle se dissipa si vite qu'elle pensa l'avoir imaginée. Jake ne pouvait que paniquer à l'idée qu'elle sorte avec d'autres gars au hasard.

S'il y a bien une chose que Jake faisait pour elle, c'était se montrer aussi protecteur que ses frères. Il verrait rouge s'il apprenait qu'elle ne le voyait pas du tout de cette manière et s'il savait quels fantasmes il éveillait en elle, du genre crème fouettée, bandeau et hurler tout son…

Sophie se força à focaliser ses pensées ailleurs que sur ses – ridicules – rêveries.

— Eh bien, ne t'en fais pas trop. Tu es une très jolie fille. Un homme arrivera bientôt et te fera perdre les pédales !

Oh, mon Dieu, sérieux ? Est-ce que l'objet de tous ses fantasmes venait de lui dire qu'elle était une *très jolie fille*... Et de ne pas trop s'en faire à propos d'un *homme* qui lui fera *perdre les pédales* ?

Alors que Jake la regardait avec une double rasade de condescendance masculine dans les yeux, quelque chose se brisa en Sophie... près de son cœur.

Elle se savait séduisante. Pas besoin de regarder dans le miroir pour ça, il suffisait de voir comment les hommes tournaient autour de Lori, sa jumelle, pour voir qu'elle était plutôt attirante, de visage comme de corps.

Seulement, contrairement à Lori, elle ne s'était jamais servie de son physique pour plaire aux hommes.

Ces dernières années, Sophie avait passé beaucoup de temps à lire des centaines de romances pour son projet de mémoire. Soudain, une chose la frappa : et si elle utilisait tout ce savoir acquis à bon escient ?

Et si elle faisait en sorte que Jake la veuille ?

Et si elle trouvait un moyen de le rendre désespérément amoureux d'elle ?

C'était un homme après tout. Et malgré des atouts un peu rouillés, Sophie restait une femme.

En se léchant les lèvres, elle se redressa sur sa chaise, habitée par une nouvelle ambition. Elle se tint droite et remonta très légèrement sa robe au-dessus de ses genoux.

Jake sembla soudain mal à l'aise, comme s'il se retrouvait face à une chose à laquelle il n'aurait jamais – au grand jamais – voulu être confronté.

Sur ce coup-là, Sophie n'eut pas à se forcer pour sourire. Pas maintenant qu'elle avait décidé d'un plan d'action. Maintenant qu'elle s'était décidée à mener Jake là où elle le souhaiterait. Et tout aussi décidée à en profiter pour venger son petit cœur trop longtemps blessé.

Oh oui, elle allait lui donner une leçon qu'on aurait dû lui infliger il y a bien longtemps de cela.

À savoir, qu'il ne pouvait pas avoir toutes les filles qu'il voulait.

Surtout pas elle.

AVENTURES & PASSIONS

3 septembre

Elizabeth Essex

Lady dangereuse

Inédit

Le capitaine Hugh McAlden a pour mission de démasquer celui qui, au plus haut niveau du ministère de la Marine, est un espion. Lorsqu'il observe Meggs,une jeune voleuse, détrousser un passant avec une habileté diabolique, il trouve comment s'y prendre. À ses risques et périls.

✦

Mary Balogh

La saga des Bedwyn — 5 - L'inconnu de la forêt

Inédit

Alleyne a disparu à la bataille de Waterloo. Gravement blessé et amnésique, il est recueilli par Rachel York qui vit dans un bordel de Bruxelles, mais elle n'est pas l'une des pensionnaires, victimes d'une escroquerie.

✦

Celeste Bradley

Le club des menteurs - 3 - Une séduisante espionne

Londres, 1813. James Cunnington ne fait plus confiance aux femmes depuis que lady Lavinia Winchell l'a séduit dans le but de lui soutirer la liste des membres du Liar's Club. De plus, il a une mission urgente à accomplir : retrouver la fille d'un agent qui déchiffre les codes des Français.

17 septembre

Mary Wine

Terre d'Écosse - 2 - La farouche

Inédit

Coonor Lindsey, chef de clan écossais, doit trouver une épouse obéissante et soumise. Pourquoi pas Brianna Chattan ? Mais celle-ci a un tempéramént de feu et n'a que faire des conventions.

✦

Jo Goodman

Reidsville - 1 - L'homme de loi

Inédit

Clinton Maddox a légué à Rachel ses parts dans la mine de Reidsville et la propriété de la ligne de chemin de fer. Toutefois, le testament contient une clause particulière. Pour hériter, Rachel doit épouser le shérif de Reidsville, Wyatt Cooper.

✦

Julie Garwood

Un ange diabolique

Le marquis de Cainewood s'est juré de venger son frère, victime des agissements de Lucifer. À bord de L'Emeraude, arborant le pavillon noir, le pirate défie les forces anglaises, lorsqu'il rencontre Jade.

Passion intense

3 septembre

Beth Kerry

Séquences privées - 2 - Emprise des sens

Inédit

Maquilleuse professionnelle experte en *body painting*, Joy est appelée sur un plateau de tournage à Hollywood. Son cobaye : le célèbre acteur Everett Hughes, à qui elle s'est donnée passionnément un an auparavant. Everett est aujourd'hui plus séduisant que jamais, et Joy et lui sont de nouveau réunis. Ils se désirent inténsement. Mais amour et célébrité sont-ils vraiment conciliables ?

CRÉPUSCULE

17 septembre

Kresley Cole
Les ombres de la nuit - 11 - MacRieve
Inédit

Après avoir été capturé puis torturé par les membres de l'Ordre, dirigé par le commandant Webb, Will MacRieve n'est plus qu'un homme sans âme. Pourtant, il reprend vie quand, convié à une vente aux enchères, il aperçoit celle qui lui est destinée depuis toujours : la sublime Chloe Todd. Fille de l'abominable Webb, Chloe est mise en vente... au plus offrant. Et MacRiever est prêt à tout pour sauver celle qui deviendra sa femme...

Romantic
Suspense

3 septembre

Linda Howard
Un fascinant regard
Inédit

Dan Hollister est sceptique, face à cette femme médium qui lui donne un luxe de détails sur une scène de meurtre, alors que lui-même n'a pas la moindre piste. Le comble pour un flic ! Pire encore, les yeux de Marlie le bouleversent, le fascinent. Entre elle et lui s'engage un jeu qui tourne vite à la passion. Mais dans l'ombre, le tueur tisse sa toile. Dan songe alors à lui tendre un piège en exposant celle qu'il aime…

17 septembre

Cindy Gerard
Black OPS - 5 - Troublée
Inédit

Wyatt Savage aimait Sophie à la folie avant qu'elle le quitte pour son meilleur ami Hugh. Douze ans plus tard, devenu membre des Black OPS, Wyatt reçoit un appel d'une Sophie dévastée, implorant son aide : sa petite fille Hope a été enlevée. Divorcée depuis longtemps, la jeune femme s'est naturellement tournée vers lui. Sans réfléchir, Wyatt prend le premier avion direction El Salvador pour la rejoindre. Saura-t-il mettre de côté le passé et retrouver la fillette ?

10871

Composition
FACOMPO

Achevé d'imprimer en Italie
Par GRAFICA VENETA
Le 20 juillet 2014.

Dépôt légal : juillet 2014.
EAN 9782290070512
OTP L21EPSN001057N001

ÉDITIONS J'AI LU
87, quai Panhard-et-Levassor, 75013 Paris

Diffusion France et étranger : Flammarion